────────── 阅读之前 没有真相

午夜文库

柏林黄昏

[日] 连城三纪彦 著
任虹雁 译

新 星 出 版 社　NEW STAR PRESS

目录

1	第一章	最后一天
47	第二章	通向过去的国界线
97	第三章	亡灵们
187	第四章	第三个柏林
236	第五章	从黄昏到黑夜

第一章　最后一天

阳光穿过破旧的遮光帘刺进房间，在墙壁、地板和凌乱的床上画出光与暗的分界线，盛夏的热浪塞满房间的每一个角落。窗边，前天在市场买的红兰花已经半枯，最后的花香与横倒在桌上的瓶子淌出来的酒味混在一起，让室内的热气更加难熬。她不耐烦地挠着头发，徒劳地去拉扯遮阳帘的绳子，它仍旧半开着，一动不动。

狭小的房间被劈成明暗对半，像一座被铁栏杆包围的监狱，她像囚犯一样被盛夏的烈日困在里头。她睡眼惺忪，从遮阳帘的缝隙往外望，太阳也用傲慢的光芒回瞪她，好像一个严厉的狱卒，绝不给囚犯施舍一丁点自由。

活了三十年，她从未离开过这个国家、这座城市，可还是不习惯这里的日光。巴西，里约热内卢。这两个名字好像天然带着阳光的味道，叫人产生一种错觉，仿佛它们只是遥远的异邦、未知的城市名字罢了。

她时常怀疑这是她体内东方血统的共鸣。她拥有巴西国籍，名叫"丽塔"——一个典型的巴西女名，永不缺席的灼热阳光给了她一身褐色肌肤，与葡萄牙人、意大利人毫无二致，然而黑发黑眼、小巧的鼻子和嘴还是让她的脸一望就像中国人。她确定自己是亚裔，至于是不是中国人，那就不知道了，甚至连自己今年是不是三十岁都不好说。

早在婴儿学爬的年纪，她就被遗弃在瓜纳巴拉湾海岬的一座小教堂前，教堂牧师收留了她，交由一对葡萄牙帮佣夫妇抚养长大。据说牧师当初捡到她时，她的哭声里反复出现一个好像中国话的词，牧师便断定她是个中国弃婴。

那是个什么词，她自己当然不记得，几十年过去，牧师也给忘了。所以她只是模糊地相信自己体内流着中国人的血，只是有一次，就在开始干这份营生不久，她忽然觉得自己搞不好是日本人。她屋里有一把落满灰尘的纸扇摆件，有个来买春的日本游客看到，便用英语问她是不是日本人。那个日本男人还告诉她，扇面上的粉红小花、角落的签名都是日式饰物。

那把扇子是她在圣保罗的露天市场买来的。路边摊上摆满来自世界各地的扇子，不知为何只有这一把吸引了她，让她不假思索地付了钱。扇子透着一股淡淡的亲切感，也许正是体内日本血统的共鸣……不过那念头只在大脑角落一闪而过，十年过去了，这把积满灰尘的旧纸扇早被她抛在脑后了。再说，巴西本就是个人种复杂的民族大熔炉，纠结国籍简直愚蠢至极，只有在街头或酒吧有日本男性游客盯着她瞧的时候，她才会故意表现出中国人的做派。日本嫖客很吃这套，白人就不怎么在意。欧美人光是看到她柔润的黑发黑眼，就愿意付上三四百克鲁扎多①，汉斯也不例外。好在汉斯尽管爱着她的黑发黑眼，倒也从没问过她究竟是哪国人。

汉斯·克劳泽有着一头好看的金发，外表完全看不出已经

---

① 克鲁扎多为巴西一九八六年启用的货币，很快便因严重贬值停用。译者注，下同。

四十多岁,一双蓝眼睛比巴西的蝴蝶色泽更加深邃通透。他用不似大使馆工作人员的温柔嗓音说:"第一次在那家酒吧见到你,我就彻底爱上你了。"他叫她"黑面纱丽塔",在她的房间里、在人迹罕至的海岸边、在植物园热带树木的树荫下,他用柔软的手指细细爱抚她的黑色肌肤,仿佛要从这层伪装的面纱下发掘另一种真正的肤色似的。谁曾想,两情相悦的好日子才过了一个月,汉斯就突然回了国。

"我会在柏林给你写信的,也一定会回来找你。"他只留下这么一句话就匆匆离开。

说起来那已经是七八年前的事了。那一天她坐在窗前目送飞机划破天际,从此连一张明信片都没收到过,却依然相信他的承诺。他不回来,也不寄信来,一定是因为柏林那个地方——这个地名听起来仿佛比里约热内卢更加遥远——发生了什么事情,一旦事情解决,他立刻就会回来,叩响她的房门。这几乎成了支撑她活下去的动力。

对巴西人来说,生命等同于太阳。里约的太阳创造了二月的狂欢节,也塑造着这座城市,把一切变成五彩斑斓的节日。人们终年享受狂欢,纵使夜幕降临,也依然在霓虹灯的色彩和桑巴韵律中继续寻求阳光。但丽塔的太阳却只存在于那短短一个月的记忆里。只有那年夏天,有他闪耀的金发和熠熠生辉的蓝眼睛在身边,她才真正享受到了太阳赋予的绚烂人生。为了那段珍贵的回忆,这些年她一直在原地等待,从未想过离开。直到一星期前的圣诞夜,她终于等来一个期盼已久的好消息。

这两个月时常光顾生意的一位意大利年轻人在德国大使馆有熟人,一天她提起汉斯·克劳泽时,年轻人便答应帮忙打听汉斯的近况。

好消息在圣诞节那天来到她身边：汉斯·克劳泽如今依然单身，而且不久会再来巴西——

"什么时候来？"她问。

"不知道，也许是明天，也许是一年后。"年轻人回答。

丽塔知道这个年轻人生性善良，却万万没想到这份善良促使他撒了个善意的谎，没忍心告诉她其实汉斯·克劳泽早就在国内结婚还生了两个孩子，日子幸福得很。

她完全没怀疑这番说辞。

说实话，尽管一直深信会有与汉斯重聚的一天，但听到这个消息，她还是有种梦幻般的错觉。这一个礼拜，每当在外面看到身材高大的金发男人，她的心都会猛地一颤，以为看见了汉斯本人。在她的美梦里，比起"也许是一年后"，她更相信"也许是明天"。昨天那个男人也是这样——

她放弃与遮光帘纠缠，坐到藤椅上收拾起扔在桌上的几枚硬币，差不多一半硬币都被瓶子里流出的酒浸湿了。昨晚那个男人一直待到快天亮才完事，临走时留下了这些钱。说起来，他的眼睛也很像汉斯。但她只短暂地看到两次，一次是在酒吧，另一次是在这间屋里，加起来也不过几秒钟。她是多么想再看几眼啊，男人却始终将它们藏在棕色的墨镜后面。

昨天晚上，她像往常一样待在格兰迪酒吧的吧台边上揽客，那个男人就坐在旁边独自喝酒。她故意碰了碰他的肩膀，墨镜下那双冷漠的眼睛却毫无反应。随后不知为何，男人摘下墨镜，她看到那双深邃的蓝眼睛，不由轻喊一声"汉斯"，男人的态度瞬间大变。他好像吃了一惊，用和汉斯一模一样的蓝眼睛端详了她几秒钟，又慌忙戴回墨镜，用谄媚的口吻和她聊天。确切地说，他眼底的情绪不像吃惊，而是某种别的东西。但当她发现自己只是认错人的时候，那双眼睛已经又躲回墨镜后面去了。

男人的亲密口吻只持续到两人谈好过夜的价钱为止。一进房间，他的语气就冷了下来。戴上墨镜的他一点也不像汉斯，他的鼻子和下巴又尖又细，苍白的皮肤像石膏一样，泛着冰冷的人工感。嘴唇薄薄的，不管她问什么都不开口，只偶尔兴起才提几个问题。你在这间屋子里住了几年？不接客的时候怎么生活？他这些话听着不像提问，倒像是命令。他说着一口流利的葡萄牙语，每句话的结尾都像鞭笞一样尖锐，这使他的声音带着不容置疑的力量，显然他很习惯命令他人。

事实上就在这里，他也在命令她做这做那。

"汉斯，让我看看你的蓝眼睛。"不知道求了多少次，她伸手去摘他的墨镜，立刻被一只与嗓音同样尖锐的手拨开了。他命令她全部脱光坐到床上去，自己却坐在窗边的藤椅上，不住地命令她摆出各种难堪的姿势，一直折腾到天蒙蒙亮。这本身没什么，有这种癖好的客人并不少见，口味更重的她也见过。但藤椅上的这个男人不同，他像雕像一样一动不动，隔着静止的墨镜，根本无从得知他到底是如何享受她的身体的。极偶尔地，他会稍微动动嘴角或撑着肘的手，然后立刻像掩饰一样叼起香烟吸一口，除此之外看着简直是个死人。

大街上吉他弹唱的声音渐渐停止，宣告黎明的到来。男人站起身，把讲好的钱扔到桌上。

"你为什么要叫我汉斯？"他问。她说因为他有双蓝眼睛，随即又求他露出眼睛给自己看一看。男人拍开她伸出的手，自己的手指却碰到墨镜边缘，蓝色双眼便露了出来。短短一瞬间，她看清了昨晚在酒吧昏暗的灯光下没留意到的细节——那双眼睛周围遍布皱纹。

她原以为他最多不过五十岁,现在看来应该不止。富有光泽的褐发也许是染的,紧致的脸颊肌肤也许是化妆成果,这或许能解释为什么他的脸看起来不太自然。不过无所谓,追求外表显年轻的男人本来也不在少数。男人立即戴上墨镜离开了房间,除了他留下的硬币和那双酷似汉斯的蓝眼睛外,其他事情她其实也不太关心。

一只苍蝇在桌子上方嗡嗡打转。她把倒下的瓶子扶起来,忽然发觉那个男人和汉斯还有另一个共同点——两人抽的都是同一个牌子的德国香烟。烟灰缸里扔着几个烟蒂,凑近一闻,热浪交织着腐臭味,带着一丝她熟悉的味道,仿佛又回到了有汉斯在的那一个月。

一想到汉斯要回来了,连斑斑驳驳落在桌上的强烈阳光都显得那么顺眼。苍蝇掠过睫毛,她挥手想赶走它时,两记敲门声响起。

一定是楼下的蕾娜塔又抱着洋娃娃上来玩了。自从前年母亲去世,五岁的蕾娜塔每天早晨都会找准她起床的时间,上来敲她家房门。意识到自己正一丝不挂,她忙披了件大红底金银刺绣的中式睡袍,这才打开门。

又是那个男人。

"汉斯——"

他还穿着几小时前的那件白衣服。听见她脱口而出的呼唤,他微微抽动嘴角,问"你为什么要叫我汉斯",然后强行进了屋。不同的是,这次他没指望得到任何回答。他反手从背后关上门,生锈的门锁咔嚓锁上。她懂了。

男人走到窗边想放下遮光帘,发现拉不动,于是扯下床单挂在窗上。昏暗的房间里,他把她推倒在床上,解开她的睡袍腰带，她顺从着他的动作，没觉得哪里不对。然而，在腰带绕上她的脖子、男人挥手驱赶苍蝇的瞬间，暧昧的氛围忽然冷却，她后知后觉地察觉到男人这次回来并不是要和她上床，一阵恐惧将她吞噬——原来是这样！昨晚在酒吧里，她喊出"汉斯"时，男人眼里流露出的分明是恐惧，就和她现在死盯着对方时的眼神一样。

可就连恐惧也很快化作虚无。墨镜后的蓝色双眼闪过一丝阴狠的光，脖子上的腰带猛地收紧，她陷入剧烈的痛苦。短短几秒内，男人用上全身力量死死勒住她的脖子，她连反抗的余地都没有。苍蝇振翅的嗡嗡声被耳鸣湮没，她模糊不清地想，现在明明才上午，日光还那么刺眼，为什么整个世界却要落幕了？混乱的思绪逐渐消散，很快，她就什么也想不了、什么也不明白、什么也不知道了。

在这座城市，她两度遭到名叫汉斯的男人背叛。眼前这个汉斯早在她出生以前，就在离巴西十万八千里远的另一片大陆上与六百万人的惨死有着关联，甚至一手造成了其中四万人的死亡，他就是这样一个毫无人性的杀人狂魔。

丽塔的双眸渐渐被另一片黑面纱笼罩，她终于从令她无比厌恶的里约太阳下解脱了。

汉斯·葛姆里希松开连名字都不知道的亚裔妓女的脖子时，纽约肯尼迪国际机场的大钟正指向上午九点二十三分。候机大厅的角落里，两个男人坐在长椅上闲聊，其中一个略不耐烦地瞥了一眼大钟。

"几点的飞机？"另一个人问。

"快了，我差不多该走了。"看表的人敷衍地笑了笑。

他确实是在敷衍，如果回答正确的起飞时间，五分钟前他宣称要去苏黎世度假的谎言就将不攻自破，对方会发觉他根本不是要去瑞士。

即将启程的男人名叫迈克·卡尔森，他就职的饮料公司全球闻名，在寸土寸金的纽约坐拥一座四十六层大厦。送行的男人名叫埃迪·约书亚，是个一边在第十二大街的餐馆兼职做服务生，一边学习戏剧的年轻演员。同样二十七岁，同样是美国人，迈克身材高大，一头短卷发和爽朗的笑容让他看起来就是个地道的美国青年，埃迪则身材矮小，乍一看有些唯唯诺诺的，但细细一瞧，会发现他有一双冷漠又狡黠的灰褐色眼睛，好像时时刻刻都在用显微镜看人，细长的鹰钩鼻也让他的犹太血统一览无余。

五分钟前，两个人在机场入口的旋转门处偶遇。大雪下了一整夜，今天初升的太阳耀眼到不可思议。隔着旋转门的玻璃，正要进入大厅的迈克和正要离开的埃迪在明媚的阳光下相视一笑。

迈克相信这只是小小的偶遇，没有怀疑埃迪来机场送姑妈回加拿大的说辞。但实际上，从迈克拎着旅行箱走出第五十二大街的公寓起，埃迪就一直在跟踪他，然后抢先一步从另一个门进入大厅，装成了刚送完人准备走的样子。直到一年前，埃迪都还是个真正的戏剧演员，这点演技自然是轻而易举。也不光今天，打从一个月前在电影院前排队等看日本电影，两人第一次打招呼以来，他就一直监视着迈克。

埃迪对迈克·卡尔森的了解远比他本人透露的要多。迈克频繁往来于纽约总部和西柏林分公司，扮演一个忠于工作、比较受上司信任、职业生涯未来可期的典型美国员工，他笑起来十分阳光，就跟他们公司贴满全世界的海报上那些躺在泡沫中的比基尼女郎一样轻飘飘的，旁人并不知道他的笑容背后还藏着另一副至纯至真的面孔。八岁那年，他在学校图书馆看到的一张老照片给他带来巨大的冲击，二十年过去仍然无法忘怀。因为那张照片，六年前第一次去西柏林公干时，迈克主动接近了某个组织——

埃迪信心满满。他真诚可亲的笑脸一向很容易让人放下心防，而迈克是个单纯的乐天派，恐怕完全想不到他已经掌握了这么多信息，更不会知道他主动接近的真实目的。当然，短短一个月的交往还不足以让迈克把一切都和盘托出，埃迪不知道的事情还很多。他到底加入了什么组织？正在执行什么任务？接下来又要去哪里？这些都还是个谜。

既然迈克声称要去瑞士，那瑞士可以首先排除掉。其次，圣诞节那天，迈克提到冬假一结束就得赶去西柏林，所以应该也不是德国。那他到底要去哪里？埃迪还是猜不到，能供参考的线索也只有可怜的一条。

这一个月里，埃迪跑了三趟迈克的公寓。第二次造访时，迈克正好在写信，桌上摆着一个薄薄的航空信封和一张信纸。埃迪趁迈克去别的房间时偷瞄了一眼，信封还没填，信纸上写着短短几句话：

"致亲爱的E：我们分开已经快一年了，昨晚我又梦见了你。不过，既然你——不对，是我们已经找到了它，相信我们很快就能见面，大概这次冬假我就会飞去找你。"

迈克圆润的笔迹到此结束。他似乎正准备写要飞去哪里，却被埃迪的敲门打断。要是再晚一秒敲门就好了，或许迈克就会写下E所在国家的名字了。这个E几乎可以确定是个女人，

"我们"应该是指 E 和迈克所属的组织，但他们发现的"它"究竟是什么？这就不知道了。迈克这次多半就是去见 E，埃迪的任务则是要查出 E 在哪里、他们到底发现了什么，可惜什么都还没问出来，迈克就要起飞了。

迈克·卡尔森再次看了看表，起身准备握手道别。埃迪也站起来，握住那只红润的大手："旅途愉快。等这趟回来，再飞柏林之前，我们再聚吧。"迈克点点头，埃迪便先转过身慢慢走向出口，等拉开足够距离后，又悄悄折了回去。

这一年的最后一天。大概是昨天夜里的大雪造成航班停飞，肯尼迪机场大厅挤满了人，各种肤色像万国旗一样热闹非凡。泛美航空柜台前，迈克穿着米黄色大衣的高大身影十分显眼。见他离开柜台朝登机口跑去，埃迪这才慢慢踱到柜台前，装作不经意地和那个栗色头发、脸蛋好像塑料模特的女职员搭话："我是来送迈克·卡尔森的，他的航班起飞了没有？"

"他刚办完登机手续，跑着去应该还能追上。"女职员回答。

"是去东京的航班吧？"埃迪若无其事地问。其实他只是随口报个地名碰碰运气，女职员直接说是，给了他想要的信息。

东京？

整整一个月，埃迪都没发现迈克和这座亚洲最大城市之间有任何关联。硬要说的话，也只有一个月前埃迪刻意接近他时，两人邻座看了一部日本电影而已。事后再邀请迈克喝咖啡时，迈克似乎对那部电影乃至日本这个国家都没什么兴趣。此外，埃迪也没听说迈克的组织和日本有任何联系。所以，E 在东京到底发现了什么？

正走向出口的他停下脚步。墙上有一块印着世界地图的大公告板，无数条代表飞机航线的直线将纽约和世界各国大都市连接到一起。一条连接着纽约和东京的长线斜切过太平洋，东京的名称下面显示着"23∶30"这个时间，就在他看着时，数字"30"变成了"31"。

今年的最后一天，纽约还沐浴在清晨的阳光中，东京的一天却已经快结束了。

晚上十一点三十一分，东京市中心一家酒店的房间里，青木优二低头看了看手表。他望向窗外即将跨入新年的东京夜景，等待野川桂子的电话。桂子是美术大学的学生，青木则是学校讲师，每周去上一次课。从今年四月起，青木对这位小他二十多岁的女孩产生了两种层面的兴趣。在桂子笔下，冷暖色调大胆碰撞，构成一个个充满反差的奇妙抽象世界，作为画家与老师，她的画作无疑令他刮目相看；而作为男人——成熟与孩子气矛盾而和谐地在她身上并存，她的微笑同样令他着迷。他们跳离师生关系开始交往已经四个月，青木仍没搞明白桂子画中的红与蓝、冷与暖，究竟哪个象征着成熟女性的一面，哪个象征着还躲在坚硬外壳下的青涩少女的一面。

今晚，两人本来约好了在酒店顶楼的观景餐厅一起吃饭跨年。到了下午，桂子突然来了个电话，说："今晚我必须和家人一起过，恐怕是出不来了。"声音犹犹豫豫，带着少女的矜持。青木猜想家人的态度只是借口，桂子真正纠结的是酒店这个地方。事实上，两人从去年秋天交往至今，一直保持着参观美术馆、看戏剧这类单纯的活动。考虑到青木自己这把年纪了还是单身，既不知道父亲姓甚名谁、长什么样，母亲也早在他懂事前就去世，连抚养他长大的姨妈夫妇也在十来年前相继撒手人寰，对于"家人"这个词的分量，青木实在懂得不多。好吧，也许一般家庭里，除夕夜确实不会允许未婚女儿独自去外面过，青木想。

桂子说她还没和父母提过交往的事，这也许说明桂子心目中，他们俩之间并不仅仅是画家与学生的关系。

两人之间确实出现过"结婚"这个字眼。桂子是有这个心思的，从她偶尔会说"我梦见和老师一起吃早饭"之类的话就能看出来。反观青木这边就从未说过暗示结婚的话，考虑到他的年龄和成长经历，他反而想避免关系过于深入。

其实今晚也是，他只是单纯地想一起吃饭跨年，在酒店开房也不过是因为半夜赶回横滨太麻烦。桂子就纠结多了，她把青木半分看作老师、半分看作男人，在两种态度间摇摆不定，这一点倒是和青木一样。想想下午电话里桂子的迟疑，青木觉得自己在酒店订房有一半也是真想和桂子过夜。

"总之，晚上十点半我会再打电话到酒店来。"桂子在电话那头承诺，结果约好的时间过了一个小时，电话却还没有响。

到了这个点，窗外正下方的高速公路仍然车水马龙。白色的前灯与红色的尾灯汇成河流，坚定地流向各自的方向，似乎永远不会交汇。今年就要结束了，新时代乘着白光到来，旧时光乘着红光远去。大城市的万千灯火静静地守望着奔流在高楼之间的双色时间之河。跨年假期这几天空气格外清朗，东京的夜空罕见地能看到星辰闪耀。远方，天空的光与地上的光在同一片夜色中交织，近处，猎户座就高悬在高层建筑的斜上方。青木遥望着那三颗星星，忽然好奇起来，地球上哪些国家已经迎来今年的最后一夜，有多少人正在和他一样仰望着夜空中的星辰呢？

此时此刻，也许有很多人正站在被国界线切割成无数块的大地上，一同仰望着完整无瑕的天空。

他再次看看手表，又过去四分钟，房间里安静极了。好吧，桂子或许已经用她自己的方式给两人的关系下了结论。青木不由得叹了口气，这时，电话铃终于响了。乳白色的电话机就放在单人床的枕边，透过和纸灯罩，柔和的灯光将它包围。

"请问是青木老师吗？"听筒那头传来"桂子"的声音，谁知那声音随即又说，"我是桂子的朋友。"

太像了，真的太像了，青木一时间以为是桂子在跟他开玩笑。

"桂子今晚实在来不了，请我代替她来和您用餐。您不介意吧？"

这么说她确实不是桂子。但突然来这么一出，青木也不知该如何作答。片刻沉默后，女子轻轻笑了："要不等见面之后再决定吧，毕竟素不相识。不过桂子和我说过很多关于您的事，我也知道您长什么样。我现在人在大堂，十分钟后上到餐厅，您可以先过去稍等一下吗？"

一番话说得一气呵成，青木勉强答了一句"知道了"。她的嗓音好像弦乐器奏出的美妙仙乐，在青木放下听筒后还萦绕在他耳边。

大约一个月前，桂子说："我有个朋友对老师的画很感兴趣，还让我介绍认识一下老师呢。"大概就是她了。不过桂子为什么不先和自己打个招呼？青木不解，但刚才那位女子的声音确实像弓弦一样抓住了青木的心思，让他不由自主地从电话边拾起房间钥匙……

青木走出房间的时候，迈克·卡尔森正要通过机场的出境闸口。年轻的黑人职员将护照递还给他，露出一口白牙和气地微笑："祝您旅途愉快。"迈克也报以微笑，轻松地朝前迈出一步。这一小步将他带出了美利坚合众国，然后就和往常一样，一张照片从记忆中浮现出来。

迈克每两个月去一次柏林，每次都会经过这个闸口，但不知为何，每到此时，那张照片总是会从黑暗的记忆深渊中浮现，紧紧攫住他的心。他第一次看到那张照片是八岁时的事。那是在波士顿的小学图书馆，他早已忘了为什么八岁的自己会拿起那本厚重的书，不停地翻阅那些几乎看不懂的文字。只记得不知哪一页，一张照片突然映入眼帘，他本想翻过去，手指却不由得停了下来。他定睛看了几秒，还以为那些胡乱堆在土坑里的奇怪白色物体只是些坏掉的洋娃娃。照片旁边写着几个单词，其中有个词看不懂，却无比清晰地刻在了他的脑海里。吃晚饭时，他忍不住问父亲那个单词的意思。"B-O-D-I-E-S"，父亲摸摸胡子，露出困惑的微笑，慢慢地拼出那个词——"尸体"。三小时后，他把吃的全吐在了洁白的床单上，并在之后三天里双唇紧闭，拒绝任何食物。

第四天，母亲带他去看病，住进医生推荐的波士顿市立医院。一个月后，他恢复正常，变回了那个格外开朗爱笑、爱吃汉堡的"可爱米奇①"，但医生并没能抹除那张如地雷般深埋在他心底的照片，他也一直没对医生和家人说过。他把照片藏在心里，就像从超市悄悄偷来的玩具，谁也看不见，连他自己也几乎看不清。有时明知自己的双手会因此沾满泥泞，他还是会从黑暗的记忆深渊中把它翻找出来，看个不停。

说起来，他那在邮局上班的父亲、醉心于打理庭院花园的

---

①米奇是迈克的昵称。

母亲都是虔诚的基督徒，他却因为那张褪成茶褐色的老照片，在长大成人去纽约工作时选择相信自己，而不是父母灌输给他的上帝。是啊，如果上帝真的那么残酷，会像扔垃圾一样把那些人丢在土坑里，那似乎还不如信仰自己。而在那张照片之外，被上帝冷眼抛弃的人类又何止照片里的几十万倍？

六年前他因工作去了趟柏林，某种意义上可以说是命中注定的安排；但他接近当地某个组织则完全出于自愿，出自那张照片的感召。他现在去日本，归根结底也是因为那张照片。八岁时，那张照片代替吐掉的食物被他吞入腹中，如今必须把它再吐出来……

通向飞机跑道的最后一段路上阳光明媚，仿佛是他背弃的那位上帝的恩赐。跑道四周还残留着昨夜的积雪，炫目的白光反射到跑道上，令他即将搭乘的波音飞机看起来巨大到不真实。几步之外，一个少年手里的球掉到地上，向他滚来。他捡起球朝少年扔去，回了一个比对方更友好的笑容。

然后他想起刚刚道别的埃迪，埃迪他还什么都不知道呢。过去，无数与埃迪流着相同血液的人死去了。为了弥补他们的死，他——迈克·卡尔森，正要去日本参与一个即将启动的计划。这样就好，迈克告诉自己，那个如山羊般胆小善良的埃迪不需要知道什么，他也不需要对埃迪坦白那个疯狂的计划，免得吓坏了对方……

埃迪驱车离开机场，找到最近的电话亭，拨通电话，颤抖的手指不断敲击着玻璃。

"对，是东京。不，休完假去柏林前应该会回一趟纽约。他只带了一个行李箱，第五十二大街的公寓也一切如常。不知道他要去做什么，只知道在东京发现了什么东西。迈克·卡尔森牺牲假期特意飞过去，一定是有什么重大发现。"

美国青年轻松地迈开长腿登上飞机舷梯，准备跨越国境和大海时，在柏林，一位年纪和他相仿的年轻人也正准备跨越边境。十二月三十一日下午三点四十三分，他和自由之间横亘着一座桥。通往自由之都的国界线在桥那头，他在桥这头，东柏林一侧。石桥很长，但长度说到底只是一个数字，他与国界线之间真正的距离几乎是无限大。这座名为奥伯鲍姆①的大桥上共有三个检查站，每个检查站都是混凝土与铁刺网的堡垒，硬生生把大桥切成了三段。

桥上还残留着过去柏林统一时代的地铁轨道。铁轨锈迹斑斑，诉说着柏林自一九六一年夏天以来早已分裂为东西两城的现实。在过去，这座桥连接着两边，如今却比围绕着西柏林的那堵墙更加令它们远离彼此。虽然与一九六一年建墙时相比，近年两座城市间的往来自由了些，但对试图冲破边境、到西边寻求自由的人来说，它依然是太过坚固的铁幕。

矗立在柏林市区的墙壁有三米多高、共两层，其间设有多个检查站，无论到哪个检查站都要受到层层盘查。直到现在，企图逃往西方的人不论选择翻墙，还是躲在汽车后备厢里冲关，都必须做好赌上生命的准备：要么死，要么在东边的监狱里度过漫长的残酷岁月。

他——布鲁诺·豪森，一步一步，缓缓走向奥伯鲍姆桥的第一个检查站，心中做好了迎接死亡或监狱的打算。他打算尝

---

① 奥伯鲍姆桥是柏林施普雷河上的一座桥，连接着被柏林墙分割的腓特烈斯海因和克罗伊茨贝格两区，柏林市地标之一，现已成为柏林统一的重要标志。

试的方法太过冒险，死亡风险极其大。只要犯一点点失误，一分钟内他就会被乱枪打成筛子，凄惨地死在冰冷的石桥上。但在死亡和监狱之外，哪怕还有一丝抓住自由的可能性，他就不得不孤注一掷。

柏林的冬夜已经降临。从上午开始，铅灰色的天空就满是黑压压的云，差不多一小时前下起了雪，桥面上盖了一层轻柔的白。桥中央的铁轨被白雪盖了个七七八八，依稀反射着路灯的光。白到不可思议的雪花从阴沉的夜空飘下来，落到地上也被分成东西两边。雪花落到边境的施普雷河①上，也落到慢慢踏上这座桥的他的肩上。今天的雪里或许还带了些柏林城的煤炭味，连夜风似乎都格外熏人。

积雪印下了过去一小时往来于这座桥的人们的足迹，大多数脚印无疑属于老年人。柏林市区的检查站几乎每个都只允许特定人群通行，要么仅限外国人，要么仅限西德人，等等，管制非常严格。像这座桥就仅允许西柏林居民和老年人来往。六十岁以上的女性和六十五岁以上的男性几乎可以自由通行，桥上差不多全是这样的老人。这也是他避开其他检查站、选择这座桥的主要原因。

他准备靠近第一个检查站，一个似乎刚在西柏林探完亲的老人朝他迎面走来；在他身后两三米处，还有一位老妇人正要往西柏林方向去。他在上桥前超过了这个头戴黄色头巾、身穿灰色厚大衣的小个子老妇人。他装作慢慢走以免被雪滑倒的样子，以精准控制和身后老妇人之间的距离——他必须确保自己一到达第一个检查站，她就能在几秒内追上来，紧挨着他排队。

---

① 施普雷河是德国东北部的一条河流，贯穿柏林市区，过去曾经是东西德的边境线。

此刻，老妇人一手拄拐，另一只手提着篮子，脚步蹒跚地缓慢向前移动。警卫的视线近在眼前，他一边听着背后断断续续的拐杖声，一边放慢步伐，努力表现出步履如常的模样。

这座桥仅允许老人和西柏林居民通过，所以他必须装成一个今天早上来东柏林访友，马上要回西边去的人。为此，他特意脱掉共产主义国家工人标志性的厚毛衣和工装裤，换上一看就是自由世界居民的英国产大衣。检查站外面站着一个警卫，窗户里的灯光映照出另一个人的影子。外面的警卫从钢盔下面面无表情地盯着他，他感觉自己好像被扔进了几十年前那个剑拔弩张的战争时代。

"晚上好。（Guten Abend.）"

他若无其事地笑着朝警卫打招呼，装作要掏护照，把手伸进大衣内兜里。接着，他露出困惑的神情："我刚才一直在卡尔·马克思大街的朋友家……"他小声嘀咕着，假装找不到护照，在浑身所有的口袋里拼命翻找，同时竖起耳朵听身后拐杖的动静。

拐杖声停下了。

"出示护照！（Reisepass, bitte!）"警卫以不容置喙的口吻厉声喝道。

他点头表示明白，已经冒汗的手又一次伸进大衣兜里，借着这个小动作，他偷偷把目光投向斜后方。戴着头巾的脸满是皱纹，面无表情，像是又戴了一层假面具似的。很好，那张脸比他预计的距离还要近不少，他甚至不必牵动全身，只用伸出胳膊就够了。

下一个瞬间，一切同时发生。

皱巴巴的嘴唇发出嘶哑的惊叫，那声音消失时，他已经从背后钳住老妇人，从大衣里掏出手枪抵在她头巾下的耳朵旁边。检查站里跳出另一个警卫，枪口齐刷刷地瞄在他身上。周围是前所未有的死寂，雪花无声无息地飘落。人质在他臂弯中挣扎，手里的篮子掉了下来。鸡蛋、水果滚落一地，唯一一颗奇迹般完好无损的鸡蛋滚到警卫脚边，被军靴无情踩碎，蛋液流淌在白雪上，像黄色的血。警卫动了动脚，枪口仍然指着他，身子像冰雕一样纹丝不动。

"别开枪！别开枪！（Nicht schiessen! Nicht schiessen!）"人质还在挣扎，惊恐地大叫，也不知道是对着警卫的枪说的，还是对着他的枪说的。

布鲁诺冲着警卫喊："放下枪，离我远点！只要能过桥，我就不会伤害这位女士。但如果你们想抓住我或开枪打我，我就立刻打死她！到时候责任不在我，全在你们！"

这番话他自己都感到冷静得出奇。虽然浑身血液倒流，厚厚的衣服下面早已汗流浃背，他的心却仿佛和手里那把枪一样冰冷。警卫并没有放下枪，但还是默默退后两三步，给他让开道路。

"安静点，我不会伤害你的。"

年老的人质忽然停止挣扎，乖乖地被他推着往前走。就这样，在上桥前超过那位老妇人后不到两分钟，布鲁诺·豪森通过了第一个检查站。这时候，第二个检查站的警卫已经提前赶到，举枪对准了他。他们一动不动，雪花扑簌簌落在他们的斗篷上。布鲁诺小心翼翼地侧过身子，避免被第一个检查站的警卫从背后射中。拿枪抵住人质头部的手背落满白雪，手心却已经汗涔涔的。此时，比起脚底打滑，他反而更担心会不会一个手滑弄丢了枪。

里约热内卢。汉斯·葛姆里希伸向电话机的手也在冒汗。离开那个妓女的家，他没有回住了两年的小巷公寓，反而跑到海边的一家酒店开了间房，一进门立刻往巴黎拨了一通国际电话。他焦急地等着电话接通，尽管才过去几分钟，他却已经开始后悔自己在三条街外那栋房子里干的事情了。

他并不在乎杀人本身。只是松开那女人脖子的瞬间，他突然意识到她不过是个普通妓女，不是什么可怕的女特工。她说爱过一个叫汉斯的男人也是事实，但他才不会因此产生一丁点悔恨或罪恶感。全世界没有一个人可以叫他汉斯，那个东方女人一夜间却叫了不知道多少遍，瞧那得意扬扬的劲头，好像她有这个特权似的，这就足够叫她丧命了。

他坚信世上确实有生来注定被杀的人，那个女人就是其中之一。从这个意义上说，动过两次整容手术、换过十三次名字的他跟四十几年前没有什么不同。他淡定地将屋里的烟蒂用纸包好揣进衣兜，擦掉门把手和锁上的指纹。走出房门时，他猛地瞧见走廊上站着两个孩子。花了几秒钟，他才认出原来是一个小女孩，怀里还抱着个大洋娃娃。女孩留着一头西班牙式的黑色长发，身上衣服又脏又破，但在那短短几秒内，透过墨镜，她犹如一位天使从天而降，好像盛夏的阳光在乱反射中凝结出天使的幻象，呈现在他眼前一样。

小女孩只是睁大眼睛抬头看着他，不知道在想什么，和她的洋娃娃一样沉默。他没管她，径自逃走了，但在小巷中狂奔时，他决心尽快离开这座城市。小女孩是来找那个妓女的，这会儿应该已经发现尸体了。她会作证，说是一个身穿白衣、戴着墨镜遮住眼睛的白人男子干的，尽管这样的人在里约到处都是，但一旦惊动警察，还是不得不走。在这个全年被太阳眷顾的国家，没有足够他藏身的阴暗之地。

可是，该去哪里？他顶着炫目的烈日奔向酒店，在记忆中疯狂检索，然后毫不犹豫地锁定了一个住在巴黎的女人。她一定会救他，至于其他人……自从两个月前有个同伴在秘鲁雨林里的小村落被捕之后，他们就变得非常谨慎。他们会责备他犯下的过失，害怕他这样的小角色泄露他们现在的名字，甚至会反过来除掉他。只有她不一样，她一定会伸出援手。

打去巴黎的国际电话已经接通，对方却一直没接，只有拨号音在单调地重复。他对刚刚的杀人行径仍然没有悔意，只是很懊恼昨晚怎么就遇到那个妓女、刚才怎么就这么大意被一个小女孩看到了。他就是这样的人，从不反省自己的所作所为，只会懊恼不够走运。从这一点看，他也和"二战"时的自己没什么不同，对当年在高尔集中营里犯下的罪行没有一点反思。对他来说，集中营的经历完全是一场灰暗的狂欢，他喜欢得要命。再说了，那些倒霉蛋不都生来就活该被杀的吗？唯一叫他痛恨的只有命运，要不是命运作祟，他伟大的祖国怎么会失败？他这个令人闻风丧胆的军官又怎么会沦落成如今的丧家之犬？

电话拨号音还在空洞地回响。手在出汗，却又像打寒战一样微微发抖，仿佛只有那只手意识到自己犯了罪一样。他忽然发觉自己左手还拿着一把东方风格的小扇子，正啪嗒啪嗒地扇着风。奇怪，这玩意儿是哪儿来的？

愣了几秒，他才想起这把扇子是从那妓女的屋里顺手带出来的。为什么会鬼使神差拿走这么个东西？莫非是杀了个女人后，手突然想抓点什么美丽的东西不成？拨号音还在响，越听越像那个妓女的声音。汉斯，汉斯……那呼唤声中又重叠了遥远的过去那些人的声音，他们说他是个恶魔，总在背后惶恐地咒骂他的名字。汉斯·葛姆里希，汉斯·葛姆里希……

布鲁诺·豪森的脑海里也印刻着一个女孩的名字。他已经通过第二个检查站，正接近最后一个。黑暗里，检查站的灯火中，仍有许多枪口在静静地对准他，时刻准备开火。事实上，也许下一秒钟子弹就会射出，他好不容易走过的三分之二路程也会彻底失去意义。如今，只有夜色和越来越密的大雪是他仅剩的盟友。他从背后控制着人质，人质全身体重都压在他胳膊上，反倒成了他前进的阻碍。那副瘦小的身躯意外地沉重，害得他摇摇晃晃，好几次险些滑倒在雪地上，握枪的手出汗打滑，下巴在人质那条粗布头巾上擦过来擦过去。他不得不调动全部精力提防四周的情况，努力往前多走哪怕一步路，除此之外无暇思考任何事情，甚至忘记了自己如此轻率地投入豪赌，都是为了一个身在西柏林的女孩。脑海一片空白，只有那个女孩的名字在无休止地回荡。

直到今年三月，那女孩还和他一样是墙东边的居民，她在著名的菩提树下大街①附近独自租了间小公寓。一年前的圣诞节前夜，他在那里吃她做的饭菜，问她大学毕业后愿不愿意和自己结婚。她微笑起来，说自己还从未收到过这么棒的圣诞礼物。在他面前，她总是微笑，她的嘴唇在笑容里变得越发红润，像美丽的天竺葵。

然而才过去短短三个月，就在三月份的最后一天，他们在

---

① 柏林菩提树下大街（Unter den Linden），欧洲著名的林荫大道，西起勃兰登堡门，东至马克思－恩格斯桥，沿途有很多著名的景点古迹，是柏林东部最繁华的区域。Linden 指椴树，中文译名中的"菩提树"实为误译。

菩提树下大街散步时,她脸上依然挂着微笑,却冷不丁说:"就在今晚,再过四个小时,我就要逃到西柏林那边去了。"不管他怎么追问原因,她都只是微笑着摇头。而当他说那就一起逃走时,她没答应。

"西柏林有个美国青年在等我,他经常到这边来玩,我们是去年夏天开始相爱的。"爱尔莎说。他执着地询问那个青年的事,她就怎么都不肯多讲了。

他想起一个月前的一天,在她公寓的楼梯上,他和一个有点像美国人的高个男人擦身而过。等他进了屋,只见她穿着内衣,满脸写着意外。

"我累了,准备洗个澡睡了。"她说。

那还是他第一次见到她的肌肤,简直比窗外飘落的雪花更白、更细嫩。直到这时,他终于明白那天她为什么只穿着内衣,又为什么那么惊讶。

望着他垂头丧气的样子,她又宽慰似的说道:"但直到现在,比起他来我更爱的还是你,真的。"她说得好像事不关己一样,"我不是在你和他之间做选择,是在东西方之间做选择。"

说完,她仍面带微笑,转身离去。天空灰蒙蒙的,椴树的枝条也是光秃秃的,无望地从晦暗的天空里捕捉春天的影子。他还是不明白,像她这样美丽聪慧、成绩优异的女大学生为什么会爱上他这种只会按图纸造机器的工人,又为什么突然离开,他只能默默地目送她的背影渐行渐远,最终消失在菩提树下大街的尽头。

那是他们最后一次见面。也不知道她用了什么方法,一周后他收到一封用化名从西柏林寄来的信,得知她已平安越过了柏林墙。信中还写"那天忘记和你告别了",然后是"再见

(Auf wiedersehen)"两个字。信纸右下角是她惯常的签名：一个大大的首字母 E。

现在，那名字随着心脏的悸动在他体内激荡。在菩提树下大街的那一天，他就应该直接追上去留住她——可是他没有，他眼睁睁看着她离开，暗下决心自己也要到西柏林去。之后过了九个月，今天，他终于开始追逐消失在萧瑟林荫道尽头的她的背影，只是眼下他已经什么都顾不上了，人质差点在最后一个检查站前滑倒，他耗尽全身力气，才用一条胳膊死命撑住了她。

雪还在下，他甚至已经感知不到那是雪。在大脑的一隅，他蒙蒙眬眬地看到那一日尚未抽出新芽的椴树终于一齐绽放出无数的花朵，纯白色的柔软花瓣铺天盖地，在他眼前疯狂地飞舞……

在里约，一个纳粹残党紧握听筒，等待着对面接听；在纽约，一个美国青年等待着飞机起飞；在东京，一家酒店的观景餐厅里，一个眼下还只是画家的男人等待着给他打来电话的女子——而在柏林的边境桥上，一个年轻人等待着用双腿跨过国界线的一刻。他已经过了最后一个检查站，只要躲过桥头监视站警卫的枪口就大功告成了。现在，距离国界线，距离自由，只剩下最后几米。

此时，巴黎和柏林同为下午三点四十八分。窗外是灰扑扑的冬日云层，暮色比往日来得更早，黄昏透过玻璃窗，悄然流进屋里。玛丽·卢格雷兹正在用收音机听瓦格纳，肥硕如牛的庞大身躯整个陷在天鹅绒沙发里。不仅耳朵，她肥胖的躯体甚至全身的皮肤都在全力吸收那庄严的旋律。她的脸上带着一种成功者特有的祥和——耳边的瓦格纳音乐，毗邻巴黎市政厅的豪华河畔公寓，窗外想看就看的塞纳河风光，屋里的成套暗红色调家具，传自路易王朝时代的古董书桌，桌上相框里丈夫的笑容，十年前丈夫去世时留给她的巨额遗产和两个孩子……这一切都叫她心满意足。

其中一个孩子皮埃尔在父亲去世后继任卢格雷兹医院院长一职，去年结了第二次婚，夫妻俩和玛丽一同生活。另一个孩子贝纳尔做了实业家，和妻子住在巴黎市郊，两口子时不时来探望玛丽。他俩其实都不是玛丽亲生的。"二战"结束半年后，她和时任卢格雷兹医院副院长的丈夫结婚时，丈夫和去世的前妻已经有了两个儿子，不过血缘本身并不代表什么，两个孩子敬爱她如同亲生母亲，她也同样疼爱认真可靠的大儿子皮埃尔，以及到了四十二岁还脱不了孩子气的小儿子贝纳尔。

她对去年刚嫁给皮埃尔的妮可也很满意。尽管还不到三十岁，妮可已完全担得起院长夫人的头衔，对年长许多的丈夫给予充分支持，对她这个婆婆也敬爱有加。从各方面看，妮可都比前年和皮埃尔离婚的前妻卢克塞娜要好得多，只除了一点，卢克塞娜一直没有身孕，妮可却结婚半年就怀上了。

妮可是半个月前生的孩子，昨天刚带着婴儿一起出院回家。隔壁房间时不时传来婴儿的哭闹声，把瓦格纳的旋律切得支离破碎。尖锐的啼哭不仅让瓦格纳尊严扫地，也嘲笑着她的尊严，这是唯一令她很不满意的地方，烦人得很。

其实她也可以主动开门，要求婴儿安静一些，但她做不到。之前去医院探望的时候，昨天妮可出院回家的时候，她都抱着婴儿，摆出一个祖母该有的幸福微笑。就在刚才，妮可还有点担心地问："有没有打扰婆婆听音乐呀？"她则回答："说什么呢，婴儿的哭声对我来说就是最棒的音乐。"

她有点恼火地盼望瓦格纳的乐曲赶紧快进到高潮段落，好盖过婴儿的哭声，但没人能从她脸上看出丝毫不满，她还是那副对一切都心满意足的祥和表情。结婚四十多年，她从来没在脸上显露过真心，如今连自己都时常相信她真的是那个温柔体贴、善解人意的玛丽·卢格雷兹了。

这时女佣走了进来："有您的电话。"

"给我转进来吧。"她回答，伸手抓起沙发边桌上的听筒。电话那头固执地询问："你是卢格雷兹夫人吗？"然后突然说，"我是汉斯·葛姆里希，现在在巴西里约的酒店。"

听到这番话，她仍是一脸平静，神情分毫未动。

"你怎么知道我的电话号码？"

"一年前，我在一本法国杂志上看到过你，是你以慈善家身份访问孤儿院的照片。我想你了，就查了一下，想给你打个电话。"

"怎么查的？"

"巴黎卢格雷兹医院的电话号码好查得很。先打去医院，接电话的女孩说老院长已经去世，现在是他儿子当家了。她还告诉我，你现在和儿子儿媳一起住，以及家里的电话号码——放心吧，我用的假名字，就说以前在这儿住过院。不过那次我决定还是不打扰你了，我还不想离开巴西。但现在……受不了了，我真的厌倦了这个国家的太阳……"

一分钟后，她说"我一会儿回给你"，把对方酒店电话和现在用的假名字记下来，挂断电话，走到窗边。汉斯说要逃到巴黎来，她需要在两分钟内决定如何处置他——不，一分钟就够，汉斯的未来她完全可以在一分钟内决定。

家人亲朋都不知道，论意志之坚强、抉择之果断，恐怕全欧洲都找不到第二个能与她比肩的女人。凭借这份决断力,"二战"结束那年她抹杀了一切过去,到另一个国家,重生为另一个人,过上现在的幸福生活,连她原本的相貌都一并舍弃了。和她一起逃亡的人里,有人通过整形手术改换头发和眼睛颜色,但她只靠自身意志力便实现了脱胎换骨。战争结束后,她一直往身体里打促食欲的药物,短短半年后,原本瘦到人称"铁钉",像男人一样尽是肌肉的身体已经变得满是赘肉,体型足足肥了三倍。从前像集中营里饥饿的囚犯一样放着精光的大眼睛也陷到厚实的眼皮和脸颊肉里,变成兔子一样的小眼睛。要说她就是那位"铁钉玛尔塔",怕是连过去的同伴都不会信,更别说他们都以为她在逃亡路上卷入某个边境小村的火灾,早就不在人世了。

德国败亡前夕,她敏锐地察觉大势已去,便向待如亲弟的汉斯提议放弃集中营和祖国,直接逃走。这么重大的抉择只花了她一分钟时间。逃到德法边境附近的一座小村庄后,她躲进仓库,又用了几秒钟便决定放火焚村。随即,她用锤子砸死一个体型与自己相仿的村妇,给尸体换上自己的衣服再烧毁上半身,最后把装有自己身份证和勋章的包扔在了尸体旁边。

再后来她成功越过边境,到了法国。那一刻起她摇身一变,成了一个名叫玛丽的法国女人,在战争中失去了所有亲人。战争结束后她去了巴黎,之后的一年间她还保持着和汉斯的联系。结婚满半年时,听汉斯说想和以前的同伴一起躲到南美去,她也瞬间有了主意。她热情鼓励他离开,给了他三千法郎,还要他发誓万一被捕,他必须一口咬定玛尔塔早就死在了一同逃亡的路上。

坐在卢森堡公园一隅的长椅上,汉斯·葛姆里希提议两人一同出逃，她当场拒绝："我为什么要逃？我是杰克·卢格雷兹的妻子，法国人，和德国、和纳粹都没有一点关系。"说完便起身离去。那是她与汉斯·葛姆里希的最后一次见面。四十多年过去了，现在汉斯突然找上门，她开始思考对方的用意。

她先是怀疑这可能是某种陷阱，于是谨慎地表示会给他回电话。接着，她猜想汉斯可能是被人盯上了。简短的通话里，汉斯说他只是在那个热带国家待腻了才想回巴黎来，但相比从前，他的嗓音听起来异常嘶哑，语气隐约带着焦虑。如果他确实被盯上了，那让他来巴黎、和他有任何接触都将是极度危险的。

但她转而想到另一种可能性。汉斯不可能对玛尔塔撒谎，一向小心的他倘若真如电话里所说，早已被长年的逃亡生活和南美的烈日消磨殆尽，如今死期将近，他只想回巴黎向旧日真爱寻求最后的安宁的话……

这才是最合理的推测。一想到这儿，她立刻下定决心赌上一把。汉斯·葛姆里希还活着，她原以为他早已改名换姓，死在了南美洲的不知名角落，可竟然没有。他也是世界上唯一知道玛尔塔·里维仍在世的人，那些早已被玛尔塔忘掉的过去，世上竟然还有一个人记得清清楚楚——她不能忍。

事实上即便在当年，她也不想看到汉斯活着。可以这么说，来巴黎那一年，甚至婚后的半年间，两人之所以一直保持联系，是因为她一直在找机会干掉这个唯一知晓她秘密的人。她还利用他，让同伴们相信她已经死了。汉斯告诉他们，他亲眼看着玛尔塔·里维葬身火海；同伴们必定又将这一死讯散布出去，于是人人都相信她确实死了。达到目的以后，这个叫汉斯的男人就没用了，她甚至打算把他也收拾掉，省得惹祸。只是在下手机会来临之前，他先吐露了要流亡南美的想法，她想既然一时不好下手，那让他滚得远远的也不错，这才大力支持他的计划。现在想来，这算是她人生中唯一的失策，没想到过了这么多年，纠正错误的机会竟然自己送上门来了。

她知道汉斯即便被抓也不会把她供出来，只是，她不能容忍一个比她更清楚她黑历史的人留在世上。四年的集中营经历给她植入了一个根深蒂固的信念：任何让她不能容忍的事物，她都应当给予相应的惩罚。

望向窗外，今天的巴黎早早迎来黄昏，整座城市逐渐笼罩在灰色的帷幕里。街道单调而寂寥，好像沉在水底的废墟。她很喜欢冬季黄昏，冰冷的天空以近乎死亡的安宁包裹着这座城市，无声地保证她确实能安全走完渐渐缩短的余生，成为笑到最后的人。没想到事到如今，她幸福的晚年图景中突然冒出来两个碍事的：一个是汉斯·葛姆里希，另一个则是让瓦格纳高雅的旋律彻底颜面扫地的婴儿啼哭。

关于汉斯嘛……一旦下定决心除掉他，他就变得无关紧要了。很多年以前，汉斯总用在她听来幼稚又任性的语气说"有些人生来就是注定要被杀的"，只可惜他是个蠢货，没发现他自己也是其中一员。如今令她挂心恼火的，只有一刻不停的婴儿哭声罢了。那哭声将她拖回早已忘却的过去。是的，她真的忘记了，甚至把集中营里的一切当成了自己的凭空想象——她只是一个错信了纳粹的法国人，她只是天天梦见自己变成了折磨囚犯的女军官，那只是一个太过真实以至于被她当成亲身经历的梦……

丈夫死后不久，她曾在电视上看到过奥斯维辛还是达豪的集中营废墟，那里早就长满青草，不是原本的模样了。彼时那段岁月对她来说已经像是梦中情景，她早就忘得七七八八了。至于当年她所在的高尔集中营，地处德国北部，纵使遗址还在，到这个季节恐怕也已经是一片雪地白茫茫，正如她心中名为"过去"的废墟同样在四十多年后被黑暗掩埋一样。只有那阵婴儿的啼哭，无论是在街角、在列车上，或是随便什么地方，总能一次又一次将她带回过去。

那时候，德国的败亡已经近在眼前。就在她离开集中营的一个月前，一个女人被送了进来。那女人挺着难看的大肚子，很快就要临盆。她没有像对待其他囚犯一样残酷折磨那女人，婴儿平安出生后，她甚至还亲手抱过。不过孩子出生没多久她就逃走了，那婴儿的啼哭，她最多也就听过十天。然而为什么那哭声穿越了四十多年光阴，至今仍在她体内留下印记？明明那些被她下令处死的囚犯、集中营的铁丝网、雪地上的军靴脚印、倒在泥泞里的尸体，都早已从她的记忆中消失……她自己也无法解释，这么多年下来，婴儿的啼哭仍然总能引起她的烦躁和惶恐。

一分钟过去了。离开窗户，她慢吞吞地把水牛般的笨重身躯挪到沙发边，把纸上的号码记在脑子里，撕掉纸条，拿起电话。等待接通时，她在心中暗自演练要对汉斯说的话——今晚就离开里约吧，到巴黎来，圣日耳曼大道上有一家勒鲁多尔酒店，你就住在那里。我会在一周以内联系你，没关系的，不用担心，有"铁钉玛尔塔"在，你什么都不用怕。我想你了，汉斯，你我的重逢一定会很棒……

他在雪地上滑了一下，人质和他的身体拉开一点点距离，下一瞬间他重重摔倒，但并不是因为刚才的脚滑——一声枪响放倒了他,接着一股巨大的冲击打进他的腿。他没感到疼,也没空感受疼。他倒在地上,没拿枪的那只手艰难地向前伸,白色的国界线半埋在雪里,就在他手指尖能够到的地方。历经千辛万苦过了桥,眼看着离国界线只剩两米远,却在最后关头被一发子弹断送了希望。

他挣扎着往前爬,身子却只移动了几厘米。两条腿在子弹冲击下失去知觉,好像有一股强劲的力量在把他往后拖拽,他用尽全身气力,也再无法向前挪动半寸了。警卫们迈着谨慎的步子缓缓靠近,他们的脚步声仿佛已经压在了他身上。

自由触手可及,他却再也抓不住,等着他的要么是死亡,要么是漫长的监禁。但这些都无所谓了,他在脑海中不断呼唤着那个女孩的名字。抬起满是落雪的脸,他只看见人质向前跑动的双腿。他甚至认不出那是刚刚的人质了,满脑子只剩下一个念头——那个女孩这次真的要从他身边逃走了。

他拼命伸手想抓住那双腿。就在这时,老妇人突然停下脚步,迅速掉头往回跑过来。警卫也诧异地,应该说是不知所措地停住,不知道到底发生了什么情况。刚刚还是人质的老妇人一脚跨回国界线东边,面朝倒地的青年俯下身子,双手架起他的胳膊就往西北拖。而青年已经意识不清,只模模糊糊地感到自己的头、肩膀、手臂正渐渐地越过国界线。最后,老妇人扶起他的身体,他这才看见自己血淋淋的双腿也已经到了国境的另一边。

一个胖胖的男人走近,从腰间拔出手枪对准他,是西德的海关职员。这人显然不清楚状况,见青年手里还握着枪,便拔出手枪以防他伤人。

"不要开枪,不要开枪!(Nein, nein!)"老妇人冲着男人大声喊,"这位年轻人的枪里没子弹,他只是帮我逃跑而已!"

海关职员似乎还是一头雾水,那张裹在头巾下的小脸一开口竟然发出男人的粗犷嗓音,着实吓了他一跳。

鹅毛大雪中,两束车灯由远及近,在他们面前停住。车上跳下来两个人,看都没看海关职员和对面仍然端着枪的警卫,就把越境的两人推上了车后座。

车子立刻开动。

"先去医院,帮这位年轻人处理腿伤!"

"明白。"驾驶员回答。

坐副驾的男人回过头来,笑容满面地说:"恭喜您,贡塔尔先生。"

被称作贡塔尔先生(Herr Günther)的男人摘下头巾长舒一口气。一头白色长发下的细小面庞看上去依然有点像老太太。

"多亏了这个年轻人,演得太完美了。谁会发现他才是那个掩护我逃跑的'人质'角色呢!"

贡塔尔用细瘦的手臂紧紧拥抱他,再次对他说"谢谢(Vielen Dank)"。

观景餐厅里,坐满了全家一起参加跨年派对的客人,其中也有外国人的身影。他们大多是在这家酒店跨年度假的住客。会场流光溢彩,晚礼服与振袖和服交相辉映。舞台上,穿着燕尾服的餐厅经理宣布:"再过七分钟,今年就要结束了。我们的侍者将依次为各位来宾斟满香槟,让我们一起准备举杯庆祝!"

青木坐在最角落的靠窗座位上,透过窗玻璃上喧闹的倒影,凝视着室外的宁静夜色。服务生走过来,要为他倒香槟。

"还有个人没来呢。"青木伸手遮挡杯口。

身后传来一个女声："请问是青木老师吧？"

青木闻声回头，却没找到人，站在那儿的只有一位金发的外国女郎。女郎微笑着启唇："让您久等了，我可以坐下吗？"嗓音流丽，确实就是电话里那个人，青木却总觉得是搞错了，一时间竟然忘了请她入座。

女郎坐下，举起香槟杯示意一旁的侍者。杯子上的树叶花纹在她洁白修长的手指上投下光影纹路，随着香槟注满玻璃杯，树叶也逐一染成了粉红色。他不敢相信女子真是桂子的朋友，只好盯着渐浓的粉红色叶影，像发现了绝佳的绘画素材一样看个不停。

"伤势还好吧？"

听到贡塔尔的声音，布鲁诺轻轻点头。

"马上就到医院了。"驾驶员说。

贡塔尔真诚地长舒一口气，又看向他："好了，现在能说了吧，你为什么帮助我逃亡？按照约定，一旦平安过墙就要告诉我。"

他没有回答，贡塔尔又说："你帮助我不像是出于政治目的。还是说你和其他年轻人一样，只是向往自由？"

"——不是的，直到今年春天，我对东边都没有任何不满。我不渴望自由，这次也不是为了自由，只是……"他本想说"为了爱尔莎"，一阵痛楚向他袭来，还没说出口的话瞬间化作痛苦的呻吟。

"抱歉，这种事确实也不重要。"贡塔尔安慰地拍拍他的肩。

霍尔斯特·贡塔尔直到十五年前都还在东德政府担任高官，但布鲁诺不关心这些。三个月前，他找到一个搞政治活动的朋友打听去西边的办法，三天后，朋友给他介绍了一个人。那个人又引荐其他人，一来二去就结识了霍尔斯特·贡塔尔。眼见这位名字响当当的大政治家出现在自己面前，布鲁诺着实有些吃惊，至于贡塔尔是出于何种政治目的而策划逃亡，他则一点兴趣也没有。对他来说，霍尔斯特·贡塔尔也不过是个能助他逃到西边去的帮手。

汽车沿着柏林墙疾驰，墙上密密麻麻画满在东德绝对看不到的油漆涂鸦。

"我们是一体的"，他认出这样一行字。在现在的布鲁诺眼里，"我们"指的不是德国人民，而是他和爱尔莎。一直到昨天，这堵墙还将他们俩困在异国的黑夜里，今天却成为一道纽带，让他们再次相连——

此时此刻，他仍然没有已经身处西方的真实感。车子行驶的道路紧挨着墙壁，在黑夜和大雪的包围下黑黢黢的，和东柏林无异。爱尔莎，爱尔莎……他心中不断呼唤着她的名字，滚烫的感情比腿上流出的鲜血更加灼热。飞雪与疼痛让他意识混乱，总觉得和爱尔莎之间似乎仍隔着一道鸿沟。他是对的，只是现在还不知道。

他根本想不到，今年三月他们在菩提树下大街分手后，他的爱尔莎并没有真的逃亡到西方，而是以东柏林大学正规留学生的身份，去了遥远的异国——

"我叫爱尔莎·罗塞加，柏林来的留学生。来日本是为了研究日本文化，今年四月一日到的。"女郎只有说到自己名字和"柏林"两个词的时候才用德语发音。带着一抹灰调的浅蓝色眼睛，淡金色头发，极流畅的日语，让青木感到颇为不协调。她背后是刻有几何花纹浮雕的石墙，倒映的影子仿佛另一个人，带给青木一种奇妙的错觉，似乎是那看不见的女人在说日语似的。她穿了一件样式朴素的灰色毛衣，但一头金色的披肩发使她整个人看上去熠熠生辉。倾泻的灯光让一头秀发愈加耀眼，让这位突然现身的异国女子又多了几分神秘感。

"你日语说得真好。"

"我在柏林上大学时学过四年，现在主要是跟着桂子学。自从和她交了朋友，我的日语变得自然多了，所以说话方式也有点像她，对不对？"

青木想起刚才通话时差点把对方认成桂子。她说话时句尾微微拉长，略显撒娇的语气确实和桂子很像。

"你们什么时候认识的？"

"今年的——"她顿了顿，"秋天的开始，在日语里怎么说？"

"初秋？"

"对，就是初秋时，我们在美术馆认识的。当时我对一幅画非常感兴趣，一直盯着看。旁边有位女孩也和我一样，对着它看了很久。我原本是不太能理解日本人漆黑的双眼到底在想些什么的，但我几乎立刻看懂了她的眼神——是那画中的女子，或干脆是画家本人俘获了她的心。我猜，她一定很了解那位画家，就请求她和我聊聊画家的事。那女孩就是桂子，而那幅画正是老师您的作品《虞美人》。"

那幅画青木自己也印象深刻，是他二十六岁时的作品。凭借这幅画，他斩获了知名大奖，从此一炮而红。虽说以花为题，画面内容却是一位虚构的女子。

说到初秋，当时青木和桂子也才刚开始交往。青木记得桂子说她很喜欢那幅画，还时常去青山的美术馆欣赏作品原件来着。那么桂子所说"想介绍认识一下"的朋友,肯定是这个女子没错了。但桂子没说她是外国人,事后也没有再提起过。为什么呢——青木感到很不可思议,随即又想:桂子恐怕又在纠结一些无聊小事了。

"看到我这样的女人突然出现,您一定很吃惊吧?不过,我是有意让您吓一跳的。说实话,今天由我代替桂子赴约的事,其实前天就已经说定了。"来自柏林的女孩注视着青木,浅蓝色的双眸闪着光芒。

"前天桂子对我说了今晚要和您见面来着。我和桂子很熟,她经常提起您。她看起来有些为难,您知道的,在日本,一年的最后一夜非常重要,她不能抛下家人,自己跑出去过——所以我请求她,由我代替她来。下午她给您打电话时,我就在旁边,她是在我东京四谷的公寓里打的电话。她照我的建议说了,只是对于我替她来或者吓老师您一跳的事还是不太情愿,但最后还是拗不过我的强硬请求——是的,是我坚持要来的。"

"为什么要这么做?"

"因为我比桂子更需要您。"女子露出微笑。未施粉黛的面庞光洁白皙,一抹微笑让她的容颜像化了妆一样明艳动人。

青木一头雾水:"需要我?可我们今天才第一次见面。"

"没错。"她以微笑作答。青木只觉得她的笑容充满嘲弄,像个恶意的玩笑,又或是她理解错了日语里"需要"这个词的意思。

"好吧,那你为什么需要我呢?"青木反问,舞台上传来"还有一分多钟,今年就要结束了"的声音。

"各位杯中都有香槟了吗?让我们准备干杯!"

舞台上的钢琴曲从欢快转为宁静。旁边一个孩子不小心拉响了花炮,伴随母亲的责备声,周围的客人纷纷失笑。花炮声让四周安静下来,吵吵嚷嚷走了一整年的时间在短暂的静寂中弥散开来,充盈在一窗之隔的东京夜空里,慢慢地进入了跨年的倒计时。

自称爱尔莎·罗塞加的女子举起手中香槟,再度与青木对望,饱含笑意的双眼闪着小小的亮光。水蓝色汪洋里升起的那盏遥远明灯,无端地让青木联想起她的故乡柏林的灯光……啊,柏林,那是他从未踏足的地方。

"我们找到'它'了。(We've found it.)"

飞机缓缓滑行,邻座一对美国老夫妇中的老太太开心地欢呼起来。系好安全带后,白发女士仍在手袋中翻找着,终于随着一声欢呼,从手袋里掏出一把小钥匙,似乎是他们的家门钥匙。

"我们找到'它'了。"迈克·卡尔森在心中重复。最近半个月,他常常听到这句话。半个月前她打来国际长途,开口第一句也是这个——"我们找到'它'了。"紧张的语气下是掩饰不住的喜悦。

"是男的,还是女的?(He or she?)"迈克问。

"当然是男的(He)。迈克,你听不出我有多高兴吗?"

是女性(She)则意味着这次计划需要大幅修正,所以迈克自然也很高兴。

"不过男女并不重要,对我们来说都只是'它'而已。"前天清晨接到的国际长途里,她也这么说。

"我决定后天去接近'它'。所以你也尽快来东京,一刻都不要耽误。"电话中,她细心地避开"他(He)"这个词,一直用"它(It)"来做指代。

"我会不惜一切代价,把'它'变成我的……不,是我们的。不过迈克,你一定要明白,不管使用什么方法,我都决不会背叛你。为了你,我已经背叛过一个男人,不想再干同样的事了。这次接近'它',也纯粹是为了实现计划。"

"关于这一点,今年三月,在你离开柏林之前,我们已经谈得够多了。"

"对,我想最后确认一次嘛。迈克,我们是相爱的,对吧?"

他沉默了两三秒,说:"这显然毋庸置疑。"

"我有自信让'它'爱上我。这说明我们找到了完美的'它'!"

她热情洋溢的声音在他脑海中回荡,旋即被机身的轰鸣渐渐湮没。迈克·卡尔森高大的身躯跟着飞机摇摇晃晃,速度化成力量压住他全身。轰鸣与震动中,他试图在脑海里找出那个年轻人的名字,不凑巧,已经九个月不曾提起的姓名还是没能马上从记忆中苏醒。

他只在东柏林她公寓楼的昏暗楼梯上见过那个年轻人一次,那人有一双孩童般纯真的眼睛,足以让年轻姑娘为之着迷。事实上她也确实迷恋过,然而,为了一个偶尔从西柏林过来游玩的美国青年,她还是毫不迟疑地抛弃了那双褐色眼睛的主人。

迈克·卡尔森想起在东柏林她的公寓度过的夜晚。准确说也不算夜晚,只是从黄昏到入夜之间的短暂时光。从西柏林过来的人必须在当天夜里十二点前回西边去,如果有人发现她和西边的人有接触,她去日本留学的事恐怕就要泡汤了。鉴于风险始终存在,他只能尽量减少在她家里消磨的时间。

两人将彼此的热情凝缩在短暂的时光里,房间一隅简陋的床上,他们热烈燃烧激情。这种在全柏林以及她正牌男友眼皮子下面瞒天过海的行为，似乎更适合黑夜而非灰色的黄昏。一想起她，迈克眼前马上浮现出她在夜幕下展露洁白身躯的模样，她应该也是一样吧！有一次他下床穿衣服时，她还笑着说"你好像一阵偶尔自西边吹来的夜风"。

这么说来，过去她慷慨赠予他的美妙夜晚，如今也将同样送给"它"吗——

飞机突然大幅度倾斜，开始拉升高度。尽管平常坐飞机都坐到吐，但这个瞬间永远让他产生一种错觉，好像身体马上会被扯得四分五裂，碎片洒得满天都是，就像那张照片里的无数人体一样。飞机机身斜切着地面，朝云层直冲飞去——对了，那个人叫布鲁诺·豪森！迈克总算想起了那个名字。

"布鲁诺向我求婚了，我也答应了。到三月为止我要稳住他，不能让他发觉你的存在。我是个多么坏的女人啊，简直自己都不敢相信。""不仅是布鲁诺，为了你，未来我还要抛弃多少东西？"……

迈克·卡尔森把手表调到东京时间。要不了多久，再过几十秒，东京就要告别今天了。她是不是已经把体内的夜送给"它"了？九个月没有抱过的胴体将他的脑海映成一片白。舷窗外，冬日初升的阳光同样白到晃眼，脚下倾斜的摩天楼都市越来越远，就这样融化在无边无际的白光里……

阳光穿过挂在窗户上的床单照进房间，昏暗的空间逐渐被白光占据。里约这间屋子里，一具尸体仰倒在床上，同这夏日一起腐烂凋零。一只苍蝇飞累了，落在她的脸颊上。床边，小女孩抱着洋娃娃站着发愣，不明白今天的丽塔为什么睁着眼睛睡觉，为什么叫她好多声都不会再笑。小女孩又叫了她一声，摇一摇她垂到床下的双腿。钟声突然敲响，宣告正午的到来。小女孩搞不懂了，丽塔一向讨厌教堂的钟声，每次都会捂住耳朵，为什么今天却一反常态，乖乖地听着？另一只苍蝇停在丽塔一动不动的耳朵上，第一只在她褐色的脸颊上爬来爬去。忽然，另一个声响打破钟声的余韵，满屋的日光与热浪碎落一地。苍蝇受惊飞起，小女孩吓得想逃。然而，丽塔仍旧动都不动……

"五秒、四秒、三秒、两秒、一秒——"

和弦奏响，舞台上钢琴演奏起《萤之光》。人们互道干杯，玻璃杯彼此叮咚碰撞，花炮纷纷拉响，此起彼伏的声音中，时间带着过去一年的余韵，流入崭新的一年。来自外国的客人纷纷起身亲吻彼此。

爱尔莎也和青木碰了杯。她轻品一口粉红色的酒，起身弯腰，越过桌子上方，在青木的脸颊印下一个吻，留下一串甜美的芳香。无从分辨那究竟是香槟的芬芳还是女郎自己的香气，青木也直起身子，在她脸上回吻一下。

"新年快乐，用德语怎么说？"

"Ein glückliches Neujahr——老师，您不会德语吗？"

"完全不会。年轻时倒是在法国住过三年，德国一次也没去过。"听见青木的回答，爱尔莎神情有些微妙，青木还没有反应过来，她就又用微笑遮掩了过去。

一曲《萤之光》奏毕，客人纷纷到餐厅中央的大桌子拿取装饰豪华的餐点。他们两人坐着没动，青木没什么食欲，问对方要不要拿点什么，爱尔莎摇摇头。

"那就回答一下我的疑问吧。你说需要我是什么意思？"

爱尔莎不理会这个问题。过了片刻，她从窗外的夜景中收回目光:"我想先请教一下关于您自己的事。桂子对我说过不少,但我更希望您能直接告诉我。"

"你想知道什么……"

"主要是您小时候的经历。比如在哪里出生,父母是什么样的人。"

青木摇头:"我出生在东京,桂子应该告诉过你。父亲在我出生前就去世了,母亲也在生我后不久死于东京大轰炸——轰炸这个词,听得懂吗?"

女子默默点头。

"她死于大轰炸引起的火灾,我却奇迹般活了下来。直到现在,这里都还有烧伤的痕迹。"青木摘下手表,手腕处有淡淡的白色纹路,看得出是死皮,"后来,我被姨妈姨丈抚养长大。"

"那位姨妈,是您母亲的姐姐?"

"对。"

"那您是在横滨长大的喽?"

"是的,姨丈当时在横滨的贸易公司工作。不过他们两位也都在十年前过世了。"

"什么时候开始画画的呢?"

"小时候就画了。我在懂事前就很喜欢涂涂画画,姨丈觉得我可能有这方面天赋,就让我专门学习。夫妇俩都是很好的人,从各种意义上说我都过得很幸福。"

"您父亲是做什么的?"

"据我所知,战前他和姨丈一样,都在贸易公司工作。"

"是东京的公司吧?您出生的地方在东京哪里?"

"永田町。"

"永田町在哪里?"

浩如汪洋的夜幕下，东京塔矗立着，像一座光之塔。青木指了指那附近。

"那房子现在还在吗？"

"不在了，大轰炸时就烧毁了。"

"您母亲是什么样的人？"

"听说和姨妈一样性格温柔，而且非常爱我。大轰炸的时候，她也是为了保护我才不幸遇难的……关于父母，我只知道这么多。你为什么好奇这些？"

青木厌倦了受审一样的连续问答，忍不住反问。

女子充耳不闻，远远眺望着青木刚才所指的光之塔周边一带，视线淡淡的，和夜景中的灯光十分相称。她就这样侧着脸，喃喃地说："您怎么知道呢？"又转过脸看着青木，眼里带着不同于之前的紧张情绪。

"您说只知道这么多，可您怎么会知道这些呢？父亲在东京的贸易公司工作，母亲死于大轰炸，家住永田町——您怎么知道这些不是姨妈他们骗您的呢？"

"……"

"那位姨妈也未必真是您母亲的姐姐。老师，也许您的出生地根本不是东京甚至不在日本，而是遥远的异国他乡，然后在懂事之前被带到日本，由一对毫无血缘关系的夫妇养大。毕竟人不可能记得刚出生时的事情。还是说有证据能证明您的话？比方说，当时的照片。"

手头最老的照片是上小学前和姨妈夫妇在横滨港前面拍的合影。青木无奈摇头。

"桂子说您甚至不记得亲生父母的长相，是因为他们俩都没留下照片吧？"

"都在大轰炸期间烧毁了。"

女子轻笑出声:"所以我才问您怎么知道的。母亲死于轰炸也好,所谓亲身经历也罢,不都是从姨妈那儿听来的吗?"

"但这里……手腕上有烧伤的痕迹。从我懂事起,它就一直——"

"这也未必是大轰炸造成的,兴许是别的原因呢。"

年过四旬的青木时不时还会梦见那场大火。火舌从四面八方包围他的身体,还有一位拼死护着他的女性……可不管她的胳膊多么用力抱紧他,火焰仍点燃了她的手臂,离他越来越近。在梦中,在漆黑的夜里,青木总能清晰回忆起那火焰的颜色,他决心有生之年一定要用手中画笔将那色彩描绘出来。梦中的大火如此鲜活逼真,除亲身经历过以外,似乎没有别的可能,但"记得刚出生时的事"本身就证明这段记忆根本不真实。

青木生于昭和二十年[①]二月三日,东京大轰炸[②]的一个月前。那一切有可能是听了姨妈的讲述,在往后许多年中自己虚构出的记忆,也可能确实有过这样一场差点害死他的大火?又或者,其实爱尔莎说得对,那并不是大轰炸的记忆,而是别的什么火……

"你——小姐,你究竟想说什么?关于我父母,难道你还知道别的事情?"青木有些烦躁,这位突然冒出来的外国女郎似乎想要强行否定他的过去。

不知何时,钢琴声消失了,只有钟声在空气中振动,似乎是广播喇叭在转播跨年的钟声。庄严的回响平息了餐厅的喧嚣,

[①] 即一九四五年。
[②] 指"二战"期间美国陆军航空队对日本东京进行的一系列大规模战略轰炸,主要指一九四五年三月十日和五月二十五日两次轰炸。

每敲一下，夜色中属于去年的余韵似乎就又少了一分。

眼前女子的一头金发冲淡了钟声带来的东方氛围。她没接话，像是不想破坏钟声的韵味，过了一会儿，她从包里掏出一张明信片大小的照片，放到青木面前。照片上是一幅画，画着一位身着和服的日本女性。

"原画是私人藏品，我只能拍了照带过来。实物尺寸差不多有照片十倍大，好在色彩方面基本一致——和您那幅画很像，不是吗？"

青木在心中默默同意，确实很像《虞美人》的女主角，只是《虞美人》画的不是真人模特，容貌、服装都做了模糊刻画，她穿着一袭红衣，却看不清是洋装还是和服。爱尔莎递过来的这张是水彩画，画中女性的鹅蛋脸轮廓、圆圆的双眼、薄嘴唇、半遮住耳朵又在脑后扎起的头发，种种细节都像照片一样细致。两者整体氛围确实接近，如果对照片里这张画做个失焦模糊处理，几乎就是《虞美人》了。另外，这张画的女子身上的和服色彩更暗一些，但和《虞美人》一样，都是红色系。更重要的是，一眼望去，就会发现这张画中女子脸上的忧郁神态，与青木《虞美人》的女主角如出一辙。

当年画《虞美人》时，没能在想象中完全摸透的女性容貌，现在突然轮廓清晰地呈现在眼前，青木不禁有些迷茫。

"这是谁画的？"

女子目光冷静地审视着青木不自然的神情。

"老师，您要是对这个话题感兴趣，我们不妨回房间细说。"她突然开口提议。

青木缓缓点头。

"不过有件事要先说清楚。您了解德国历史吗？"

"不太了解……"

"德国现代史有一段不光彩的纳粹统治期,这您是知道的吧?六百万犹太人的死,遍布德国的大大小小集中营……每天都有无数人被货车装去送死。有一座集中营,地处西德的北部——当然早就拆掉了,据说现在已经是一片荒野——那里的青草和夏日风光都非常美丽,不知情的人见了,绝对想不到那曾是个比地狱还可怕的地方。"

"呃……"

"那座集中营存在于一九四二年到一九四五年三月。那里的刽子手们在当年三月——也就是盟军到来的半个月前——集体逃亡了,临走还烧毁了所有罪证。那里的三月应该还是一片冰天雪地吧。盟军来了以后,救出将近四百三十名幸存者,不过其中有个刚出生的婴儿,因为太小就没算在人数里。"

说到这儿,她拢了拢金发,用手指着桌上的照片,她的指甲闪闪发光,像是染上了头发的光辉一样。然后她说:"当时那个婴儿身上裹着的,正是这幅画的画布,当然还有另外几张破布。"

青木的表情愈加难看了:"你——到底想跟我说什么?"

他完全糊涂了,这位不速之客似乎不仅想夺走他的过去,还企图把它改造成另外一副模样。

她终于再度微笑起来。

"您刚才说自己一次也没去过德国,那可能只是因为您没有那段记忆。我想说的就是这个。"

青木还想再说些什么,被一个男声唐突打断:"二位不来些餐点吗?需不需要我帮忙拿一些?"一个男人站在他们面前,是餐厅经理。

青木叹了口气，挥开郁积在胸中的不快："嗯，来点小食吧。"

"也帮我随便拿些。"女子跟着说。

经理微笑着点头，说："两位的日语都很流利呀！"

"我是日本人。"青木回答。

"是吗？看您面容深邃，还以为您是外国人。"

这似乎是恭维，经理并不知道他这番话会深深刺伤了青木。的确，青木是个混血儿。他看着玻璃窗上自己的倒影，人与夜景重叠在一起，仍能看出他头发带着点褐色、眼睛则偏碧蓝色。桂子之所以一直犹豫着没把这位柏林女孩介绍给他认识，可能也是出于这个原因。每次青木在街上遇到外国人，他都会极自然地转开目光，桂子对此十分清楚。

父亲是意大利人，青木还在母亲肚子里时他就病逝了——事情真的是这样吗？反正姨妈是这么说的，青木也从没怀疑过。而姨妈……这个待他如己出的女人，她真的是母亲的姐姐吗……

他的面容倒映在玻璃窗上，眼中是夜幕下的万千灯火。对面坐着的女子眼中也泛着微光，笼罩在蓝色的阴影里，宛如遥远异国的灯光。

那是他近四十年来，每次照镜子时都会感受到的，遥远而未知的城市的灯光。

第二章　通向过去的国界线

　　黑夜，是无边无际的黑暗。飞得再高，也逃不出肉眼可见的天空。黑暗深不见底，对身处其中的人无声昭示着大气层外无限永恒的存在。

　　飞机沉默地飞行，告别了地上的日夜交替，机上的时间有着自己的维度，仿佛迷失在只有黑夜的世界。混乱的时间催生出纷乱的气流，涌入黑暗成为夜的一部分。青木想起有时候为得到想要的颜色而混合颜料，却意外地搅出漆黑，像极了黑夜，一旦出现便无可挽回。

　　青木心不在焉地看向窗外，心中涌上一丝不快。离开日本已经五个小时，还有七个小时到达巴黎。在厚厚的金属包裹下的机舱里，时间井然有序，每一秒都将青木推向巴黎。青木却感到推着自己的并非时间，而是有一只看不清真容的命运之手捉住了他，一点点地把他送去了巴黎。

　　想想今年头三个月，他总觉得自己不知怎么就进了一个迷宫，对周遭一无所知，只得漫无目的地游荡。具体来说，似乎是爱尔莎·罗塞加这个德国女孩将他拖入迷宫中心，但他总觉得，在她蓝色双眸的光辉后面，好像还隐藏着另一只巨大的手，他至今还没能窥见它的真面目。于是他被这只看不见的手牵引着,孤身一人远赴欧洲。

"等到了巴黎,我们先去哪里?我想先去香榭丽舍大街逛逛。"邻座的两个女大学生在闲聊。空姐端来饮料。

"一杯威士忌。"他说,两个女孩交换了一个惊讶的眼神。

从小到大将近四十年,但凡他说日语,总能毫不意外地在陌生人脸上看到吃惊的神情。小时候还会很受伤,长大后就无所谓了——但最近三个月除外。他被迫再一次意识到自己体内有一半不属于日本的血统,小时候的伤痕又开始隐隐作痛。

他一直相信自己继承了父亲的意大利血统,但他本来也没见过父亲,对外国血统的认知相当模糊,只是偶尔联想起地中海蓝、橄榄绿这些属于意大利的意象。谁知现在又突然被告知这些都是谎言,父亲压根就是另一个种族,他甚至想象不出这群人的血液到底是什么颜色。

他对这个民族不太了解,只知道他们在历史上曾遭受过两次大的苦难。一次是公元前后的古罗马时代——古罗马,这个词听起来好遥远,比起历史倒更像传说;第二次就是二十世纪的事了,这段故事至今仍然历历在目。关于"二战"期间纳粹十字试图毁灭大卫王之星的黑暗历史,他虽然算是有些认知,但直到三个月前都还只是无关紧要的故事,哪知道一夜之间,这段黑暗历史竟然也化为血液,成了他生命的一部分。

难道真如爱尔莎所说,他的体内流着犹太人的血吗?

青木轻抿一口威士忌,闭上双眼躲开邻座姑娘们的好奇目光,再次回忆起今年一月一日至今的种种事情。

"你想说,那个出生在高尔集中营的婴儿就是我?"

在观景餐厅简单用完餐,青木回到自己的房间。爱尔莎跟着走进来,点点头关上背后的房门,在整个房间环视一圈,小声评价"这房间真不错"。青木招呼她在靠窗沙发上坐定,她开口说:"起码,相比起您一直坚信的过去,我将要说的故事证据更加可信。"

青木叼起一支烟。爱尔莎伸手夺过来放在自己唇间,擦了根烟灰缸上的酒店火柴,点上烟又送回青木的唇边。看青木一脸为难,她露出微笑,仿佛在说这没什么大不了,然后吹一口气把散落在肩头的金发拂开。

混着烟雾的呼吸摇曳着金发的光辉,爱尔莎漫不经心的一低头,直到现在还鲜明地留在青木的记忆里,好像有一支无形的画笔瞬间在脑海中画下来了一样。

她微笑起来,再次将目光投向青木。青木吸了口烟,烟气中混杂着陌生的香气。

"什么证据?"青木终于发问,爱尔莎沉默了一会儿。

"聊这个之前,有件事您得答应。我相信您会对这些事感兴趣,但万一我猜错了,请务必忘掉我说过的所有话,通通忘掉。无论如何也不能告诉其他人,桂子也不行。"

"这个你大可放心。"青木说,叹了口气笑了,"我一般不会把最重要的私事讲给别人听,你应该听桂子说过,我就是这样的人。"

是啊,就连必须对桂子说的话,青木都从来没说过。

爱尔莎凝视着他,点点头。

"何况,说到感不感兴趣——我已经好奇得要命了。"

她又点点头,从包里取出刚才的照片:"首先,您承认这幅画就是证据之一,没问题吧?"

青木先点头,随即又说:"但我恐怕它算不上什么铁证。世界上画画的人那么多，这幅画和我的画有些相似很正常，这点巧合不算什么。"

"对，但我们……"她立刻改口，"我找了美术鉴定专家来做比较，专家说这两幅作品大概率出自同一人之手。否则，《虞美人》的作者必然是个模仿天才，故意效仿这幅画的风格创作了《虞美人》——但老师您应该没见过这幅画才对，这样一来，它们如此相似就只剩下两种解释。要么像您所说，只是个奇迹般的巧合，要么这两幅画的作者拥有相似的遗传血统——但至少在我看来，单纯的'巧合'是不可能的。"

"为什么？"

"画这幅画的是个犹太人，担任模特的日本女人是他妻子。我们只知道她在高尔生下的孩子后来被盟军救走，再之后的情况就不太清楚了。一方面有这样一个孩子，另一方面又有个对自己四岁前的经历一无所知的孩子。两人都是混血，母亲是日本人，且一个孩子的绘画风格和另一个孩子的父亲极度相似。您觉得还能简单解释为巧合吗？"

爱尔莎的声音逐渐带上热情。青木不接话，反问："还有别的证据吗？"

爱尔莎点头，从包里拿出一台小录音机，按下按钮。短暂的杂音过后，一个男声响起，没多久就又换成一个嘶哑的女声，年龄应该已经很大了。她气喘吁吁、断断续续，好像磁带绞带了一样，说得极缓慢。之前的男声时不时插话进来，女声应该是在回答对方的提问。他们说的是法语，可噪声实在太大，连会一些法语的青木都几乎听不懂她在说什么，只零星捕捉到"日本女人（la Japonaise）""婴儿（bébé）"两个关键词。

"这位女士名叫索菲·克莱默，法籍犹太人，也是高尔集中营的幸存者。"

爱尔莎一边调低音量一边解释，还拿出一张照片给青木看。照片像是在医院病房拍的，和推测的一样，一位满脸都是皱纹的老太太躺在床上，凹陷的眼睛里，有种老年人特有的、失去求生欲的空洞感。

爱尔莎继续解释："高尔集中营的头子叫马克斯·施万，不知道有没有日本人听过他的名字。他在柏林陷落的一个月前与其他军官一起弃营逃走，战后十五年在南美落网，但紧接着阿道夫·艾希曼①这个大人物被捕的消息过于轰动，就把施万的事盖过去了。后来，施万被送回国受审，然而审判才刚开始，他就因心肌梗死死在了监狱里。"

确实，将近三十年前，艾希曼于南美被捕的事在日本也引发不小的关注，青木至今还记得报纸上刊登的艾希曼照片。但直到一小时之前，这张脸、这个名字都还停留在纸面上，和他八竿子打不着。

"外界并不清楚高尔集中营的真实情形。据说那里共有四万多人死于屠杀，尽管是估算，但大致规模应该没错。马克斯·施万和他手下一帮军官掌握着集中营的实际控制权，他们是名副其实的屠杀者和重战犯。只可惜其中有两个人战后没多久就死了，剩下的除施万以外，也都行踪不明。施万落网后，原本可以为解密高尔真相提供关键线索，但他也没留下多少口供就死了。而且，以施万为首的要员在逃离集中营时，已经一把火将记录他们暴行的文件和证物全烧了。当然，奥斯维辛和其他集中营的军官也会这么做，只是高尔似乎干得尤为彻底。

---

①阿道夫·艾希曼，纳粹德国高官，也是在犹太人大屠杀中执行"最终方案"的主要负责人。"二战"后逃亡至阿根廷，一九六〇年被捕，一九六二年被处以绞刑。

除了文件、证物,他们逃走前把绝大部分亲历暴行的囚犯都送进了毒气室,最后连毒气室也烧了。活下来的大多是刚送到的人,但据这些人以及被捕的低级军官说,高尔、奥斯维辛、达豪……哪里都是大同小异。对了老师,受害者被货车运到集中营后,会立刻接受一轮筛选,这个您知道吗?"

青木点头。关于奥斯维辛,青木了解的知识也和其他日本人差不多。受害者像货物一样,被塞进密闭的列车送去集中营,一抵达就被赶下车,在久违的阳光下晕乎乎地列队、分成两组——一组立刻进毒气室,另一组则被强迫劳动。干不了活的老人、小孩、病人、体力不支者都会进毒气室,而侥幸逃过一劫的,也会沦为牛马,不,是比牛马还不如的苦力。

"在高尔,毒气室和旁边焚尸炉的烟囱日夜不停地冒黑烟,无论阳光灿烂的夏天,还是暗云密布的冬天。当然,不仅是毒气室,整个集中营被死亡笼罩,稍有反抗的人会当场遭到枪杀。还有各种用来满足他们施虐欲的杀人游戏——光现在已知的部分,就已经一晚上都说不完了。"

她一边说,一边稍稍调高录音机的音量:"就现在,刚好讲到她亲历的一场死亡游戏。"配合录音机的声音,她慢慢地跟着翻译起来。

"有一天……我们一群女囚被叫到焚尸炉后面排队……谁知道这是不是又一场死亡筛选……除开刚到集中营的那一次,之后每三天,他们都会叫我们排队,稍微身体不好或者表现出不满的人就会被挑出来送进毒气室……为了折磨我们,他们一般选在夜深人静的时候干这个,但那天却是清晨……太阳才刚刚从地平线升起来。他们命令所有人脱掉囚服……那时,赤身裸体已经不会给我们带来羞耻感了。我们被恐惧、疲劳和饥饿压垮，早已如他们所愿，成了牛马、畜生，其他什么都顾不上想了。但只要还没疯……就总会恐惧和求生……我以为这次脱光，就是要全部进毒气室的意思，心里很害怕。我们站的地方新挖了一个坑……那个坑又是另一种恐怖了。他们在离坑一米远的地方架起两道栏杆……命令我们各选一道，排成两列……其中一道栏杆稍微低个几厘米，大多数人选了那边，都知道他们想干什么。跳过去了就活，没跳过去就得死，这又是他们新想出来的残酷把戏……有些腿脚好的主动选择了高栏杆，包括我在内，总共有十几个人吧。我相信大家的心情都一样，都想尽量多救几个身体不好的姐妹……要是所有人都去低的那边，他们一定会随便挑几个拖到另一边去……低栏杆那边的人数是另一边的好几倍，但我们刚准备开跳，队伍里突然爆发出一阵阵哭喊。没错，就在最后一刻，两道栏杆对调了位置。好几个人哭喊着要换去低的那边，然后就是一声枪响。看守下令所有人都不得离开最初选择的队伍……拜其所赐，低栏杆那边的人全都跃过了死亡线，但最初选了容易栏杆的……大部分都失败了，她们绊倒的同时，又是枪声响起……就在这时，我看见火红的太阳一点一点划破云层从东方升起，朝霞映红她们的躯体，就好像她们一头扎进太阳，死在了里面一样……那幅景象，我想忘都忘不掉……四十多年了，我再也没有看过日出。本该迎来新一天的光辉时刻，只会让我回想起那些狂奔赴死的人血红的背影，我忘不了那惨状……

"同样的，那时候玛尔塔脸上的笑容我也记得清清楚楚。说是说'他们'，其实构思那种残酷竞技、指挥实施的、最喜欢搞这一套的……都是她。她最中意的不是那些跳失败的囚犯被枪杀的瞬间，而是她一言不发、铁棍一挥，手下就把两道栏杆调换位置的瞬间。她的目的不是单纯叫人死，而是要享受囚犯们面对死亡时的恐惧神情。那一天，她虽然只是若有所思地把食指搭在下巴上，微微扬起嘴角，但我就是知道，她那张铁面具一样纹丝不动的脸正在笑，冷酷的眼神透露出她正尽情回味那至福的时刻。"

爱尔莎的声音很冷静，录音里的老太太却似乎情绪激动了起来，说话都在颤抖，不知是因为抽泣，还是又生生唤起那段恐怖回忆的缘故。爱尔莎按下了暂停键。

"那个玛尔塔是？"青木问。

"玛尔塔·里维，高尔的二号人物。不光囚犯，连男性军官都怕她三分。"

爱尔莎从包里掏出一份杂志剪报和一本薄薄的书。只有杂志剪报是英文，标题用大红色的字写着"希特勒的第三个情人"。

"战后，关于她的谣言满天飞，这些文章也是根据那些谣言写的。有说她是阿道夫·希特勒当上元首前的情人，或纳粹高官和前酒馆女歌手的私生女之类的，至少后者肯定不是真的，她的身世没什么疑问。她生于波恩一个鞋匠家庭，还有四个兄弟。不过出现那些谣言也不奇怪，她在高尔的权力实在太大了。那时她还没到四十岁，但据说所有决定权都在她手中，连担任长官的马克斯·施万都不过是她的提线人偶。特别是关于集中营里的残虐行径——比如索菲提到的死亡跨栏游戏，就是她在高尔任职四年时间里持续实施的众多暴行之一。从军之前，她曾是纳粹党机关报的记者，后来随着纳粹崛起，她在体制内掌握着多大权力，为何能成为高尔集中营的幕后掌权者，至今仍是一个谜。"

"据这本书所述……"她翻开那本薄薄的德语书，"在去高尔任职之前，她和元首过从甚密，想必是个重要参谋。如果她一直留在元首身边直至战争结束，第三帝国或许会迎来另一种命运。另外，希特勒身边的两个重要战犯也交代过，说确实有那么两三次，希特勒在做出重大决定时听取了她的意见。她去高尔前的经历是个谜，而德国战败时，她又是第一个逃离高尔的军官，之后没多久就死了。即便如此——综合各种证词，关于她如何攫取了权力，还是能得出一个明确的结论。

"性格使然。她本人身材瘦小，但在别人眼里简直不是肉体凡身，而是钢铁之躯，意思是她拥有钢铁般坚定不移的意志和精神。她做事从不犹豫，'是（ja）'或'不是（nein）'一瞬间就能从她的钢铁嘴唇里蹦出来。如果她继续留在元首身边，在他犹豫不决的时候迅速给出建议，德国也许真的能有另一个未来。她的存在本身就是枪炮。"

简报上只有一些模糊的照片，应该是用小照片放大的，但仍然能看出她的脸部线条像刀锋一样锐利。

"总共只有这几张照片，应该是她二十七八岁时照的。"

"第三个情人是什么意思？"

男人一样的面容和情人这个词实在不怎么搭。

"您知道爱娃·布劳恩吧，原本是时装模特，给希特勒当了十几年情人，直到希特勒自杀前才正式结婚的女人……据说希特勒曾和女明星、瓦格纳家族遗孀以及各种各样的女人有过关系，但公认他真正爱过的只有两个，一个是刚才提到的爱娃·布劳恩，另一个是他的外甥女格莉·劳巴尔。此外还有一个初恋，但那是他十七八岁时候的事了，不能算数——您知道格莉·劳巴尔吗？"

青木摇头。

"希特勒的外甥女，比他小十六岁，是一位美丽的金发少女。两人的关系持续了将近十年，直到她在二十岁出头的年纪自杀身亡。她的死以及她与希特勒的关系至今谜团重重，尽管只是推测，但后人普遍认为希特勒对这位外甥女怀有近乎病态的激情。她的死对他产生巨大影响，扭曲了他的性格，也有看法认为这间接导致了后来的疯狂战争。"

"我听说希特勒在性方面似乎有缺陷……"

"是的，这类流言很多，比方说他根本不能和女人行房，等等。爱娃·布劳恩在和他交往期间曾两次自杀未遂，很容易想象，他对女性而言确实有不寻常的一面……但也有人认为他和爱娃有过孩子，总而言之，后人根本不知道真相究竟怎样。看这篇杂志报道，说玛尔塔·里维做过希特勒的情人，最好也当作捕风捉影的胡说八道。即便希特勒真的需要她，那也是作为一个能干的下属，而不是一个女人。"

"那么这个女人和我有什么关系？"

"我正要告诉您这个，您累了吗？"

"还好，但——要不要喝点酒？"

爱尔莎点点头，青木从冰箱里取出威士忌和德国产的罐装啤酒。她选了啤酒，倒进杯子里喝了一口："我可以继续了吗？"

他点头示意她说下去。

"老师，您知道的，在当时的集中营里，孕妇和婴儿完全不可能有活路。一是没有劳动能力，二是在想灭绝犹太民族的人眼里，新生命以及怀着他们的女人，原本就是最最可憎的。"

"是的，我听说过。孕妇和婴儿一到集中营，马上就会被挑出来，送进毒气室……"

"没错，奥斯维辛之类的集中营都是这样，唯独高尔不一样。"

"怎么说？"

"在那里，某些孕妇是可以把孩子生下来的，关于这一点有不少可靠证词，不过只有临产妇女才有这个特殊待遇，其他孕妇还是死路一条。那些暂时逃过毒气室的临产妇不用干苦力活儿，还能平安生孩子，但作为母亲，她们能做的也只限于给婴儿喂喂奶。婴儿一出生就会被人带走，带去集中营的其他地方，只在喂奶时间回到母亲身边。这算不算幸运呢，我也不知道。但两三周之后，婴儿就不再回来，也许是死了；接着做母亲的也会被拷走，到头来还是免不了要进毒气室。没人知道那些婴儿遭遇了什么，但高尔有大量医生和病房，看来也和奥斯维辛一样搞了不少活体实验，那些婴儿很可能也成了实验对象。可惜，当年那些医生全逃走了，婴儿遗体也都遭到焚毁，我们到现在也不知道他们到底干了些什么——到最后，只有一个婴儿活着离开了高尔。"

爱尔莎紧盯着青木的胸口，目光像针刺入他的胸膛。

——她一定从桂子那儿听说过，知道我胸口有动手术的痕迹……

"索菲提到过这个婴儿。"

她按下播放按钮，录音里的声音仍在抽泣。她再次快进。

"简单介绍一下这位索菲·克莱默。她二十三岁时和父母、哥哥一同被抓进高尔集中营，大约是高尔解放一年前的事。她的家人一开始就进了毒气室，只有她凭借过人的体力和顽强的求生欲活了下来，成为解放时为数不多的幸存者之一。后来她一直隐瞒自己进过集中营的事，周围人也都不知道她是犹太人。像她这样试图隐瞒集中营经历的犹太人不少，可以说，他们最大的愿望就是把那段痛苦遭遇从记忆中抹掉。但是去年——哦,应该是前年初春,她突然把一份记录了自己集中营经历的手稿寄给了法国一家出版社,要求他们出版。出版社花了四万法郎买下版权,但出于种种原因,目前还没有出版。柏林有个组织弄到了手稿副本,对其中最后一段记述很感兴趣,就去采访她。"

"就是这份录音?"

"对。当然这盘只是翻录件。"

她按下按钮,快进快退了一小会儿,然后说:"就从这里开始。"

嘶哑的法语再次回荡在安静的房间——

"一天早晨,我所在的牢房来了个黑发黑眼的黄皮肤女囚,一看就是个亚裔。当时距离高尔解放还有两个月,后来我才知道,他们已经是最后一批囚犯——索菲这样讲——那是个日本人,会说德语,正好我也会点德语,所以勉强能跟她交流。她比我大十岁左右,名字……不记得了……不过应该是个东方名字……细节我忘了,她似乎是来柏林学医或者别的什么,后来嫁给一位犹太画家,战争爆发后,夫妻俩一起参加地下抵抗运动……最后都进了高尔集中营。两人一进来就被分开了,我差不多能想象出她丈夫的结局,只是不想让她痛苦,这才没有说。那一年,我见过好几个亚裔囚犯,所以看到她时并不吃惊……也不惊讶于她的孕妇身份。她来之前,我们的牢房里始终有两三个孕妇,婴儿出生之后,母子便很快消失,然后又来新的孕妇……但那段时间应该只有她一个……她来了以后,玛尔塔几乎每天都来检查她的身体,带着一点点冷淡的微笑说:'多吃点,才能生出健康的宝宝。'和之前那些孕妇一样,她也能得到特殊的食物和药品供给,当然,玛尔塔这么安排绝不是出于仁慈。玛尔塔要的是她肚子里的孩子，她要把那孩子拿去做什么事，才会迫不及待地盼望它快点出生。后来想想，对玛尔塔来说，这是她在这座集中营的最后一个乐子，也是她多年残暴行径的终章。那个日本女人来的时候身体已经很差了，但还是顺利生完孩子……后来，我害怕的事还是发生了。像之前所有婴儿一样，他们也对她的孩子做了什么。"

爱尔莎微微抬头，似乎想看看对面人的反应。青木默不作声地注视着她。

"这里，采访她的男人说'您的手稿里提到，那个婴儿接受了某种特殊手术'，她回答说——"爱尔莎继续翻译，"是的，手术，或者是某种实验……我听说其他集中营会用囚犯做各种医学实验，然后杀了他们，高尔很可能也一样。我刚进去的时候，但凡有报告身体不适的就立刻会进毒气室，但有一次有军官来说'病房有空床位了，病人可以住过去，要去的举手'。没有一个人举手，于是军官挨个检查身体，强行带走了大约二十个人，连身上长了一点小肿块的都不放过。然后……只有一个人活着回来了。那人说，他刚被带进病房就以严重贫血为由接受了输血，还被注射了疑似安眠药的东西，然后就昏过去了。随后他只要醒过来就会再次被打药，浑浑噩噩睡了几天，每次清醒，病房里的熟面孔都会少上一两个……后来没多久，那人自己也发了高烧，痛苦得很，最后被看守带走，再也没见过了。对了，他还说过，病房隔壁的手术室里总会传出婴儿的哭声。

"没错，高尔集中营确实在搞什么实验，而且还是用婴儿……玛尔塔把那个日本女人的孩子也送去做实验了，这就是她允许那孩子出生的唯一原因。刚出生的他每天被玛尔塔带走好几个小时，每次抱回来都是一身药味，睡得跟死掉了一样。

玛尔塔不仅用孩子做实验，还借此折磨其母亲以取乐。做母亲的察觉到自己的孩子遭到了残酷对待，每次玛尔塔来要带走孩子时，她都泪流满面地哀求，玛尔塔却只是报以一贯的冷笑，过几小时送孩子回来时又笑得一脸得意——一看到她我就忍不住想，玛尔塔·里维似乎仅仅是为了看那位黑发囚犯的心灵被悲伤撕裂，才让婴儿活下来……

"此类事情到底持续了多少天，我已经不记得了。在那个地方，死亡随时可能降临，时间的流逝毫无意义，但我清楚记得最后一天的事。那是个雪天，我、那个日本女人和她的孩子被带进了医务楼。天上下的说是雪，其实更像是灰色的泥浆，结成脏兮兮的碎片一直往地上掉。我一手抱着孩子，另一只手搀扶着生育后身体愈加衰弱的母亲，在泥泞里艰难步行。我在想，玛尔塔这是终于玩腻了，打算送这对母子——顺带加上我——一起去死了吧？所以，为了拖延那可怕的时刻，哪怕一秒都好，我好几次故意在泥泞中滑倒。

"我们满身污泥，被带进一间没有窗户的小房间，玛尔塔就在里头等着我们。她一言不发，从我手中抢过婴儿就消失在门后。我知道，隔壁已经被改装成了手术室。墙是木头的，能隐约听到那边的交谈声。一个听着像医生的男人说'再打麻药会出人命的'，然后玛尔塔说'那就不用，你还在犹豫什么'，她的语调就像唱歌一样轻盈欢快……

"我们被关在这个阴森森的房间里，头顶只有一个电灯泡，角落里堆着铁链和各种奇形怪状的金属工具。我忍不住想，如果这里是拷问室，那玛尔塔可以说连一个工具都没用就达到目的了——仅靠木墙缝隙那头传来的啼哭，她就如愿以偿，从那位母亲那里得到了她想听的哀鸣。

"后来,玛尔塔回来了,眼中倒映着电灯、铁链的暗淡光亮。她的表情看上去相当满意——但又好像还嫌不够,于是她走近那个日本女人,用力掰开她捂着耳朵的双手。玛尔塔让我帮忙把她强行按在地上,她疯狂尖叫,想要盖过隔壁婴儿的哭声——玛尔塔陶醉地欣赏她扭曲狰狞的面孔,像在欣赏自己的艺术创作一样。事后想想,那是玛尔塔在高尔集中营的最后一天,她想以囚犯的惨叫和婴儿的哭声来装点她那段快活日子的最后一页……

"后来,那个日本女人不哭了,漆黑的双眼空虚无神。隔壁的哭声也停了,取而代之的是更可怕的寂静,只听得见金属手术工具冰冷的碰撞声……过了很长一段时间,玛尔塔抱着孩子出来,交还给我。小小的身体好像石块一样没了动静,我以为孩子已经死了,玛尔塔却说'真不可思议,居然还活着'。玛尔塔说这话时的表情直到现在还烙印在我脑海里,像录像一样清晰。她说:'你们犹太教的上帝啊,在高尔创造了一个小小的奇迹!对,就只有这么小。'然后充满恶意地笑了。笑容里带着某种不同于往日的东西,让她显得非常陌生。其实她向来都是那样,为什么唯独那天让我产生这种感觉?我不明白……过了一阵子,我才恍然大悟——因为那是一个冷酷的、属于人的笑。"

青木也清清楚楚地听见,录音里提到了"属于人"这个词。

"尽管冷酷,终究还是人的表情,她那张脸上头一回有了点人味。也许,玛尔塔·里维在决定离开集中营的时候,总算稍微记起自己是个人、是个女人了吧。我也有点想起玛尔塔是人,但——她这个状态,才是我担惊受怕了一辈子的根源。

"玛尔塔·里维就不该是人,她活该是魔鬼创造的钢铁怪物。她是个机器人,是个被魔鬼操纵的傀儡……只有这样想,我才能忍受她犯下的暴行。然而到了最后时刻，我不得不承认，玛尔塔仍旧是个人，是个女人。她在我和那个日本女人面前露出的微笑，竟然跟过去截然不同——并非冷血恶魔的微笑，只是一个普通女人的恶意微笑罢了。我十分惊恐，就像看到一个没有表情的洋娃娃突然在黑暗中笑起来一样。然后，玛尔塔突然向我伸出手，我不知道她是什么意思，吓得退了一步。

"玛尔塔是想和我握手。她以为我没有回应是因为她戴了手套——对，那天她戴着白手套。她那个人，连和犹太人呼吸同一片空气都几乎不能忍，所以即便是大夏天，她也天天戴手套。

"然后，她摘下手套，露出手，先握住那个几乎昏厥的日本女人的手，然后再次转向了我。我第一次见到她手上毫无遮掩的样子，心里还是很害怕，只是默默盯着它瞧。没有窗的房间里，唯一的灯光照在她手上，在我眼里，她的手仿佛一瞬间变成了石膏模型。事实上她的皮肤的确苍白无血色，像石膏，像金属，但我满脑子都在想，如果我一口咬下去，这只手也是会流血的。是的，在高尔集中营待了那么久，我第一次意识到玛尔塔·里维也只是个凡人，挨了枪子、被刀砍了也一样会流血、会死。我的恐惧变成了后悔——为什么没早点发现？我早该找好机会，牺牲自己这条命把玛尔塔干掉，那可太划算了。只要她死了，这座集中营里起码有一半犹太人能保住性命。在我看来，高尔的屠杀有一半责任都在玛尔塔·里维一个人身上——唉，我真的太后悔了，甚至忘记回握她的手，甚至忘记了这样的举动很可能当场激怒她、被她一枪打死。

"记忆里这一刻似乎很漫长，实际上应该只有两三秒。玛尔塔脸上浮现出一丝失望和困惑，可能以为我是出于敌意而拒绝握手，白白浪费了她的好意。她戴回手套，用几乎听不见的声音说'再见了（Auf wiedersehen）',然后,转身消失在了手术室门后……"

"那便是我和玛尔塔这个人见的最后一面了,只是当时并不知道,也没有料到她居然会在最后一刻忽然心血来潮,重拾人性,还和我们告别——直到第二天不见她人,集中营里谣言四起,听说她带着另一个军官一起逃离了高尔集中营,我才知晓这一切。"

爱尔莎冷静地翻译着访谈内容,录音带里的女声渐渐变得凌乱起来。她似乎呼吸困难,话语时断时续,最后变成了大喘气。有那么一段时间,她完全没有讲话,只有如同从喉咙里挤出来的喘息声在安静的房间中回响。

"——从这里开始,索菲好像想起了什么可怕的事,浑身抽搐起来。"

爱尔莎话音刚落,录音里又开始说话。听得出来,刚才那段沉默期间,索菲身上发生了很大的变化。话语伴着抽泣,像坏掉的机器一样抖个不停,可想而知,此刻索菲的身体摇晃得有多剧烈,像巨浪中的小船,根本平静不下来。

"我到今天都忘不了玛尔塔那时的微笑,她的眼睛,她的嘴唇……四十年了,直到现在,她的脸仍旧会在我的梦里出现,让我痛苦……"

索菲似乎陷入了歇斯底里的状态。男声出言宽慰她:"别害怕。你知道的,玛尔塔·里维没过多久就在德法边境上的一个村子里被火烧死了,用生命偿还了她的罪行。"

回答他的,只有野兽咆哮般的粗重呼吸。

"那个日本女人后来怎么样了?"

男声的提问只得到愈加混乱的呼吸声作为回答,但听起来还带了一句含混不清的话。爱尔莎停下录音带、倒回、提高音量，把这部分又给青木听了一遍。她确实说了一句很短的话，可惜青木听不明白。

"采访她的男士似乎也没听懂，她说的好像是'她还活着'。（Elle est encore vivante.）"

录音带再次倒回，青木集中精神注意听。

"听起来确实很像。也就是说，那位日本女性现在还活在世上？"

爱尔莎点点头："恐怕是的，但也已经无从证实了。"

"是这位索菲女士去世了吗？"

"那倒不是，只是采访不下去了。这之后，她就什么都不肯说了，浑身抖得像筛子，好像有千言万语失去了出口，只能在她体内肆虐一样。后来很长一段时间，她再也没有说过一句话。"

"失语症？得这种病的人确实会讲不了话。"

"是的。她完全失语近半年，后来多少能说点话，但比早先沉默了不少，只能讲日常生活勉强够用吧。采访是进行不下去了，只要一提到那时候的事，她的喉咙和嘴唇就又会痉挛，再次失语。我刚才说过，索菲·克莱默在战后隐瞒了自己的犹太人身份和集中营经历吧。她后来在里昂的一家慈善机构里当护工，专门照料老人，满六十岁以后，她自己也成了受助对象，至今一直在那里生活。目前倒是没有生命危险……"

青木拿起索菲·克莱默的照片细看。或许是受到这段故事的影响，他似乎从她深深的皱纹和空洞的眼神中看见了她一生的悲剧。

"这张照片是采访结束后，她发病躺下休息期间拍的。现在的她算是能自由活动，日常生活还行，但也只能简单问答，做不了更多。"

青木从照片上抬起眼，催促她继续说下去。

"但我们通过别的途径，查到了那孩子后来的去向。"

爱尔莎的蓝眼睛流露出紧张。青木为安抚她的情绪，伸手拿起威士忌酒杯。

"就是这幅画——英军解放高尔的时候，一位中士从一个犹太妇女那里收养了那个婴儿。当年那位中士已经退伍了好多年，眼下家住伦敦郊区，子孙满堂，生活美满。当年那婴儿获救时，裹在身上的就是这幅画还有几件破衣服；之后的四十年，这幅画一直挂在老中士的书房里。老中士回忆说，战后他把婴儿托付给了一位住在柏林的日本侨民，大概是听索菲说孩子母亲也是日本人，才这么办的吧。至于收养人是谁，他已经不记得了……我们——"

爱尔莎顿了顿，意识到自己又不小心说漏了嘴。

"我还有同伴。反正您迟早会知道，我就直说了。我隶属于某个组织，不是什么危险组织，您可以放心，只是在东柏林没人知道我和他们有关联。您也知道，东德是个很不自由的地方。如果被大学发现我和组织的关系，我这次留学会立即宣告终止，今后也别想再有任何动作了。所以我不能告诉您具体名称。"

"可是……"青木并不想掺和到间谍、政治斗争之类的复杂问题里去。他想说点什么，爱尔莎坚决地打断了他。

"所以我最关心的是，您对我的话到底感不感兴趣。如果没兴趣，我会马上离开，以后也不会再出现在您面前。"

青木想了想："好吧，请继续说。"

爱尔莎仔细打量着青木的表情，眼中微微浮现出放心的神色，继续讲述。

"我们一直在找收养了那孩子的日本人,发现当时日本帝国大使馆有个叫石岛清太郎的,战后还在柏林生活了三年。一九四五年二月十八日,也就是柏林陷落的两个多月前,日本大使馆集体撤离,不知为何石岛却留下来没走。我们只找到一个知情的德国人,是石岛在大使馆工作期间结交的朋友,两人在战后还见过几次面,但他也记不清石岛身边有没有过这样一个小孩了,这也没办法,毕竟他也是快八十岁的人了。他的旧日记里倒是写到石岛在战后第三年的七月三日回了日本,但也没提及孩子的事。幸好,他从老相册里翻出了一张自己都不记得的照片,我们也是通过那张照片才锁定石岛这个人的。您看。"

爱尔莎又拿出一张照片递给青木。

照片上是一个三十岁上下的男子,怀里抱着一个幼儿。男子身穿秋冬式样的西服,幼儿则穿着白色圆领短袖衬衫。

"这人便是石岛。这张是翻印的,原件背面写了日期,"1948年7月1日",他回国的两天前。我们推测他是带着孩子一起回日本了——说起来,关于石岛这个姓,以及照片中的人,您有印象吗?"

青木摇头。

"那这个孩子呢?"

"这……"

青木很明白爱尔莎紧盯自己的目光究竟是什么意思。尽管照片已经模糊褪色,但那孩子的眼睛轮廓与青木最熟悉的人——也就是自己——确实很相似。最熟悉的人?我真的了解自己吗……

"我看很像您。"

"很多小孩长得都很像,说不准的。何况这张照片也看不出是男孩还是女孩——或许是这个男人自己的孩子呢?"

"石岛当时未婚,他那位德国友人非常确定。"

"有证据表明这孩子就是集中营里的那个婴儿吗?"

"我来日本就是为了调查这件事。"爱尔莎斩钉截铁地回答,"为了寻找这对父子,以及另一个家庭的下落。"

"另一个?"

"对,这对父子移居日本四年后,另一对战前就在德国当医生的日本夫妇也带着一个八岁小女孩回国了。从年龄上看,那个女孩也有可能是高尔的那个婴儿。"

"等等,那不是个男婴吗?"

"不一定。我离开柏林时,组织还没查明白婴儿的性别,索菲·克莱默与那位老中士也记不太清楚了。索菲说好像是女的,中士却觉得是男的。总之,我来日本就是要寻找这个性别成谜的孩子。我先是从医生的女儿入手,是她的可能性也很大,因为医生夫妇离开柏林时已经快六十岁了,要说孩子才八岁,年龄上不太合理。而且之前在德国调查时,听说明明夫妇俩都是日本人,他们的女儿却像个混血儿,我便推测他们是通过大使馆领养的女儿。一到日本我就先找他们,耗了整整三个月,好不容易见到那女孩,一看就知道她身上根本没有欧洲血统。接下来找石岛也是困难重重。他当年一回国就辞去了外务省的工作,从此行踪不明,我知道的也只有'石岛清太郎'这个名字。"

爱尔莎通过电话簿查找姓石岛的人,给全东京乃至全国范围的可能目标打电话,直到八月中旬才找对了人。

石岛清太郎回国后,先是去了京都的远房亲戚家,不久之后结了婚,就此搬到了奈良。直到十二年前因癌症去世前,他一直在大学里当德语老师。

"已经去世了？"

"是的，接电话的是他的遗孀，对我这个素不相识的人也是非常客气。她说她丈夫确实叫清太郎，直到战后第三年还在柏林的大使馆任职——"

盛夏里的一天，爱尔莎·罗塞加前往奈良拜访石岛的遗孀，请她确认照片中的人物。毫无疑问，那正是她要找的人。她从石岛太太口中听到很多故事，还去拜访了石岛回国后寄住过两个月的京都伯父伯母家，在那里又听到一些他回国后的经历。

"那孩子怎么样了？"

"问题就在这里。"爱尔莎不假思索地想说德语，慌忙改成日语，"他太太和京都的亲戚都没见过那孩子，也没听石岛提起过，甚至他回国时都似乎是一个人——石岛太太看见照片十分疑惑，还问我这孩子是谁。我只好说这是在柏林拍的，大概是那边哪位熟人的孩子。

"石岛带着这孩子回了日本，可一到日本，孩子就从石岛身边消失了。"

彼此无言。房间里安静得可怕，青木搜肠刮肚想说点什么却无从开口，只得等她继续说下去。

"我没有证据，但可以想象。不知道出于什么原因，石岛带他回日本后，就把他托付给了其他人。或许是为了他的未来着想，石岛才对孩子的事从此绝口不提的吧！"

"这个猜想不无道理，但是，即便石岛确实把孩子交托给了东京的什么人，也不能证明这个'他'一定是我。和我差不多年纪、混血，还被外人抚养长大的人，全日本多得是。"

爱尔莎起身走到窗边，无视了青木的反驳。

"老师，您猜我是在什么时候、什么地方知道您名字的？"她凝望着窗外的夜景，"我之前在柏林大学研究日本文化，学习了很多关于日本绘画的知识，不过大多是关于浮世绘和明治大正时代绘画的，对现代美术就一无所知了。事实上，正是夏天去奈良拜访石岛太太时，我才第一次听说您的名字。"

"怎么说？"

"石岛太太一直保存着丈夫生前的藏书，想送人吧又割舍不下丈夫的心血。书柜里几乎都是学术书籍，只有一本画集在其中显得格格不入。石岛太太说这本画集尤为珍贵，我就问她丈夫生前是不是很喜欢绘画呢。她否认说：'这是我丈夫在去世前两个月买的，带回来时兴奋极了。他真的很少买画册，我问他这是怎么了，他只说以前见过那位画家。'石岛太太还说，看到丈夫如此喜爱这本画集，她差点把它放到棺材里陪葬呢。"

"所以，是我的画集？"

说到十二年前，正是青木第一本画集面世的时候。

"不错。我看了，其中有一幅画非常吸引我，它和老中士在伦敦的家中挂着的那幅日本女性肖像画十分相似。于是我回到东京，迅速调查那位画家的信息，还去了他任教的大学。但我没直接联系他，而是选择先接触与他交往的女大学生，从她那打听情况。为此我特意跟踪她到美术馆，装成偶遇的样子接近她、和她搭话。

"您刚才说不认识石岛，但为什么石岛会说见过您呢？很简单，那是因为您当时年纪太小，还记不住事呢！"

爱尔莎转过头，眼神写满挑战，仿佛在说这下您还要否认吗。诚然，理智告诉他，如果这位外国女郎所说的都是事实，那自己和照片中的孩子必定关系匪浅。但情感上他还是无法接受，关于那段连记忆都没有的岁月，突然被告知自己一直以来相信的事情全是错的，这让他有种好像被拖进黑暗法庭，为自己不记得的罪行被判刑的感觉。

集中营、纳粹、大屠杀、犹太人……这些词语听起来仍然只是纸面上的外国历史，没有一点真实感。桌上的两张照片、窗边的外国金发女郎，连同这间笼罩在冷光源里的朴素房间，眼前的一切好像做梦一样虚幻。青木茫然了。

这一刻，混沌的意识里忽地闪过一道风景——它是如此模糊，或许都不够称之为记忆。从很小时候起，这道风景就常常像幻觉一样掠过脑际，然后消失得无影无踪。他想抓住它，却越是焦虑，越难以描摹它的轮廓，只得眼睁睁看着它在脑海中一闪而逝。

"既然看过画集，那你对《古城》那幅画还有印象吗？"青木的发问略显唐突。爱尔莎点点头，露出惊讶的神色。

"德国有没有和那座城堡类似的建筑？"

爱尔莎似乎在绞尽脑汁地回忆，最后终于摇摇头："那幅画的笔触非常朦胧，就好像昏暗湖底的风景一样，对吧？光看画得不出什么结论。只是标题叫《古城》，我才认为它可能是个城堡，如果没有标题，我也许只会觉得它是个奇妙的巨型建筑。您画的是亲眼见过的城堡吗？"

"我也不知道，从我记事起，那座建筑就总在我脑子里转悠。正如画面所示，其实我也说不准它到底是不是城堡……只是从小就感觉它应该是座国外建筑……"

看不出是黎明还是黄昏的朦胧天空下，一个巨大的黑影逆光耸立，渺小的青木在下面远远地仰视它。每次想起这个画面，青木都会有一瞬间陷入某种难以解释的不安，那黑黢黢刺入天空的建筑仿佛下一秒就会倾圮,朝自己排山倒海地压下来,让他十分恐慌。

青木没有提及心中的不安,只说:"照你这么一说,我忽然在想,高尔集中营里也许有过类似的建筑呢?"

爱尔莎思索片刻,摇了摇头。

"也不对,即便有,婴儿时见过的东西我又怎么会记得……"青木漫不经心地说,在爱尔莎听来,却似乎多了些别样的意味。

"老师,看来您承认自己就是索菲·克莱默说的那个婴儿了?"刚刚的热情从她的话语里消失,她语气沉静,像是自言自语。

青木否认:"我没有,而且即便你拿出更可靠的证据,我照样不会认可。不过……我也不能完全否定你的话,再说也确实很感兴趣。毕竟你说我的亲生母亲可能还在人世,我怎么会不关心?"

青木接着又问:"还有,我想知道你——不,是你们,为什么需要我?"

"我们想请您帮忙找到那位嫁给犹太人的日本女人,也就是您的亲生母亲,所以您需要先去趟巴黎,见一见索菲·克莱默。尽管受失语症困扰,但她承诺过,若是能找到'那孩子',她就愿意把那位母亲的其他故事说出来,她认为自己有义务告诉那孩子——而我们想知道的是,她那句'她还活着(Elle est encore vivante)'究竟意味着什么。我们相信,她对那位母亲的了解还远不止现在这些。"

"你们找她——那位日本女人,是有什么目的呢?"青木发问的同时,电话铃像掐准点儿一样划破屋里的寂静,两人吓了一跳,齐刷刷看向床头的电话机。

青木站起身，爱尔莎在他身后说："如果是桂子，请告诉她我已经走了。"

青木没接话，拿起听筒，对面传来交织着稚气与成熟的熟悉声音，确实是桂子。她先祝青木新年快乐，然后道歉："对不起，我还是来不了……爱尔莎应该替我过去了吧？"

"嗯。"

"有没有吓一跳？对不起啦！都是她自作主张，我也没法子，只得默许了。"

"没什么，挺开心的。我们一起吃了个饭，她已经走了。"

"你们都聊了些什么？"

"也没什么重要的……随便聊了会儿天。"

"她是不是很喜欢你的画？还没见面就好像已经爱上你了，还和我开玩笑说，见面后万一你正是想象中那般完美的男人，她就要跟我抢哩！不，她恐怕就是认真的，她真的很热情呢！不过也有可能是外国人的缘故，讲话比较直白啦。她那双蓝眼睛，有时候看上去可真像两团蓝色的火焰呀！"

"你是怎么回答的？"

"回答什么？"

"她那个玩笑话。你也默许了？"

听筒那头陷入迷茫的沉默，青木觉得彼此的关系大约也就这样了。他刚想说点什么，桂子突然开口："我对她说，这问题我回答不了，一切取决于老师的想法。"

这下青木反倒噎住了。于是他笑了起来，轻描淡写地带过："没事，我们也只是随便聊了会儿天，没聊到这么深——这会儿我也困了，要不今天下午，你再给我横滨的家里去个电话？"说完，又加了句新年祝福。

"祝老师新年万事顺利。"挂断电话前，桂子这样说。不过说实话，以这位柏林女孩的突然登场为开端的新一年究竟会走向何方，青木完全想象不出来。

"刚才没说完，你们为什么要找那个——可能是我母亲的日本女人？"青木坐回椅子，对站在窗边的爱尔莎发问。

"我的任务已经结束了。我只负责找到您，让您对此产生兴趣。至于您的疑问，会由其他人来回答。"说罢，爱尔莎没给青木留任何追问的余地，直接换了个话题，"刚才来电话的是桂子？"

青木点头。

"桂子说了我什么吗？"

"她说你是个热情的人。"

"是吗……"

爱尔莎双臂抱胸，静静凝望着窗外。白色的灯光星星点点散落在夜色中，透过她的侧颜，青木感到一阵清冷的寂寥。

"我并不总是那么热情的，只有遇到对的男人才会这样，这辈子一共也只有过三次经验。第一次是去年……应该是前年的春天了，我爱上一位德国青年；第二次是当年夏天，我又在东柏林的街头爱上一位美国人；第三次则是去年年底，两个小时前，我在这家酒店的餐厅里爱上了一位日本人。"

爱尔莎仍然没有转过脸，青木一言不发，默默注视着她的侧颜。

"可以请您过来吗？"

爱尔莎等了几秒，青木起身走到窗边。东京的凌晨，只有一串串白色灯光在新年的第一个夜里舒展蔓延。此时此刻，透过异国女郎的侧颜所想象出的夜景，似乎比窗外的真实景色要美上几百上千倍。太过熟悉的东京灯火倒映在爱尔莎蓝色的眼瞳中，似乎也染上异国他乡的风情，闪烁着美丽又孤寂的光芒。

"我最初的计划是先诱惑您上钩，再聊刚才那些话题的。但亲眼见到您后，我改变了主意，诱惑的事先放下了。"

"为什么？"青木问。

"一开始就诱惑您正是我的任务，我也是为此才会来酒店的。起初我觉得，只要和您上了床，之后的话就好说了——到那时，您不信我都不行。不过一见到老师，我的心意就全变了。现在，我已经忘记了自己的任务。"

她说出的话与沉静的声音并不相称。与口口声声的诱惑相反，她紧紧抱住双臂，仿佛想以这样的动作继续封锁自己的心灵。

"我问桂子，如果老师和我想象中一样完美迷人，我可不可以抢走他？桂子说，这个问题应该直接问您。"

青木没接话，继续凝望着东京的灯光。在青木眼里，它们也渐渐变得好像异国的事物一样。出生在德国？父亲是犹太人？这些早已不算什么问题，犹太人、意大利人，反正都是外国人。身体中一半不属于日本的血让他和这位柏林女孩一样，把无比熟悉的东京灯光看作异国他乡的景象。这种感觉，和近四个月来面对桂子时的感受很相似。他当然还有一半日本血统，但在桂子面前，这属于日本的一半仿佛没有任何价值，桂子的黑头发黑眼睛总给他一种非我族类的陌生感。

自己到底爱不爱桂子？两人交往了四个月，青木终于大声问自己这个问题，一个声音在他心底坚决说不。他"尝试"过去爱桂子，可体内的外国血统一直在拒绝桂子的日本血脉，让他一直不能成功。

这些话他从没有对桂子说过，他知道，桂子一定会指出这种心态根本毫无意义。假如他和桂子一样年轻，桂子的话或许会改变他的态度,但以现在这个年纪,它只能是一句没用的空话,再怎么解释也是徒劳。个中滋味,只有像他这种明明发色、瞳色都异于他人,却不得不顶着日本人身份活了四十年的人才能切身体会到。

今晚,蓝眼睛的女孩带着惊人的故事突然出现,在过去的两小时里,那双和青木颜色相似的眼睛一直带给他一种奇妙的安慰。仅凭那双眼睛,这个认识刚两小时的女孩就已经比桂子更加亲近了。两人的目光交织在一起,投向窗外东京的灯火。他伸出手,搭在她如瀑金发下的肩膀上,原本一直横亘在两人之间的生硬距离消失了。

爱尔莎似乎从这只手中读出了他的回答。她轻轻半转身体,背对窗户,终于直视他的脸,蓝色的双眼看向他眼底,似乎想从中找到来自遥远柏林的光。她的眼睛冷静而又炽热,青木不由得想起桂子形容的"蓝色火焰"来。东京的夜灯在她身后熠熠生辉,就像她的金发洒在夜空里的光芒碎片。

"我还有一个任务没有完成。"她的声音好像耳语,"能证明您就是'他'的最终证据,如今就在您身上。一共有两处……其中一个就是手腕上的烧伤,刚才您已经给我看过了。"

"这处烧伤如何能成为证据呢?"

"索菲·克莱默的手腕也有同样的烧伤痕迹——为了隐瞒自己的犹太人身份,她不得不烧掉当年在集中营里被文上的四位数囚犯编号。"

"婴儿的手腕还那么细,也要文编号?"

"有这个可能。不,应该说刚才看见您的手腕时,我就确信,是有人为了掩盖您生于高尔的事实,才特意灼伤了这个部位。另一处证据在您的胸口——"

爱尔莎的手搭在他的外衣扣子上。她脱下青木的外衣，摘掉他的领带，最后解开他的衬衫纽扣。裸露的胸膛正中有一个小小的十字形切口痕迹，显然小时候做过开胸手术，不过现在疤痕颜色已经很淡，不仔细看都辨认不出来。

"小时候做过一个小手术，这就是那次留下的疤。"

"那是几岁时的事？您还记得那场手术吗？"

"我……"

"您应该不记得吧？只是听姨妈姨丈说的而已。索菲说过，他曾在高尔接受过非常残忍的手术，我们为什么不能推测，这就是那场手术的痕迹呢？"

"到底是什么手术——"

"我们也很想知道。"

"你说它非常残忍，那为什么我还活得好好的——而且身体没有任何异常。"

"这一点我也问过桂子了。"

"我这么健康，不正说明所谓残忍的手术根本子虚乌有？"

"所以说，我们也很想知道高尔到底搞了什么人体实验——"

爱尔莎用手指细细描摹着青木身上的印记，从胸前的十字疤，到手腕的灼烧痕。若有若无的青紫瘀痕、扑向幼小躯体的火舌、婴儿的哭叫无不蠢蠢欲动，试图唤醒他体内那段本不该存在的记忆。如果说他半生的坚信全是错的，折磨了他四十年的梦魇之火根本不是东京大轰炸……如果说记忆里那双手也不是在保护他，而是在死死按住哭闹的他，举火企图灼烧他的身体……如果说这青紫色的印记也不是普通烧伤，而是掩盖他出身秘密的证据……那么，比起刚出生就记得东京大轰炸的说法，战后第三年被人带至日本，由一对日本夫妇收养，而后又被他们烧伤的故事，显然合理多了……

爱尔莎的手指白到几乎透明，却散发出惊人的热量。这双手从青紫色的瘢痕里再次将四十年前的大火带回他眼前。体内好像有一团燃烧的火焰，将他胸口的旧伤灼得发痛，四十年前的大火和梦中一样卷着滚滚黑烟朝他扑来。为了逃离这份恐惧与窒息，他的双唇不由分说攫住了爱尔莎的唇；爱尔莎惊讶得睁大双眼，好看的蓝色渐渐融化在青木的瞳色之中……

午后，青木回到横滨的家。等到傍晚，他出了门，朝横滨港附近的一家酒店走去。爱尔莎·罗塞加在清晨前起床离开，临别前，她约青木下午五点来这家酒店的咖啡厅见面。

咖啡厅里人很多，因为元旦的关系，人群中能看到不少梳日式发髻、穿振袖和服的身影。外国客人也不少，却不见那位让青木魂牵梦绕的金发女郎。

青木比约定的时间早到了二十分钟。他打算先去逛逛夕阳下的港口，正朝外走时，忽然听见一个说英语的女声。

咖啡厅入口右侧摆着几株观叶植物，一张桌子掩藏在繁茂的枝叶后面。透过绿叶，他看到一头耀眼的金发，爱尔莎似乎带了人，正用英语和对方热切地交谈，只是绿植挡住了视线，他看不见另一个人的模样。于是青木等爱尔莎讲完才走了过去。

看到突然自绿植后面出现的青木，爱尔莎一怔，随即挂上礼貌的微笑。她对面坐着一位金棕色头发的蓝眼睛青年，爱尔莎立刻为青木介绍：他叫迈克·卡尔森，一家纽约的饮料公司职员，今天下午刚到东京。

说完这些，爱尔莎沉下声音补充道："他是我们的同伴。"

迈克是个标标准准的美国青年，高个子，柔软的金棕色头发微微打卷，白皙的脸颊、细细的雀斑，一双蓝眼睛笑起来显得更加清澈明亮。他身穿符合商务人士身份的深绿色西装，但不同于日本同行，他打领带的样子看上去都那么随性洒脱。他面带笑容，主动与青木握手；青木立刻对这位美国人产生了好感。

他先聊了几句初到日本的印象，又问青木一些关于日本的问题。青木英语水平还行，但时不时冒出不太熟悉的单词，他就听不明白了，幸好还有爱尔莎来帮助翻译。爱尔莎似乎精通英语，迈克好像也会说德语，聊着聊着，他们俩就把青木晾在一边，英语夹杂着德语自顾自地说了起来。

迈克交谈时举止夸张，时不时发出爽朗的大笑，完全就是个快乐度假的普通游客模样。不一会儿，他突然话锋一转："她已经把一切都告诉您了吧！我来为您解释寻找您和您母亲的原因——听说过安妮·弗兰克吗？"

尽管有些意外，青木还是点了点头。他很熟悉安妮·弗兰克的故事——这位犹太少女躲在荷兰一处狭小的秘密小屋里度过了她的青春期，可惜最终还是被盖世太保逮捕，送进集中营后不幸遇难。

"她死后被发现的日记成为全球畅销书，至今仍然广为流传。这位十六岁便去世的少女写下的日记，比历史书和奥斯维辛的记录更加有力，她的故事让全世界看到了犹太人遭受的残酷迫害和战争的悲剧。我相信，她在日本也很知名吧？"

见青木点头，迈克继续说："我们想要第二个安妮·弗兰克。"

"我隶属于一个全球性的犹太人保护组织。'保护'听起来简单，实际上从追捕纳粹余党，到消除部分地区根深蒂固的犹太人歧视问题，涉及的事务相当繁杂。您知道摩萨德吗？以色列的情报和特殊使命局，我们的部分机构和他们也有联系，会参与政治活动。不过，青木先生，和您有关的事情绝无任何政治意图，您不必担心卷入什么麻烦。我保证。"

爱尔莎插话："这个，我已经和他说过了。"

迈克点头，继续道："这几年组织给我的任务，就是尽量收集集中营幸存者的证词，利用大众媒体，向全球广泛传播。但老实讲，世界对纳粹在'二战'中的罪行已经越来越不关心了。纳粹的高层要么被抓，要么死了，关于他们的残暴行径也已经说尽了。可是，集中营的真实面目仍然有很多不明之处，而且您想，足足有六百万人惨遭屠杀，我认为这段历史被讲述再多次都不为过。可新闻媒体不，他们嫌弃这些故事'不新鲜'了，报道得越来越少。对于非犹太人，乃至犹太人里的年轻一代，那段经历正逐渐变成历史的一部分。与之相反的是，这几年全世界就和'二战'前夕一样，到处都是不安定的种子。即便在日本，您应该也感受得到吧？"

迈克的声音渐渐染上热情，语速也快了起来。为方便跟不上英语的青木，爱尔莎从中途就开始翻译，说到这里，她打断迈克："我们换个地方吧！"大概是看到了前台女服务生频频投来的好奇目光。

出了酒店，爱尔莎提议去外国人公墓[①]看看，三人便信步走去。两个月前，爱尔莎陪桂子来过横滨一趟，外国人公墓一带有很多教堂与西式建筑，令她不禁怀念起遥远的故乡街景。众人沿着小道，一路向上走到坡顶公园，迈克却对第一次看到的

[①] 横滨外国人公墓，始建于十九世纪"黑船来航"时期，原本为美国舰队船员埋葬处，后成为外国人专用墓地，后世亦有不少终身定居日本的国外名人长眠于此。

日本街道兴致缺缺，一路上都在热情洋溢地演说，列举出种种例子描述当今世界是何等动荡，纳粹又对犹太人犯下了多少残暴罪行。

"任何事一旦成为历史，人们就免不了重蹈覆辙。如今，全世界都笼罩在经济危机的阴影下，日本自然也不能幸免。人们渴望打破阴影、开辟新的出路，于是'法西斯'这个早该扔进垃圾桶的词又被翻了出来。第三帝国覆灭之后，德国仍顽固地残留着一批纳粹余孽，这些人像亡灵一样活着，至今还在做帝国复兴的美梦。还有一帮被称为新纳粹的青年，他们痴迷于希特勒的魅力，时不时引发暴力事件。法西斯正在吸收世界的不安情绪，像霉菌一样，不断地繁殖壮大。不光德国，整个欧洲、美国……恐怕连日本也有。柏林也有这种纳粹余党，他们和年轻的新纳粹相互勾结，试图制造第二个希特勒。虽说只是个小众组织，也不可掉以轻心——要知道，纳粹最初也只是个小党派，却能从动荡时局中汲取养分，生发出可怕的繁殖力。我们想遏制这个苗头，这才希望为世界呈现第二个安妮·弗兰克，还有像《安妮日记》一样打动世人的真实故事——既然媒体认为犹太人的苦难史已经没有新意，那就给他们想要的新故事好了。

"所以，我们这两年在四处寻找新的集中营幸存者，只可惜，一直没找到在当下还足以触动人心的新故事。事实上，索菲·克莱默送给巴黎出版社的手稿也称不上新鲜，像她这样经历过集中营的摧残，导致余生都无法正常生活的例子还有很多——但我们对她提到的日本女囚母子很感兴趣。诞生在高尔的奇迹之子，母亲还是日本人，以及索菲的陈述中新透露的与玛尔塔·里维的关联——玛尔塔·里维可是个厉害人物，假使她能一直留在希特勒身边，可能第三帝国的命运都会因此改变呢。这些事实不仅我们，我相信全世界都会感兴趣。于是，我们立刻着手寻找那孩子的下落——现在，他就在我们面前。"

正如爱尔莎所言，迈克也相信青木就是那个孩子。三人站在公园观景台上俯瞰整个横滨港。入夜的海面如一条泛着莹莹微光的黑色巨毯，城市的灯光点缀在上面，像一粒粒断了线的珍珠。港口停靠着几艘外国货船，晚风吹上山岗，带来贸易港特有的异国气息和来自陌生国度的奇特乡愁。冬天的海风冰冷刺骨，冻得爱尔莎和青木都拉高了大衣的领口，只有迈克像是感觉不到寒冷一样，还在滔滔不绝。

按迈克的说法，他们希望青木做的只是跑一趟法国，亲自见一见索菲·克莱默。如果能从她口中获知寻找生母的线索，就去找她，仅此而已。

"没必要想得太夸张，至少现在还不必。我们也只是在赌索菲的那句'她还活着'，其实谁也说不好她是否健在，还能不能找得到。考虑到那孩子当年是一个人来的日本，她如果活着，其实更有可能在欧洲——但也不一定。纵使找到了她，假如她的故事不是我们所需要的，我们也不会公开。您放心，无论结果如何，一切费用都由我们承担。只是得麻烦您亲自跑一趟法国，还要继续探寻母亲的下落，为此至少需要腾出半年时间。不过，我们希望您不要有心理负担，不用想着帮我们达成目标，就当我们在帮您寻找母亲就好。总之，一切等见过索菲·克莱默之后再决定也不迟。"

迈克盯着青木，无意间绽放出一个笑容，略带孩子气的神情很适合这位美国青年。他自己似乎也意识到这一点，一双蓝眼睛饱含笑意，看上去像是在为自己之前那么正经兮兮的样子和热情洋溢的口吻感到有些不好意思。不过，当众人抵达外国人公墓时，迈克·卡尔森的表情再次严肃起来。

"如果要为死于纳粹的六百万人建造墓地，恐怕得占上好几座横滨城的面积哪。"

铁栏杆的另一边是一座小山，层层叠叠的十字架从山顶沿着斜坡绵延到山脚。异国日本的天空下，晚风拂过死者长眠之所，有若赞美诗清冽的歌声。远处，十字架逐渐稀疏，城市的灯光渐渐亮起。昏暗的树影遮住远方广阔的天地，无数的灯火在狭窄的夜幕下凝聚成一片光。

在迈克·卡尔森眼中，是不是每一盏灯都代表了一个纳粹牺牲者的生命？他好久没有说话，倚着铁栏杆凝望着眼前的风景，这也是青木最后一次见到他这么严肃的样子。

"我现在还不能答复你，再给我些时间考虑考虑吧！"

"——我最迟后天早晨就必须回纽约。可以的话，请在那之前给我答复。"

说这话的时候，迈克又笑了，变回那个普通的美国青年。当天晚上，他们下山去中华街吃饭，第二天三人一起去了镰仓，一路上，他始终表现得像一个普通游客。

镰仓的寺庙人山人海，到处是来初诣的人。迈克举止夸张，一路大声赞美日本佛寺之精雕细琢、佛像之美轮美奂，完全看不出一点抱着特殊目的来日本的样子。但和一般外国旅客不同，迈克没带相机，在纪念品商店里对扇子、梳子这些日本特产也只是看看，并没有要买的意思，进山门时发的导览手册也很快被他丢了。青木猜想，他这次应该是瞒着纽约的朋友来的，肯定不能带任何会暴露行踪的东西回去。

不过，这一天青木还是敏锐地捕捉到迈克·卡尔森完美面具下的一次破绽,那是他们游览明月院①时的事。

明月院素有"绣球花寺院"的美誉,但在这个季节也只有枯枝可看,整座寺院一片灰褐色调,冷冷清清的。幸好太阳还不错,日光暖洋洋的,冲淡了四周的寂寥气息。

"好神秘的寺院。"迈克满意地四处欣赏,对着依山而凿的石佛、深绿色的竹林连连感慨。最后,他们来到山门附近的一个洞窟,迈克忽然眉头一皱,脸色沉了下来。洞窟里面狭小阴暗,迈克不得不弯下他高大的身躯,张扬的笑声戛然而止,一道呻吟般的声音从他的喉咙挤了出来。

洞里供着一尊保佑安产的地藏菩萨。由于地下水渗透的关系,菩萨背后的土墙湿漉漉的,前面摆着一排排古旧的木芥子②和童女模样的人偶。洞里面光线昏暗,眼前一幕在幽暗的烛光下确实略显诡异,但也不至于很吓人。迈克却一脸惊恐,拔腿冲了出去。

"你怎么了?"青木很疑惑,爱尔莎也担心地望着他。迈克没有多做解释,摇摇头说没什么,随即又挂上笑脸。而他终于肯道出缘由,已经是第二天早晨,青木和爱尔莎在成田机场为他送行的时候了。

连续好几天的晴朗天气消失得无影无踪,冬雨冷冷地落在机场跑道上。雨势不算大,水滴以一种单调的节奏不停往下落,像一支永不完结的低音奏鸣曲。迈克坐在机场餐厅眺望即将搭乘的泛美航空飞机,雨水打在巨大的机身上,溅起一层灰色的纱。他有些烦躁地从小火柴盒里摸出火柴,再一根根地将它们

---

① 明月院位于神奈川县镰仓市,建于一一六〇年,因种植绣球花而闻名。
② 木芥子,一种源自日本东北地区的木质人偶,有着简单的躯干和刻意放大的头部,配上几条用来表示面部的线,没有手脚。

掰断。早在横滨的中餐馆里,青木就已经注意到他有这种习惯。迈克脸上没什么表情,但不停掰着火柴的手指暴露了他的神经质。

"正式答复之前,我想问一个问题。你为什么会从事现在这份事业?"

"是因为一张照片。"迈克说。

"小时候,我在一张照片上看到了奥斯维辛集中营里堆积如山的囚犯尸体。当时太小,不知道那些都是人,还以为是坏掉的洋娃娃。昨天在寺庙里被吓到,也是因为那些人偶让我想起了那张照片。就是那张照片决定了我后来的生活方式——乃至一切。"

迈克的蓝眼睛在灰蒙蒙的雨中变得黯淡。说来也怪,一直到昨天,青木都还觉得那双清澈至极的湛蓝双目并不怎么可信,如今它们蒙上一层阴影,反而让青木产生了信任。

"好吧。"青木终于答应帮忙,"不过……三月底之前,我都不能离开日本。大学那边还有工作,手头的作品也必须画完,最快也要到三月底才能去巴黎。"

迈克思考了几秒钟。

"没问题。"他说,"我们当然希望能尽快,不过三月底也可以,我或许能赶到欧洲,爱尔莎也是。"

爱尔莎迎向迈克的视线,点点头:"那个时候我正好要回东柏林。"

迈克向青木伸出手,青木回握,事情就这么定了。美国青年的手比青木的大上一圈,双手交握的瞬间,青木忽然有种被命运紧紧包围的感觉。想起过去两天发生的事,仿佛在他体内沉睡四十多年的命运忽然睁开了眼睛,湍急的命运之流将他一把推走,他别无选择。

尽管没告诉过别人，但他其实早就计划好，要从四月开始去欧洲旅居一年。一直听说意大利是父亲的祖国，他打算到那里落脚并画画。上次去欧洲的时候他还很年轻，内心的傲气拒绝承认体内的一半欧洲血统，以至于故意避开了意大利。但十几年后的今天，年过不惑的他已经可以很自然地接受这个事实了。他甚至打算在去意大利之前，先到曾经住过的巴黎待上一个月，所以当迈克·卡尔森请求他去巴黎时，青木几乎不认为这只是个巧合，而是某种无形力量在冥冥之中操纵一切的结果。或许更应该说，早在那个柏林女孩突然出现的那天，看见她眼中闪耀着的异国明灯时，命运之轮就已经开始转动了。

"有件事我很好奇。"返回东京的电车上，青木问爱尔莎。

半个小时前，他们在出境口送别了迈克·卡尔森。这会儿，透过电车的玻璃窗，他目送着迈克乘坐的飞机穿过积雨云直冲云霄，像一支白色画笔，划过了天空的画布。

"你成为他的同伴，是因为爱他吗？你说的第二次爱上的那个美国人，就是他吧？"

"是的。不过就在刚才，一切都结束了。"爱尔莎用冷淡到近乎决绝的语气回答。

"刚才在出境口，您看见我们相互拥抱了吧？就是那一刻，我对他说了再见。不过，他大概只会当成是寻常的道别吧！当然，我仍然是他的同伴，但已经不再有任何超越这层关系的意义了。现在的他，只是我曾经爱过的第二个男人而已——有什么办法呢？我已经进入第三段恋情了呀，我只相信一见钟情的爱。他那双蓝眼睛曾那么打动我，如今也只是一段值得缅怀的回忆罢了。或许有一天，第三个男人也会成为回忆，但我现在爱着你，这就够了。如果因为害怕结束就不开始，那谁也没法爱人了，对不对？"

爱尔莎注视着打在窗户上的雨水，落寞的眼神消解了言语中的傲慢，使她看上去无比温柔。她回过头来，忽然问道："为什么你那么轻易地接受了我们的请求？我还以为你会再犹豫一阵子。为什么呢？是因为想见自己的亲生母亲吗？"

"对啊，当然是这个原因。"青木微微一笑。

爱尔莎定定地望着青木的脸，似乎在斟酌该不该接受这个解释。过了一会儿，她也微笑起来，拢了拢落在肩头的长发。发丝掠过车窗玻璃，为滚落的雨滴染上一抹金色的光辉。

彼时青木想过，自己之所以接受这项提议，原因恐怕主要在于她那头耀眼的金发；三个月后的现在，他如约坐上了飞往巴黎的航班，原本还有些模糊的结论也越发确定了起来。

从那一天算起，他已经和爱尔莎一起度过了五个晚上，但次数本身并不重要。爱尔莎说，她一瞬间就决定了接下来的一切，青木对这番过于热烈的言辞毫无异议，因为他自己也在第一晚就完全下定了决心。脱掉衣物，雪白的胴体在夜色中散发着生机勃勃的光辉，画笔都无法描绘出她美丽神秘的曲线，柔软的躯体准备好了迎接他最深的欲望。她的双眸在黑暗中呈现出湖水般深邃的色彩，眼神交织着傲慢与温柔。金发如同在夜里探寻到美丽的芬芳，发丝倾泻在雪白的床单上，不期盛放出甜蜜。

第一晚，他拥抱着她，头一次忘掉了自己体内不属于日本的血。身体的软香给他带来前所未有的安宁，她的金发又似乎蕴藏着任何女人都没有的危险诱惑。不过，安宁也好，诱惑也罢，都是他已深深爱上这位柏林女孩的证据。

高潮过后，两人仍然紧贴着彼此，舍不得分开。两具身体炽热到不可思议，仿佛身心已融为一体。直到窗帘透出天边的鱼肚白，他们仍然依偎着躺在一起，像两团火焰燃烧殆尽后留下的化石。炽热的激情令他忘记了自己的年龄。面对桂子时，双方的年龄差距总是令青木倍感压力，在爱尔莎面前，却似乎并不算是个问题。尽管她们俩年纪差不多，爱尔莎却有着桂子这个日本女孩所缺少的成熟。这份成熟令青木感受到欧洲大陆之广阔，小小的桂子则被这片辽阔的天地湮没了。

从成田机场回来的电车上，爱尔莎那番话热情到近乎傲慢，青木却毫无保留地选择相信。因为他也和她一样，自爱尔莎出现的那一刻起，桂子就已经成为遥远的回忆了。

野川桂子——

邻座的两个女大学生不再聊天，安安静静地看起杂志来。半个月前，去奈良的路上，桂子在新干线上也是像这样，默默地看了一路杂志。时值三月中旬，第三学期结束的第三天，青木邀请桂子去奈良一日游。去欧洲的一切准备工作都安排停当，但在正式出发前，他想跑一趟奈良，去看看爱尔莎提过的石岛清太郎故居。

此外还有一个原因。他只在一月一日那天，和爱尔莎、迈克·卡尔森见面之前，在电话里和桂子简短交谈了几句，之后整个学期他都以太忙为借口，避开了在课外私下见面。启程去巴黎之前，他想给自己与桂子的关系彻底画上句号。

两人一早从东京出发，到奈良后，先坐车游览了几座寺院，然后在奈良公园，青木让桂子下车一个人去逛一会儿，他自己则继续坐了五分钟左右，到了石岛清太郎家。

从奈良站前的商业街拐进小巷子，不多远处有一座小小的花岗岩院门,那就是石岛家。这片街区古雅闲静,很难想象一街之隔就是繁华的商业区。豪华的老宅鳞次栉比,石岛家在其中略显简陋,但小小的庭院里,松树修剪得十分精致,显出了屋主的高雅品位。

正如这座宅院给人的清雅印象,一位相貌温和的老太太走了出来,微笑招呼青木。一个礼拜前,青木从爱尔莎那里问到石岛家的电话号码,打了个电话过去,自称小时候受过已故石岛先生的照顾。石岛太太对青木这个名字毫无印象,青木提醒道"您先生应该有一本我的画集",她这才恍然大悟。

"听闻老先生已经仙逝,一直想到灵前吊唁致哀。"青木以此为由登门拜访,石岛太太似乎也对青木很感兴趣。

佛龛里供着的正是爱尔莎那张老照片里的人。合掌祭拜过后,青木被请到客厅,石岛太太好奇地询问:"先夫和您这样一位画家究竟有过什么样的交集呢?"

青木随便编了个故事,半小时后,他果然在书房里看到了那本画集,便告辞离开。石岛太太确实只知道爱尔莎转述的那些事,青木并不介意,他这次上门也不是为了刺探情报,而是确认爱尔莎去年是不是真的来过。对此,石岛太太给出了十分肯定的答复。

"去年夏天,来了位自称德国留学生的小姐,向我打听战后石岛从德国回来时有没有带着一个男孩,不知道这件事和您有没有关联——"石岛太太说。

青木只好含糊其辞地带了过去。他现今还说不好石岛从德国带回来的小孩究竟是不是自己,但至少能肯定,爱尔莎确实没有撒谎。

桂子如约在猿泽池①边等着青木。枯萎的柳枝在水面荡起细微的涟漪，桂子单薄的倒影也随着摇曳起来。尽管青木什么也没说，但直觉告诉他，桂子已经意识到，今天将是他们在一起的最后一天了。

青木的直觉没有错。沿着通往奈良公园的斜坡向上，他说："四月我就要去巴黎了，所以今天是我们最后一次见面。"

"我知道的。"桂子平静回答。

"谁告诉你的呢？这件事我只跟大学里的领导提过。"

"我不知道你要去巴黎，但三天前你约我来奈良玩，我就知道是最后一次了。"她的声音依然很平静，"是为了爱尔莎吗？"

"为什么会这么想？"

"打从元旦那天起，爱尔莎就躲着我，老师也躲着我。"

青木没有否认，桂子也没有再问下去。两人保持着微妙的距离并肩而行，路边，石墙上躺着的鹿群默默注视着他们。

"刚才我一个人闲逛时喂它们吃东西，险些被咬了手。不过，它们真的好可爱哦！"桂子像个普通女孩一样，兴奋地说着。一直到两人最后分开，她的语气和神情都和往常没什么两样。

"我一直好奇一件事。关于老师小时候……小时候，你是个什么样的孩子呢？"两人在公园里漫步闲逛时，桂子这样问道。

"你猜猜呢？"

"我想想……应该是文静的，比起和朋友玩耍，更喜欢一个人画画。不会很在意家人、老师或大人——甚至其他小孩的眼光，只一门心思，沉浸在自己的世界里。但是，内心又很善良，

---

①猿泽池，奈良兴福寺内的一座放生池。

如果朋友遇到困难，会很想帮助对方，只是没有办法很好地付诸行动。"

"事实恰恰相反！"青木爽朗地笑起来，"我总是很在乎别人的眼光，不光是因为头发和眼睛的颜色啊，本身也格外在意自己在朋友和大人眼里算不算出色。我总是很有优越感，因为我会画画，成绩也很好，这和容貌造成的自卑大概是一体两面的关系。但我也明白表现出这种态度不太好，所以明面上始终装得很温顺。我对朋友们都很不错，但也只是表面上，打心底里我觉得别人都很蠢，很瞧不起他们。只要有人稍微冒犯我，我就会一个人跑回房间，一边用画笔敲打画板，一边在脑海里想象和对方打架并击败他，以此来自我安慰。而且凡事我都爱争个第一，如果绘画比赛被其他学生拿了大奖，我会忍不住想让大人承认我画得比对方更好，在脑海里演练各种说服的话，直到想象中的大人点头认同才会罢休。如果没有控制这种强烈情绪的能力，我肯定会变成一个自我意识强烈、野心勃勃、为了自己可以牺牲周遭一切的冷酷男人。其实长大以后，我在这一点上也没什么改变。之所以能在二十多岁就当上小有名气的画家，我想天赋和性格都是很重要的因素——而且这种性格至今也还在。"

他并不是为了让桂子忘记他而故意自黑。尽管没对别人说过，但一直以来，他的确是这样看待自己的。这或许也能解释他从爱尔莎那里得到的安宁感——爱尔莎看穿了他的本性，却依然愿意爱他。在青木看来，爱尔莎似乎并不介意背叛迈克，却唯独为伤害了桂子而耿耿于怀。第三次幽会时，青木劝她不必太介意，她却一边轻抚青木胸前的烧伤疤痕，一边说："你这个人，恐怕比我想象中更加冷酷无情。"好吧，和桂子不同，至少爱尔莎对他的爱没有被幻想美化过。

"现在你可能还不明白,但等我们分开,你就会发现我这些真实面目了。"

对这句话,桂子只是淡淡一笑:"也许吧!"

就在这时,青木无意间抬头,刚想继续说"一定会这样"的时候,声音戛然而止。不知不觉中,他们已经走到了奈良公园内著名景点——兴福寺五重塔①的正下方。傍晚时分,先前还残留着天平时代②古风的苍蓝天空渐渐浸入墨色,地面上的黑暗甚至比天空更浓郁了几分,五重塔高高耸立,将周围的树木、建筑都压了下去。巨大的塔檐仿佛吸收了栋梁中的黑暗,一层叠着一层,塔顶直指天际。明明看上去随时可能被自身重量压垮,这座塔却依然屹立着,在拉直的紧绷中维持着极限的平衡。

"老师,你怎么了?"

听到桂子担忧的声音,青木这才大梦初醒般回过神来,从后颈到脊背早已被冷汗湿透。

"我之前说,今天是第一次来奈良……但我记得这座塔。我非常确定,小时候也曾经这样抬头仰望过它。"

小时候……那也只能是蹒跚学步的年纪了。那么,究竟是谁带他来的呢……

青木被巍峨巨塔的影子吞没,仰望的视角就像一个真正的孩子。顺着记忆逆流而上,回到了遥远的过去,他试图抓住些什么,终究一无所获。他很确定记忆里一定有着什么,却怎么都看不清楚,一股焦躁充斥在心头,他只能站在原地,继续望

---

① 兴福寺五重塔是兴福寺的中心建筑,也是古都奈良的标志性建筑。始建于天平二年(公元七三〇年),历经五次毁坏和重建,现存的第六代塔建于一四二六年。
② 天平为圣武天皇年号,为公元七二九年至七四九年。

着这庞大的建筑。

桂子再次担忧地呼唤他，青木说了句"没事"，重新迈开脚步，但那夕阳下的巨塔却停留在脑海，久久挥之不去。

两个小时后，两人在京都站的新干线站台分手。

"我就不去成田机场送您了，就在这里告别吧。我坐下一趟车走。"

原定共乘的新干线光速号列车滑入站台时，桂子忽然这么说。

她的语气仍然轻松，似乎希望就这样平淡如水地分手。在最后这一刻，桂子的笑容仍然交融着天真与成熟的味道，青木无法判断究竟是哪一个她选择了这么平静的落幕。我会从巴黎写信给你？欢迎你来巴黎玩？他什么也说不出口。他明白，只要多说一句留恋的话，这次分手就将功亏一篑。在往来乘客和广播的嘈杂声中，两分钟很快过去，发车铃声响起，青木登上列车。直到这时他才注意到，桂子今天穿了一条有白色大领子的藏蓝色连衣裙，外面披着大衣，正是去年秋天曾被他评价过"这样最适合你"的穿搭。车门缓缓关闭，将两人隔在站台与车厢两边，桂子像平时告别那样轻轻挥手，浅浅一笑，下一刻就消失在移动的车窗外。

坐定后，青木就把桂子忘在了脑后。一旦只剩他一个人，刻在脑海中的巍峨巨塔瞬间淹没了桂子最后的身影，让他在新干线上一直无法停止思考。

《古城》那幅画中，青木记忆深处的那座巨大的黑暗建筑，或许并不是什么城堡，而是那座塔。国内当然还有其他五重塔，但他非常确定，两小时前见到的兴福寺五重塔就是记忆里的那座。从下面仰视它的瞬间，一种语言难以表达的感觉忽然在体内苏醒过来……毋庸置疑，小时候有人带他来到过这里，在同样的黄昏、从同样的位置仰望过这座塔。究竟是谁？只可能是姨妈姨丈，他们一定领着年幼的他来过奈良，但此后再也没提起过。他们一家人曾经去过很多地方旅行，也经常聊起当年的趣事，唯独奈良这个地名他从未听二老说到过。

单纯是他们遗忘了吗？不，不可能，他们是故意隐瞒不说的，为了不让他知道去过奈良、还和人会面的事……他们很可能就是去拜访了被供在佛龛里的那个男人，让他知道自己托付的孩子如今过得很好……尽管仍然只有轮廓，却有一种无可动摇的确信感袭上青木心头。和那座塔面对面的刹那，他第一次真切地感受到幼年的自己与石岛清太郎之间的联系。听完爱尔莎讲述的两个半月后，耸立在暮色中的漆黑高塔终于将青木与石岛清太郎、与柏林，乃至与高尔集中营联系了起来。一九四五年三月的一天，在满是冰雪与泥泞的犹太人集中营里，发出生命第一声啼哭的婴儿正是他；在那张褪色的老照片里，从死亡集中营中奇迹般生还的小小幼儿的脸，毫无疑问也是他！

由此，青木最终下定了决心前往法国会见索菲·克莱默。之前，尽管做好了出发准备，他内心还是有所迟疑，而那座塔将仅剩的迟疑也彻底粉碎了。至少在这一点上，爱尔莎的组织并没有说谎——在新干线上，他好几次摘下手表，凝视手腕上淡淡的烧伤痕迹，试图勾勒出记忆中根本不存在的高尔集中营。爱尔莎告诉他，高尔集中营没有留下照片，但和其他集中营应该也没有太大差别。铁栅栏、营地监房、永远冒着黑烟的焚尸炉、纳粹十字旗——这些他本不该见过的景象，现在却从黑暗中纷纷复活，鲜明地浮现在视野中。

青木发现他已经全然忘掉了刚刚分手的女孩，也许自己确实比想象中更加无情。

一个半月后的飞机航班上，桂子已经成了回忆相册里的一张褪色照片，换成昨夜在东京酒店相拥的爱尔莎生生不息地占满他的身心。爱尔莎比他晚一天出发回东柏林，像是追随他前往欧洲的脚步，青木却觉得自己才是那个追赶者。爱尔莎迷人的曲线中隐藏着另一缕他描摹不了的线条，蓝色的眼眸后面潜伏着另一种他捕捉不到的颜色。他被激起了更大的热情，在内心的画布探寻着未知的线条。

青木取下手表，只有那一小块皮肤颜色惨白，灼烧的痕迹掩盖了几个数字。也许这里原本真的是集中营囚犯编号，但如今也无从查证了。

他这次去巴黎当然不光是为了爱尔莎，也为寻找能串起现在的他、石岛清太郎、囚犯编号——以及他整个人生的线索。但一月三日那天，在机场送完美国青年的回程电车上，他那番想见亲生母亲的说辞其实也是骗爱尔莎的。他并不想见那位在高尔集中营生下混血婴儿的日本女人，即便想也不可能了。青木很清楚，她早就死了。

"她还活着（Elle est encore vivante.）。"

青木的确听见了录音带里索菲的低语，但这个"她（elle）"究竟指的是他的生母，还是别人，他当时已经有所怀疑。

心中的疑虑在横滨酒店的咖啡厅得到了证实。那天，青木起先没能马上找到坐在绿植后面的爱尔莎，却在无意中听见她和另一个男人用英语交谈。

"他的母亲已经去世了。持续对他撒这种谎，对我来说非常痛苦。"

这番话的内容和语气中的伤感,青木听得一清二楚。果然那个"她(elle)"所指另有其人,而他的生母早已死去,很可能就死在盟军解放高尔集中营前夕。爱尔莎当时不断地摆弄录音机的按钮,明显想通过这种小伎俩,误导青木相信索菲说的是他母亲。

那个日本女人确实死了,所以迈克的发言变得毫无可信度。"我们在寻找第二个安妮·弗兰克。"美国青年诚恳的话语,希望青木寻找亲生母亲的请求,全部都是谎言。在俯瞰横滨港的公园里,冒着冬夜寒风聆听的长篇大论也毫无意义,唯一的谜团在于他们为何不惜编造如此大胆的谎言,也要将他这个高尔之子引到法国,和索菲·克莱默见面?他们并不想打造第二个安妮·弗兰克,找他又有什么用?迈克和爱尔莎的语气和眼神那么真诚,他不愿意相信都是假的。诚然,他们十分迫切地需要青木,只是真实原因与他们宣称的截然不同——从成田机场回来的电车上,当他微笑着说出想见亲生母亲的时候,爱尔莎定定回望着他,似乎并未察觉他已经识破了谎言。

三个月来,他一直装作不知情,就是为了揭开这桩谎言的谜底,找出他们极力引诱他去欧洲的真正原因。尽管迈克和爱尔莎都向他保证此行绝对安全,但谎言本身还是让他嗅到了类似陷阱的危险气息。但这就跟爱尔莎金发背后的危险芬芳一样,无时无刻不在诱惑着他,让他义无反顾。

窗外视野仍然笼罩在无边黑夜之中。夜的尽头有着什么样的命运与陷阱尚不可知,但无论如何,他预感这次旅程必将解开他的身世之谜,四十多年来生活在日本这个国家却不能完全融入其中,始终活得像半个外人的岁月也将告一段落。为了清算至今的人生，他启程前往巴黎。从未谋面的父母仍然面目模糊地栖息在他心里，历经新年的种种奇遇，他们的身影又被蒙上了一层新的迷雾。

此时此刻，巴黎还很远。飞机在夜空中越过日本与法国之间无形的国界线，飞向那座遥远的城市。他也正要跨越自己心中的一道国界线，那是多年来几乎将他扯成两半的、父母两个祖国的国界线——

青木忽然想起，十多年前离开巴黎回日本也刚好是在这个时节。临行那天，整个巴黎下着无声的灰色细雨，他没头没脑地想，巴黎或许仍将以同样沉默的雨迎接他的归来。日本已经春暖花开，巴黎的雨水或许仍残留着冬日余韵，冷冷寒意裹挟着未知的陷阱，等他自投罗网。

第三章　亡灵们

一九四五年四月二十八日，星期六。六天激战过后，柏林城陷落。

马路化作碎石，狂风在残垣断壁间呼啸，漫天尘土遮天蔽日。苏联战斗机在黢黑的烟尘里穿梭，在废墟和尸堆上面盘旋，寻找残存的生命；苏联大兵的靴子重重踏过，几乎将这濒死之城的最后一息生机彻底榨干。他们漫无目的地突然开枪，在寂静的街巷找寻消遣。枪声间隙，幸存的柏林居民试探着爬出地下室，一见苏联人的身影又惊恐地躲回去。短短一个月前，犹太人在这里还是过街老鼠，现在也轮到他们了。一个疯子梦中的帝国荣耀之都就这样陨落，披着烧焦的破烂寿衣，散发出腐朽的尸臭。

短短十轮空袭和六天的巷战就彻底摧毁了这座城市，多么令人难以置信的事实！轰炸过后的瓦砾余温尚存，提醒人们这里曾是一座活生生的城市，但在突然降临的诡异寂静中，没有了轰炸与炮火，柏林看上去如同一座死了很久、被漫长的历史风化侵蚀的废墟。

一小撮德军还在布拉格做着最后的顽抗，但第三帝国实质上已然和严冬一起消散了。柏林战役结束两天后的星期一，四月三十日，疯子希特勒自杀。这个把持总理宝座十二年、自诩德意志象征的恶魔美梦破碎，以一颗子弹射穿头部，结束了他罪恶的一生，其心腹重臣戈培尔也带着妻儿一同服毒自尽。象征第三帝国荣耀的总理府化作废墟，原本的窗户只剩下黑窟窿，和炸成碎片的威廉广场空洞对望。城市铁路、地下通道悉数被毁，河道里到处是桥梁的残骸，得不到任何外部救援，柏林成了一座恐惧与绝望的孤岛。

时光走过四十多年，今天的柏林几乎看不到这些废墟了，只剩高耸的柏林墙还残留着浓重的战争气息。人们见证了柏林重建的奇迹，特别是归属资本主义阵营的西柏林日渐繁荣，成为一座知名的文化都市，号称"第二个纽约"。崭新的高楼大厦、绚丽的霓虹灯抹去了战败的记忆，只留下一个地方供人追思战争，就是位于市中心附近、与占地辽阔的动物园遥遥相对的威廉皇帝纪念教堂。为了不让这座繁华都市彻底忘记历史上的那一天，这座教堂特意维持了残破状态，昔日绝望与当代辉煌在这里交汇，成为西柏林仅有的追忆之地。

来西柏林之后，布鲁诺·豪森经常路过教堂，今天他第一次在这里站住脚步。昨天刺骨的严寒过去了，阳光温柔地洒在触目惊心的残垣断壁上。阳光下的柏林确实美得有如奇迹。在这座位于北纬五十二度三十一分的城市，冬天往往到四月底才会彻底结束，但今天的阳光已经迫不及待，提前一个月散发出春天的讯息。光与影扫过西柏林的街巷，打破冬日的沉寂，前所未有的自由空气从崭新的高楼大厦与历史悠久的旧瓦房中钻出来，整座城市在别样的美丽与活力中重获新生。

日光温柔抚慰着威廉皇帝纪念教堂破败的墙壁，疗愈着柏林遭受过的战争创伤。这座分裂城市的另一半是否也公平地享有同样的阳光？布鲁诺想，不自觉地朝着西柏林最热闹的库达姆大街走去。

街上许多人已经脱掉外套，轻装融入了春天。不时有人望向天空，彼此谈论大自然馈赠的短暂奇迹。布鲁诺在十字路口等绿灯，心里波澜不惊，和平时一样漫无目的地游荡，有些不耐烦地注视着车流。这时他还不知道，命运将在短短几秒钟后给他送来另一个奇迹。

信号灯转绿，布鲁诺穿过马路，在对面停下脚步。路口，一辆汽车左转过来停在红绿灯旁，车上下来一个高个子男人。那人和布鲁诺差不多年纪，但布鲁诺身着笨重的老式外套，源自东柏林的气质挥之不去；而这个男人将一身考究西服穿得潇洒随性，高大的身躯散发着与西柏林十分契合的自由气质。他有着阳光一样的金发，笑眯眯地用英语对司机交代了几句，似乎让对方原地稍等。从身高、语气和英语发音判断，他肯定是美国人，布鲁诺一时间简直不敢相信，还以为自己又犯了认错人的老毛病。

来西柏林三个月，爱尔莎的下落仍然无迹可寻。去年十二月三十一日的大雪之夜，两名身份、年龄都截然不同的非法越境者乘车飞驰在柏林墙下，车最终停在国家图书馆附近的一家医院门前。布鲁诺在医院住了两周，待右腿伤愈后，他在动物园后面租下一间旧公寓，从此天天拖着伤腿在大街上游荡，试图寻找爱尔莎的踪迹。

自那一夜协助霍尔斯特·贡塔尔逃亡以来，布鲁诺再未见过这位政治精英。布鲁诺被副驾男子搀扶下车，贡塔尔从车里伸出皱缩的手紧紧握住他的手，连声感谢他，再三交代手下全力照顾好这位年轻人、尽量满足他的要求，随后便坐着车消失在风雪中。

布鲁诺对这位大政治家逃往自由世界的原因毫无兴趣,也懒得追究这个两天来一次医院、奉命照料他腿伤的男人到底是何许人也。他只知道这个衣冠楚楚、和蔼可亲、一双灰眼透着冷漠与犀利的男人名叫爱德华·赫尔卡,四十岁不到,很明显是某个政治组织的人。

一般来说,越境者需要先被收容到特殊单位,办完一大堆手续才能成为自由世界公民,但赫尔卡帮布鲁诺省去了这些麻烦,让他住院期间就拿到了新国籍和西柏林市民身份,还帮他联络租了房。出院那天,赫尔卡给了他一笔巨款,足够他在西柏林无所事事地过上半年。布鲁诺并没有主动要钱,想来这笔钱不仅是谢礼,也是让他帮贡塔尔保守秘密的封口费吧!

贡塔尔的出逃背后似乎有某种政治势力的运作,西柏林的报纸对此毫无报道,说明东边也封锁了一切消息。但布鲁诺并不关心这些。

"早点忘掉奥伯鲍姆桥的事吧!"赫尔卡总是这么说。布鲁诺也每次都答应着,并重复"希望你们尽快查明爱尔莎的住址"这一要求。

这是布鲁诺唯一的要求,也是他在奥伯鲍姆桥孤注一掷的原因。到西柏林的第一晚,赫尔卡临走前说这点小事查起来容易得很,谁知第二天黄昏,他神色困惑地再次出现在医院,说所有越境者、逃亡者的姓名都会留在档案里,但他查了最近一年的记录,却根本没有爱尔莎的名字。

"怎么会这样?"布鲁诺不禁大声问。

"冷静点,"赫尔卡用微笑安抚他的情绪,"我数数,有四种可能性。"

"第一种可能,她用了假名——但记录上都有照片,我对比了昨天你提供的那张……"他摇摇头,留下意味深长的空白,"第二种可能,她在越境之前就被逮捕入狱了。这种情况下,她的家人或你不一定会收到通知。"

布鲁诺并不同意。他收到过爱尔莎从西柏林寄来的信,证明她确实成功了。

"那就是第三种可能——她确实到了西柏林,但还没有申请新的国籍——如果她有特殊理由,需要暂时保守入境秘密的话。"

布鲁诺再次摇头打断。爱尔莎不可能有这种理由,她只是爱上了一个自由世界的男人,冒险越境只是为了追寻爱情。

"第四种可能呢?"他追问道。

赫尔卡踱到窗边,似乎在艰难地组织语言。盯着飘雪看了一会儿,他才转过身,用平淡的语气说:"她过来不久便死了。"

布鲁诺瞬间脸色大变,不可置信地摇头。桥上的流弹擦过他的腿骨,一天过去疼痛越发强烈,可是"死"这个字更是叫他疼痛难忍。

"别紧张,这只是一种可能性。"赫尔卡安慰道。

两天后他再度到访,说调查了过去一年所有的非正常死亡案件,都不符合她的情况,布鲁诺这才放下心来。

"她还没拿到新国籍,对你来说未尝不是一件幸事。她既没有护照,也没有身份证明,人应该还在西柏林没离开。"赫尔卡笑了起来,"然而,要在一百九十万人口的城市里找一个人并不容易。自由有时候也很麻烦,不像东边,每个人都被规划得清清楚楚。"

赫尔卡皱了皱眉头。诚如他所言,明明过去了三个月,能证明爱尔莎确已抵达这里的线索却一个都没有。赫尔卡似乎在尽一切力量帮忙找人，布鲁诺也在出院后亲自加入搜索大军。

说是搜索，其实他能做的只是拖着伤腿在城里徘徊一整天，希望碰上爱尔莎。他在西柏林人流最密集的库达姆大街反复穿行，拿着从东边带来的唯一一张爱尔莎的照片，拦住每一个行人，问对方认不认识她。夜晚，他游走于年轻人聚集的地方，甚至不顾赫尔卡的警告，毅然闯进危险的克罗伊茨贝格区①。这里离市中心不算远，却扎堆住着土耳其劳工、外国人、渴望走上艺术道路的嬉皮士和奇装异服的朋克青年。酒吧里，装饰着金属铆钉的黑皮衣、染成五颜六色的头发在霓虹灯下聚集奔涌，像一头头蠢蠢欲动的野兽。如果说库达姆大街的高层建筑、新款汽车和人们体面的服装代表着文明的光明面，那夜幕降临后播着外国音乐、被外国人和毒品占据的克罗伊茨贝格区，无疑就是它的阴暗面了。自由与颓废一体两面，他还不习惯这种光怪陆离的自由，一种近乎恐惧的情绪油然而生。

但再往下说，所谓自由于他无关紧要，布鲁诺·豪森仍然被看不见的铁链束缚着，稍一挣扎，就会牵动体内的血肉和心脏。重重铁链将他锁在爱尔莎·罗塞加身上，锁在她的金色秀发和白皙身体上，锁在她最后的微笑上，锁在那天光秃秃的椴树枝上。布鲁诺坚信，只有在柏林的万千面孔中找出爱尔莎，他才能真正获得自由，为此他宁愿拖着沉重的铁链，一次次闯入危险的克罗伊茨贝格之夜，试图从年轻女孩们怪异的装扮后面找到他的爱人。

但那些朋克青年对他的照片不屑一顾，有一次他被一群黑皮衣围住，推推搡搡中摔倒在地上。他们嘲笑他的土气打扮，

---

①克罗伊茨贝格区在当时是西柏林被孤立的部分，也是最穷的区之一，充斥着大量外来人口和激进分子。

从他手中抢走照片，作势要撕。布鲁诺本能地伸手要抢回来，一个年轻人上前，对着他的下巴就是一记重拳，打得他爬不起来。那人手上攥着一把匕首，刀刃的寒光让布鲁诺明白自己命在旦夕，奇怪的是他并不感到害怕；反倒是他的沉默和平静的目光似乎吓到了对方，那个红色鸡冠头青年虚张声势地往他脸上啐了口唾沫，找了个由头扔下照片逃之夭夭。布鲁诺的内心没有屈辱或痛苦，甚至没有恐惧。看见刀光的一瞬间，他再次确定自己对爱尔莎的爱比生命更加可贵，吐到脸上的唾沫都是在找到她之前绝不能流的眼泪。

第二天晚上，他又孤身涉险。然而时间在他的满腔热忱面前虚度一天又一天，转眼间他和爱尔莎分开已经一年了。在街上，他好多次把年轻姑娘误认为爱尔莎而心跳加速；同样地，每当看到金发高个的美国青年，他都忍不住停下来打量对方，以为那就是夺走爱尔莎的男人。其实他只在爱尔莎住所的楼梯上与那男人打过一次照面。记忆中的那张脸越想越模糊，搞得布鲁诺看所有美国人都长一个样。于是他每次遇到年轻的美国人，都会大声质问"你把爱尔莎怎么了"，不知因此挨过多少嘲笑和怒骂。

所以，在阳光灿烂的库达姆大街十字路口目睹那位青年时，他起先也以为是认错了。但仅仅过了一瞬，两米外的这张脸和他记忆中的面容在脑海中碰撞出火花，布鲁诺清晰地意识到，就是那个人。

对方没有留意到布鲁诺，他让车在原地等候，独自走进路口一侧的汉莎航空公司大楼。千载难逢的良机！布鲁诺心中半是热切的兴奋，半是自己都难以相信的冷静，他紧跟在后面穿过玻璃门，进入宽敞明亮的大厅。

男子来到一个柜台前。

"我是……来取刚才电话预定的机票……"他用流利的德语对女职员说。

布鲁诺没听清姓名,幸运的是女职员一时间也没找到那张票。她在架子上一边找一边和他确认姓名,布鲁诺终于在背后一米开外听见他说:"迈克·卡尔森。"

好不容易拿到机票付完款,那位青年很快就离开了。布鲁诺赶忙追上去,却在慌乱中撞上另一个男人,撞掉了对方拿在手中的外套。布鲁诺无暇捡起,匆忙说了声对不起就冲出玻璃门,然而美国青年的车早已绝尘而去。

"请问,能告诉我刚刚取机票的那位卡尔森先生的住址或电话吗?"

"您是他什么人呢?"

"我没时间解释!"

女职员冷冷地拒绝,似乎有些瞧不起他穷酸的衣着。

"那至少告诉我他买的是去哪儿的机票——"

她仍然面色严肃地摇头。布鲁诺本想编些谎话撬开她那张紧闭如贝壳的嘴,最后还是改变主意,离开了。

卡尔森坐的并不是出租车。布鲁诺有些后悔没记下车牌号,但起码知道了他叫迈克·卡尔森。名字有了就好办,可以请赫尔卡帮忙咨询美国大使馆,应该能轻易查明他的身份。

布鲁诺走进附近的咖啡馆,给赫尔卡打电话。他不知道、也不需要知道那个号码指向的具体位置。接电话的通常是一位声音沙哑的中年女性,再转接赫尔卡,然后赫尔卡会轻松解决布鲁诺遇到的难题。

"现在联系不到他,请一个小时之后再打过来。"接电话的女人语气平淡，一副公事公办的态度。

他在咖啡厅的角落里找了个位子坐下，呆呆地望向明亮的街道，一遍遍告诉自己不必着急。今天的阳光似乎从一开始就预示了会有奇迹。没错，他确实不用焦虑，和过去三个月……不，和过去这一年相比，一小时算得了什么？想起那一天，他倒在雪地上，绝望地将手伸向国界线，现在呢？他终于快要触及爱尔莎了——三个月来，布鲁诺头一回有心情仔细欣赏街景，这里真的很像照片中的纽约。其实，这里距离他在东柏林的住所不过十公里远，却繁华得好像做梦一样，和大洋彼岸没什么区别。多亏了刚才那小小的偶遇，他第一次感到，自己或许也能爱上这座城市。

掐准一个小时后，他再次走进咖啡馆深处的电话亭。这次，他很顺利地找到了赫尔卡。

"我遇到那个美国人了！就是抢走爱尔莎的那个——我看见他在汉莎航空买了张机票！我只知道他叫迈克·卡尔森，凭名字足够查到他本人了吧？"

短暂的沉默。

"好吧！一小时后我再联系你，回家等我电话好吗？"赫尔卡的语气波澜不惊，和平时一样讲完就挂断了。

布鲁诺不太喜欢赫尔卡讲电话的方式，他总是用最少的词语传达最简洁的信息，省略一切不必要的内容，干巴得像个对患者宣布癌症的医生，听多了简直自己也要跟着得绝症。不过没关系，只要再等一小时就好，赫尔卡自然会带来他想要的一切信息。

布鲁诺走出咖啡馆，库达姆大街已经亮起了灯光。午后的阳光还拖着最后的暖意，夜幕将至，为落日笼上一层薄纱。

灰色的轻纱落在塞纳河上。预想中的雨没有下，巴黎用暖暖的阳光迎接阔别十几载的青木，可一到傍晚，白天的温暖仿佛被黑夜生生吞掉了似的，空气冷到刺骨。青木入住的三星级酒店就在圣日耳曼大道上，距离索邦大学不远，他安顿好后便出来闲逛。今晚没有别的安排，所有计划将从明天上午十点钟的卢浮宫开始。

"圣日耳曼大道的酒店已经预定好了。你到了的第二天上午十点去卢浮宫，在你最喜欢的那幅画前等待，我的同伴会找到你，指示下一步行动。"

出发前，爱尔莎这样嘱咐他。这应该是组织下达的指令，爱尔莎只负责传达，但他也别无选择，只能听命行事。

这些年，据说巴黎深受美国文化渗透，连最年轻、自由氛围最浓厚的拉丁区①也隐约有了英语圈和纽约的风格，传统的老巴黎被边缘化了。十多年前风靡的嬉皮士群体被更激进的朋克风潮取代，自由腐化成下流，巴黎也变得向纽约和东京看齐。他在一家维持着旧日风貌的书店里逛了片刻，便来到塞纳河边，沿左岸向上游走去。

左手边是位于塞纳河中央的西岱岛。岛上有年代悠久的法院、警局，始建于八百年前的巴黎圣母院也在这里。这座著名的大教堂在夕阳下傲然独立，仿佛以一己之躯承载了整座巴黎城的历史。教堂和塞纳河一如往昔，但在刚见证了拉丁区风潮变迁的青木眼里，实在提不起多少怀旧的心情。大教堂尖顶高耸，让他想起奈良的兴福寺塔。然而当暮色灰沉沉地降临，十

---

①拉丁区（Quartier latin）位于巴黎五区和六区之间，从圣日耳曼德佩区到卢森堡公园，是巴黎著名的学府区。"拉丁区"这个名字来源于中世纪这里以拉丁语作为教学语言。

几年岁月隔阂终于消融在塞纳河的流水中，青木仿佛又回到过去的青春岁月。

走了约莫三十分钟，青木来到造型古典优美的托内尔桥，对面是毗邻西岱岛的圣路易岛。过桥横穿岛屿，再过玛丽桥就来到塞纳河右岸，他走到桥底下，抬头向上看。不同于东京，巴黎的天空处处不同，他最喜欢的就是这里。无论晴雨，这里的天空都像一块精美的玻璃，透过它似乎能窥见未知的古老巴黎。也不知道为什么，这里每每让他心中涌起一阵阵与生俱来的乡愁。十几年前，他每天带着画布过来对着天空写生，想将这份思绪落在画中，不知不觉也画了不少。这次故地重游，天空还是那个样子，淡淡暮色在头顶投下层层浓淡阴影，好似一整块单色的花窗玻璃。天空激起的神秘乡愁与过去的回忆相互重叠，让他暂时忘却了此行目的，出神地凝望着远方。

目的？到底是什么目的呢？他还是不明白，爱尔莎、迈克·卡尔森以及他们背后的组织让他来法国究竟想干什么。明知道他的母亲早已去世，还用这个借口将他骗过来，到底想从他这里得到什么——

到家一个多小时了，电话铃仍然没有响。窗外漆黑一片，白天的暖阳就像一场幻觉，黑夜带着严冬的寒气笼罩着柏林城。炉子大概快要坏了，发出刺耳的声响。就在布鲁诺弯腰打算检查一下时，耳畔传来了敲门声。布鲁诺心想，大概是赫尔卡觉得电话里讲不清楚，这才亲自过来详谈——

他过去打开门。门外站着一个陌生男子，上半张脸几乎都藏在帽檐和圆眼镜后面，一把大胡子又遮住了下半张脸。布鲁诺并没有起疑心，反正赫尔卡也不是第一次派其他人来了。

"是赫尔卡派您来的？"布鲁诺问。

男子没吭声，隔着眼镜傲慢地审视了他两三秒，短促地回答"是的"。他有着小动物般的胆怯眼神和与之相匹配的短小身板。布鲁诺把他迎进屋，男子在餐桌边落座，摘掉皮手套，搭在桌上的右手戴着一枚双头蛇造型的黄铜戒指，布鲁诺总觉得有几分眼熟，不知道在哪里见过。

电话铃终于响起，打断了他的思绪。布鲁诺说了声"不好意思"，接起床头的电话，听筒里传来赫尔卡的声音。确认是布鲁诺后，赫尔卡立即切入正题，一如既往用最短的时间讲最必要的信息。布鲁诺也因此失去了说"您派来的人刚到"的机会。

"不用再调查迈克·卡尔森。你让我查也是为了寻找爱尔莎的下落吧？我已经查到了。"

"她在哪里？"布鲁诺几乎大喊出声。

"就在你那通电话的五分钟后，我碰巧得到一个消息，只是花了很久核实真伪。连我都吃了一惊，对你恐怕更是刺激，要有心理准备。"

"我没问题。"

布鲁诺的声音微微发抖，"死亡"二字掠过脑海。

"西柏林的任何记录里都没有爱尔莎的名字，之前我想到了四种原因，却偏偏忘记了第五种可能。"

"是什么？快点告诉我！"

"爱尔莎骗了你。"

"骗了我？什么意思？"

"她对你说要逃到西边来是骗你的。事实上她根本没有离开东柏林，然后通过正常手续，到日本留学去了。"

"不可能！"在布鲁诺听来，这个故事才是在骗人。"如果是这样——她为什么会从西柏林给我寄信？"

"她可能请西柏林的人帮忙了，这很容易办到。"

"可她为什么要这么做？有什么必要对我撒这种谎？"

没有理由，解释不通，布鲁诺坚信赫尔卡的话才是谎言。

"不知道，但消息绝对属实。如果早点意识到她可能在撒谎，也许早就水落石出了。我也没料到是整件事的大前提出了问题。接下来的话，对你或许比较残忍——她似乎就快要从日本回来了，当然很遗憾是回东柏林，现在多半已经在飞机上了。给你一个忠告，事已至此，你最好赶快忘记她，安心在西方世界生活，好好享受来之不易的自由。工作我可以介绍，你想做什么都可以。"

赫尔卡说明天再详谈，自顾自挂断了电话。布鲁诺一脸茫然，直到通话断开才后知后觉地反应过来。他仍然呆呆地握着听筒，期待赫尔卡会突然笑起来，说刚才都是在开玩笑。

都是假的！他的内心在无声地尖叫。

炉子的刺耳尖啸唤回了他的意识。布鲁诺放下听筒，这才想起家里还有客人。

"赫尔卡先生在电话里说了。"布鲁诺走回桌前，这才意识到一个荒谬的错误——赫尔卡怎么会又打电话，又派人来？

"您真的是赫尔卡先生的人吗？"

男子仍和在门口时一样，傲慢地、沉默地注视布鲁诺。这次他轻轻摇头，嘴角微微上挑，仿佛在嘲笑布鲁诺的粗心，但浓密的胡须遮住了微笑，整张脸看着仍然没有表情。

"我和赫尔卡无关。你指的是爱德华·赫尔卡吧？"

布鲁诺点头，追问他到底是谁。男子没有回答，反问："你会说英语吗？"

尽管眼镜和大胡子让人看不出年龄，他的语气中却带着年长者特有的傲慢。好在镜片后老鼠般胆怯的仰视目光冲淡了傲慢，布鲁诺并不反感这个人。

布鲁诺摇摇头，随即补充："法语的话会一点。"

"那就只好委屈你听我蹩脚的德语了——我从汉莎航空一直跟踪你到家。"

布鲁诺恍然大悟。下午在汉莎航空追赶迈克·卡尔森时，他撞到身后一个男子。尽管没看清长相，但那人伸手去捡掉在地上的外套时，右手食指便赫然戴着蛇形的黄铜戒指。

"所以那时的人就是——但，为什么？"

男子无视了这个问题。

"这屋里可真冷啊。"他小声抱怨，慢条斯理地踱步，看似不经意地打开柜顶的箱子、翻翻架子上的书，好像在巡视领地。布鲁诺静静地看着他，等他回答。

"你想知道卡尔森的事？只要答应我的条件，我可以把关于他的全部情报告诉你。"

"什么条件？"

"坦白告诉我你为何要寻找迈克·卡尔森，以及你与爱德华·赫尔卡的关系。其实我已经从房东那里大致了解了，但还是希望亲耳听你详细说说。"

住在一楼的房东施密特太太今年六十六岁，丈夫和大部分家人都在战争中丧生，唯一在世的侄子被隔在墙的另一边，音讯全无，留她一个孤苦伶仃地过活。她似乎把布鲁诺当成了侄子，对他倍加照顾，也十分同情他为追寻恋人而冒死穿过柏林墙的故事。

"你在找的姑娘就是她吧？"男子说，拿起床头那张赫尔卡帮忙翻印的照片。布鲁诺犹豫了将近一分钟，最终选择坦白。

赫尔卡说已经不用再调查迈克·卡尔森，但布鲁诺对这个抢走爱尔莎的美国青年仍抱有好奇。尽管不愿意承认，但如果赫尔卡所言属实，爱尔莎确实撒了谎，那卡尔森必然知道内情。三十分钟后，布鲁诺已经把从爱尔莎在菩提树下大街突然提出分手，到赫尔卡刚才那通电话的内容和盘托出，只隐去了在奥伯鲍姆桥协助大政治家逃亡的部分。他还编了套谎话，说是花了一千马克找专门偷运的生意人把他藏在货车里才送过的墙，而赫尔卡是他的远亲。

男子的眼神变得谨慎，像是在一字一句推敲布鲁诺的话，听完停顿了很长一段时间，好像在脑中反复回味，最后给出结论："关于赫尔卡，你隐瞒了非常重要的部分。"

布鲁诺一时无语，男子轻轻笑了一下。

"不过无所谓。听我说完，你会想把实情都说出来的。"

"什么意思？"

"你应该很恨迈克·卡尔森吧？"

面对突兀的质问，布鲁诺愣了几秒钟，点头承认。

"那么，你也该恨爱德华·赫尔卡——我抽支烟。"男子从桌上的烟盒里抽出一根点燃，一边吞云吐雾，一边评价道，"德国连香烟都是纳粹的味道！"

他冷漠的脸上第一次绽开笑容，仿佛眼前的棕色烟雾就是他的心头好，黄铜双头蛇的两根信子好像在舔舐搭在指间的烟嘴。布鲁诺对那个活跃于几十年前的政党所知甚少，只觉得这枚戒指和纳粹军官制服极为相配，上面的蛇让他想起纳粹十字。听说第三帝国覆灭后，纳粹信徒仍未彻底消失，难道此人也是其中之一？

不，不对。布鲁诺急忙否定了这个想法。讲述这一年遭遇的时候，布鲁诺注意到来客长着惹眼的鹰钩鼻，这么明显的特征，他无疑是个犹太人。受纳粹迫害最深的民族总不可能信奉纳粹吧？不对——布鲁诺又犹豫了。也未必没有可能。

他的大半张脸都被眼镜和胡须遮住，裸露的鼻子反而显得异常突出。眼镜和胡须乍一看是伪装，但更像是为了强调鹰钩鼻才这么打扮。他以此宣示自己是个犹太人，从而掩饰真实目的……

"对了，你去汉莎航空，是想打听卡尔森的去向吧？他是明天下午飞里昂的航班。"男人从口袋里摸出一张机票给布鲁诺看，"你也该装成旅客才是。那个女的对你不理不睬，对我这个买票的客人可热情得很。我跟踪到你家之后又去了趟汉莎航空，告诉她我是刚买票的迈克·卡尔森的朋友，约好了坐同一班飞机，请帮我也订一张票，不一定要邻座，我要坐禁烟区——"

"你也在追查卡尔森？"

"对，从纽约一路追过来的。但直到今天去了汉莎航空，我才发现原来还有别人在查他。"

"卡尔森到底是什么人？"

"我可没骗汉莎那个女的。卡尔森从去年底开始成为我的朋友，当然，只是他单方面的看法。"男子瞥了眼手表，"该你了，说说你和赫尔卡的真实关系。"

布鲁诺没有开口。

"不用担心，等我们聊完，你会更信任我而不是赫尔卡。他在电话里说的应该是实话，你的心上人对你说了谎，还从东柏林去日本留学，现在即将回国。但赫尔卡也没有多诚实，你心爱的那位——是叫爱尔莎·罗塞加吧？关于她的近况或许不假，但其实他很清楚爱尔莎以及你痛恨的美国佬迈克·卡尔森的下落,只是不告诉你。"

"为什么这么肯定?"

"他们是同伙,已经很久了。爱德华·赫尔卡当然知道迈克的行踪。"

"同伙?"

"对。你的心上人爱尔莎恐怕也是。"

男子郑重其事地吸了一口剩半截的香烟,脸上挂着愉快的笑容,仿佛沉醉在褐色烟雾里,接着忽然换了副一本正经的表情。他的双眼瞬间涌起奇妙的光芒,仿佛向上帝祈祷一样虔诚,又像着了魔一样狂热,突兀地话锋一转:"对了,你一定知道阿道夫·希特勒总理吧?"

青木回到拉丁区,在从前光顾过的一家自助餐厅吃饭。突然,他感到背上落了一道目光,回头一看,其他客人聊天的聊天,吃饭的吃饭,并没有什么异样。倒是他自己猛一回头,惹得身后一位貌似阿尔及利亚人的青年抬起头,狐疑地看了他几秒钟。

青木总觉得那眼神是在揣测他的来历。在日本,他的褐发绿眼、白皙肤色如此醒目,日本人往往当他是西方人;出国以后,黑发黑眼、黄皮肤的底色占领高地,他又变成外国人眼中的日本人了。和年轻时一样,他感到自己像一只蝙蝠,在两个世界之间彷徨游走,但这次重回巴黎,置身欧洲人审视的目光中,倒叫他一颗心落了地。他在日本长大,遵循日本的风俗习惯,只要不看镜子,过的就是纯粹的日式生活,最重要的是,他也视自己为日本人。在外国人五颜六色的眼中,他看上去是那么"日本",这让他松了口气。

但刚才那道目光却不一样,那是更危险、冰冷、尖锐的注视——似乎有人在监视他。这种感觉直到他离开餐厅,沿圣日耳曼教堂的围墙一路拐进小巷,回到酒店也没有消失。他始终觉得被人跟踪了,好几次回头查看,寂静的黑夜里却并没有可疑人影。就连在酒店里,面对黑乎乎的旧地板和爬满岁月痕迹的石头墙,这种被窥视感仍然挥之不去。他将之归结为旅途的疲劳,又或是久别重游巴黎的兴奋感,但还是谨慎为妙。进入位于三楼的房间后,他没有开灯,而是先走到窗边,透过窗帘缝隙往外看——自然还是一无所获,只有无关的路人、流浪的野狗,斜对面酒吧门口站着一个身穿毛皮外套、刻意露出艳丽内搭的年轻女子,不停和行人搭话,大概在招揽酒客。酒吧的霓虹灯光打在石板路上,为夜色染上小小的一片艳红。

柏林墙像一柄混凝土巨刃,将柏林之夜劈成两半,只要它还在,这两片黑夜将永不交融,就像他和爱尔莎——

鹰钩鼻男人离开后,布鲁诺在屋里愣了半个小时,再也无法忍受一个人胡思乱想,干脆也出了门。不知不觉中,他来到连接东西柏林的主干道——六月十七大街,向东边走去。这条路在勃兰登堡门前戛然而止,确切来说,虽然道路本身还继续向东延伸,但门前就是边境和路障,截断了自由之路。这座石门建于十八世纪末,原本是庆祝普鲁士军凯旋的丰碑,如今对许多柏林人和德国人来说,已成了败北与悲剧的象征。冬夜包裹着高耸的石门,一道道沉重的铁门将通往东柏林的路紧紧封闭。门上有一尊驾着古罗马战车驰骋的女神石像,虽隐入黑夜,他还是知道她面朝东方,永远驶向冉冉升起的朝阳,却把在路障那端凝望的他甩在背后,仿佛神明、命运,以及爱尔莎——他活在世上的全部理由,都不约而同抛弃了他。

路障和高墙的交界处有个检查站,是离开西柏林的关卡。过了这关,要进入东柏林还得再过一关。检查站、监视塔、军兵的钢盔、枪支、制服,全都让这个夜晚仿佛回到布鲁诺不曾经历过的战争岁月。现在已经是晚上十一点多,仍不断有人流从检查站涌出,散入西柏林的夜里。从西向东相对容易,但很多人的通行证只在当天有效,必须在午夜十二点之前回来。他们或许是去东边探亲访友,时限将至,只能带着未竟之意赶回西区。一辆卡车呼啸着从他身边朝东驶去,发动机发出沉重的轰鸣。卡车喷出白烟,行人呵出白气。白天奇迹般的日光已完全湮没在寒冷的夜里,无边的黑暗几乎将他压垮。

布鲁诺沿着高墙往前走。作为东德境内仅有的自由区域,西柏林名为自由之都,却反被困在厚重的高墙里,即便顺着墙根走上一整夜,也只会转回原点。

他终于承认自己是被爱尔莎欺骗了。走出家门时他不情不愿地想,如果鹰钩鼻矮子埃迪·约书亚所言非虚,爱尔莎的背叛可说是昭然若揭,而且还不是有了新欢这么简单,而是更卑鄙、更残忍的算计。事到如今,既然连赫尔卡都没说真话,布鲁诺也没必要继续隐瞒奥伯鲍姆桥的事了。听布鲁诺一五一十地说完,埃迪一面抚弄双头蛇戒指,一面说道:"爱尔莎可能觉得你成了她的累赘,不仅是指她爱上迈克的事——我猜,这也是她谎称要逃往西柏林的原因吧。不,不光爱尔莎一个人,而是他们所有人。你成了他们计划的绊脚石。"

"为什么?我只是爱她、追寻她而已啊!"

"问题就在这儿。爱尔莎可能希望行动更加自由。既然她爱上迈克，你就碍事了；而为了完成迈克的任务，你更是个绊脚石。她太了解你，知道单纯提出分手你绝对不会接受，还会继续缠着她——所以才想把你甩到最远的地方，也就是墙这边的西柏林。"

"我是自己想过来的，才没有被爱尔莎牵着鼻子走。"

"真的吗？你所谓'自己想'不正是被爱尔莎操纵的结果？你刚刚还说冒险翻墙都是为了找她呢。她想把你甩到墙的另一边简直太容易了！她早料到你会不惜一切追随她，所以只要让你以为她去了西柏林就行——对了，还有人主动提出帮你吧，恐怕也是他们的人。这哪里是在帮你？他们把你从爱尔莎身边引开都嫌不够，还让你协助霍尔斯特·贡塔尔逃亡。你不仅是他们的绊脚石，还被他们利用——当然了，贡塔尔也是他们中的一员。"

"有个地下组织正在西柏林密谋搞事，贡塔尔逃亡过来也正是为此。"埃迪继续说，又自言自语地补充道，"之前我就听说有个小伙子为他的逃亡出了不少力，原来就是你啊……至于爱尔莎去日本的原因，赫尔卡当然不会告诉你。你猜猜看？"

"她说几年前就对东方、特别是日本很感兴趣，还学过日语，一直想去留学。"

"这就对了，她的条件刚好能派上用场，可以帮卡尔森他们达成某种目的。卡尔森年初也去了一趟日本，应该和她碰过面——总之，他们的计划或多或少和日本有关，只是我们还没查清楚……但她很可能就是被派去日本办那件事。大学方面自然会以为只是普通的留学……"

埃迪口中的"我们"似乎与爱尔莎的组织相互敌对，但布鲁诺对这些江湖恩怨不感兴趣，他最后只有一个疑问："为什么赫尔卡突然又愿意说出爱尔莎的下落了？"

"因为你无意间撞见了卡尔森，赫尔卡慌了，透露爱尔莎的信息也是为了转移你对卡尔森的注意力。反正你人已经在西边，再也无法接近爱尔莎，也不可能再回东柏林去了。"

这话倒是没错，他再也回不到东柏林了，即便走出这边的墙，也只会被抓进监狱，关进另一堵墙里。到了八十年代，对企图翻墙投奔自由者，东柏林方面仍会施以严惩。他有个朋友五年前逃亡失败，现在都还在蹲大牢。加之他帮助贡塔尔逃亡的事多半已经败露，会被视为政治犯，等待他的只会是更严厉的处罚和更坚固的牢房。一言以蔽之，想走正常途径回去是不可能的，除非再次翻墙偷渡。

事到如今，他只有自嘲的份儿。会有人翻墙去东边吗？和从东到西相比，从西到东要容易得多，谁会犯傻反向翻墙呢。即便奇迹降临，他能神不知鬼不觉地翻回去、来到爱尔莎面前，她只消一个电话就能把他送进监狱。西柏林的围墙或是牢狱的围墙，毫无意义的二选一。但他仍抱有一个念头，只要能再次亲手拥抱爱尔莎柔软的身体，他甘愿今后几十年余生都在牢里度过。年轻人特有的激情让他为爱盲目，但同样的激情也让他痛恨无视自己、背叛自己的爱尔莎。为了亲手置她于死地——有了这个信念，他似乎就有了穿墙的动力。

"依我看，你心爱的女人终究还是喜欢美国佬的身子！她不配得到你的爱，你应该好好报复她才是！"自称埃迪的男人说。尽管布鲁诺还没消化完从埃迪这儿听来的话、特别是有关爱尔莎的信息，但他还是毫不犹豫地表示赞同。怒火先于理性一步主宰了他年轻的大脑。突然到访的鹰钩鼻男身上有种难以言喻的异样，但既然他在西柏林唯一信赖的赫尔卡都是个骗子，也只能全盘相信眼前这个人了。

他不断地向前走,高墙仿佛永远看不到头。墙那边的探照灯光时不时扫过,白色光束穿透西边的夜空。夜风卷起枯叶拍打在墙面的涂鸦上,也粗暴地揉乱布鲁诺的头发。他恨赫尔卡,恨那个笑容爽朗、让他自惭形秽的美国人,也恨爱尔莎。他恨柏林,更恨那个三个月前逃到西边来、现在又想逃回去的自己。他觉得自己像个傻子,企图抓住镜中倒影,却把镜子摔得稀碎;又像只老鼠,不停追着自己的尾巴打转转,跑得晕头转向。多么愚蠢啊!憎恨自己,就是憎恨爱尔莎,而现在的他除了爱尔莎,已经一无所有。

他停下脚步。一阵狂风袭来,仿佛早有预谋,但他心中对爱尔莎的恨比这阵风更加激烈。一片落叶划过他冻僵的脸颊,提醒他正和一年前一样,站在错误的地方、朝着完全相反的方向,他的梦想、他真正的人生永远在墙的另一侧——真正的人生!几小时前那还是对爱尔莎的爱,现在却已经化为同等的恨。

——你想报复她吗?面对鹰钩鼻男抛出的问题,布鲁诺决心下次一定要坚定说想。但在此之前,他要最后一次回忆与爱尔莎一同拥有过的幸福时光,如同死囚在临刑前回顾整个人生。

——你为什么抖得这样厉害?第一次抚摸爱尔莎迷人的金发时,她微笑着说,试图让布鲁诺放松下来。

——你知道我现在脸上是什么表情吗?第一次拥抱她时,她在黑暗中问。布鲁诺答不上来,她便牵着他的手抚过她的面庞,他的手指在黑暗中摸到她的微笑。

——在你的怀抱中,我永远是这样微笑的哦。她的声音宛若耳语。

圣诞节前夜,她答应求婚时的笑容比任何语言都更让他振奋；一年前，在光秃秃的菩提树下大街，她无言的微笑宣告了两人的结束。他脑中浮现出那些微笑，充斥着算计与背叛的虚假微笑……

与此同时，埃迪·约书亚回到他位于贝罗斯特街的老旧公寓房。摘掉假胡子和眼镜，镜子里映出他的真容，他不自觉地移开目光。和乔装造型相比，他原本的模样反而看着更假。标志性的鹰钩鼻强势塑造出一张犹太人的面孔，在他看来，自己这张脸就像一块写着"我是犹太人"的公告牌，从小到大始终不能习惯，可能到死都习惯不了。他认为就是这张脸推着自己加入了现在的组织，否则无法解释他对纳粹——那个早在几十年前就已覆灭的帝国的异常执着。

埃迪离开盥洗镜走到窗前，在紧闭的百叶窗上扒开一条细缝向外看。窗外，夜色与风一道流淌，窄街对面是一座现代混凝土公寓楼，他的视线钉在与自己这间房同在三楼的一扇窗上，也就是正对自己房间的右边那扇。窗帘已经放下，但房内还亮着灯，蓝色窗帘上隐约映出一个高大男人的身影，是迈克·卡尔森正在打电话。

今年一月，埃迪跟踪迈克来到西柏林，租下这间公寓好监视他的一举一动，第一天就借助望远镜确定他的房间窗户边上有一部电话。可能是赫尔卡的来电，警告有个叫布鲁诺的青年发现了他，要他注意点；又或许是迈克正在与某人商讨明天去里昂的事。

埃迪对迈克今年的行动了如指掌。一月三日，迈克从日本返回纽约，三天后飞往西柏林；二月中旬回到纽约，逗留近两周后，三月六日再次来到这里。频繁往返纽约与柏林本身没什么，迈克表面上是某饮料公司职员，差旅只是公务需要；背地里他却总是利用工作之便，趁机执行其他任务。他所属的组织不光在西柏林活动，在纽约的势力也不小，迈克显然是两边组织的联络员；更关键的是，最近一年他们一直在筹谋一件大事，迈克在其中扮演着重要的一线角色。

今年以来，埃迪在纽约多次试图接近迈克，却没能从他口中套出任何计划细节。迈克还没有完全信任他这位犹太朋友，但也没起疑心，恐怕更想不到埃迪就在西柏林，每天戴着假胡子和眼镜在跟踪自己。

这也是埃迪有生以来头一回踏上欧洲大地。他对柏林所知甚少，仅限于迈克每天上班的公司及迈克爱去的咖啡馆、餐厅、超市、食材店等地，简而言之不超出迈克的活动范围。迈克在这里同样完美地扮演一个从美国飞来出差的商务人士，但埃迪还是目睹到他与赫尔卡碰面五次、与贡塔尔碰面两次，可惜他们总在避人耳目的地方接头，根本听不到谈话内容。埃迪辛苦追到西柏林，没日没夜地监视迈克，却始终没什么收获。

几个小时前，他在路上偶然碰见了青年布鲁诺，这竟是最近三个月唯一的实质性进展。通过布鲁诺，埃迪确定敌方组织即将动手实施计划，而且日期已近。去年十二月三十一日，贡塔尔逃亡到西柏林；与此同时，迈克前往日本，很可能是去与一个名叫爱尔莎·罗塞加的女子见面。他在纽约迈克的家里见过一封写给E的信，那个E极有可能指的就是爱尔莎。爱尔莎假扮成留学生，在日本密谋串联……不知道成功了没有。总之，爱尔莎即将离开日本，返回东柏林了。

埃迪认为这个成果非常关键，至少证实有个叫爱尔莎的女人在为他们执行重要任务。他还得到一个血气方刚、满腔仇恨的年轻盟友，为了报复他们，他什么都愿意干。那个年轻人甚至可以自由接触赫尔卡，利用价值不可估量……

夜晚，气温骤降到零度以下，空气像流动的漆黑冰河，迈克高大的身影在夜幕下显得异常扎眼。这个高大阳光的美国青年人见人爱，和埃迪完全不是一类人，埃迪想起他都恨不得呕吐。但他在暗处盯梢了三个月，偶尔倒也冒出一些亲切感，这源自他接到任务时听到的话："迈克·卡尔森加入组织的契机，据说是他小时候看过的一张奥斯维辛照片。"

这就是了。埃迪加入组织的契机也是高中毕业时看过的一张照片，只能说无巧不成书。埃迪的双亲都是犹太人，但他们早在"二战"前就住在纽约，以开杂货店为生，没有遭遇过纳粹的直接迫害；而埃迪在战争结束十几年后才出生，纳粹在他这里只能算个历史概念。唯一称得上交集的，只有他某次去马萨诸塞州探望祖母，在中心西站候车时随手买的杂志上的一张照片。他至今都忘不了，第一次和照片里那个男人四目相对的瞬间，他的心脏一阵狂跳，指尖止不住地颤抖，过了很久才意识到——这就是感动。

那人的容貌与埃迪这个犹太少年天差地别，眼形也不像，埃迪却觉得两人有着同样的眼神。其实那人的照片埃迪以前见过不少次，这种观感却是头一回。那是一双胆小、怯懦的眼睛，不同于埃迪，他试图把真正的自己藏起来。于是他的眼中多了欺骗，坚信能骗过全世界。十七岁的埃迪与他目光交汇，一瞬间看清了自己的人生方向。事实证明，那个男人真的试图欺骗全世界，世界也真的会被一个谎言摧毁——埃迪忘我地盯着照片，几乎连发车时间都给忘了。那个人的脸是如此冷峻而神经质，用钢铁般的神情掩盖内心的怯懦，自夺取全世界的野心破灭那刻起，他就成了全世界人口中的疯子——

他的名字叫阿道夫·希特勒。

迈克·卡尔森挂上电话，小声抱怨几句赫尔卡的神经质，然后脱掉睡衣躺上床。自打听说那个青年每天在库达姆大街一带游荡，他就尽量避免靠近，谁知还是撞见了，算是个疏忽。但那个青年不过是个不值一提的小角色，一个被爱尔莎抛弃的可怜虫。比起那家伙，青木按计划来到欧洲，自前年得到索菲·克莱默手稿起一直在筹备的惊天大戏终于将在明天上演第一幕，这才是迈克最关心的大事。有万里寻母的感人故事也好，有爱尔莎的投怀送抱也好，青木是否真的会上钩，始终是个风险很大的赌局。

新年第一夜，青木先行离开，爱尔莎在横滨的酒店与迈克做爱。

"放心，有了昨夜的事，他已经离不开我了。"爱尔莎宽慰道。

对于这件事，迈克其实并没多少把握，爱尔莎的天使容颜却露出完全不合适的邪恶笑容："你在担心什么？你不也是，只一晚就相信已经完全征服了我吗？"在阔别九个月的男人的怀抱中，她汗津津的雪白肌肤散发着自信的耀眼光芒。她说得没错，世界上没有哪个男人能抗拒她的肉体——除了迈克自己。

昨天，爱尔莎在出发前打来了国际电话。

"这三个月他已经完全为我神魂颠倒了，我有信心让他听我的，只是可能没有布鲁诺那么简单。"电话里，她自信满满地保证计划绝对不会有问题。

说来也真不可思议，这副令布鲁诺·豪森疯狂、又让年长二十多岁的日本男人轻易沉迷的雪白胴体,为何偏偏在迈克眼中就只是发泄欲望的工具?尽管迈克心知肚明,爱尔莎的魅力并不只在于肉体,她的谈吐、她的一举一动、她的眼波流转,无不令男人神魂颠倒,甚至连他自己有时也会被她打动。

两人第一次见面是在东柏林的大街上。彼时迈克除了寻找索菲·克莱默手稿里的那个高尔婴儿之外,还肩负另一个任务。他打着参观国家歌剧院、美术馆的幌子,多次前往东柏林,意图接近东德人。一天下午,他在国家歌剧院附近与一群叽叽喳喳的女大学生擦肩而过。女孩们的欢声笑语中,只有爱尔莎低着头沉浸在自己的世界里,一头耀眼金发像荡漾的水波,遮住了她的面容。也许这就是命运吧,那头秀发闯入他视野的一瞬间,一种预感油然而生。那是前年的夏天,太阳一点都不炎热,像极昼的日光一样温柔,一阵微风吹过,为东柏林的昏暗街道增添了一抹亮色。擦肩而过的刹那,金色的发丝与阳光融为一体,微风拂起爱尔莎的头发,掩藏在黄金面纱后的脸庞终于露了出来——她和他想象中一样美,却带着一脸傲然的神情。

"就是她了。"迈克心中暗想。

他跟在那群女孩后面,等爱尔莎落单的时候,他上前搭讪,装作迷路了不知道怎么回西柏林的样子,爱尔莎便送他到地铁站。解释一下,尽管地铁本身贯通东西柏林,但这一站恰好是边检站,从西柏林坐地铁来的旅客必须在此下车接受检查,回去时也必须从这里上车。

"我只能送你到这里了。"两人走在通往地铁的楼梯上,爱尔莎说。

迈克趁机开口,约她周日在佩加蒙博物馆碰面。爱尔莎默默地凝视这个陌生的西方人几秒钟,答应了。后来爱尔莎自己也说这次邂逅仿佛是命运的安排,地铁里四目相对的几秒她就在想,自己或许会为了他而抛弃现任男友。这自然是她的真心话。到了周日,两人果然一起参观了美术馆,又在城里逛了逛。

"被人看见我和西方人在一起就不好了,"爱尔莎提出,"下次直接来我家,就不会有人瞧见了。"于是,第三次见面时,爱尔莎就在她自己家里主动献了身。

夏风卷起金发的那一眼,迈克至今记忆犹新。第一次做爱过后,爱尔莎赤裸身子站在尚留有白昼余晖的窗边,喃喃地说:"真不可思议。你明明只是我爱上的第二个人,我却总有种千帆阅尽才终于找到你的感觉。"

得承认,这番话拨动了他心底的一根弦。一个月后,夏季走到尾声,迈克终于吐露了来东柏林的真实目的和计划的一部分,请求她帮忙。

"我知道你有别的目的,但自从你第一次抱我的时候起,我就下定了决心答应你。"爱尔莎露出一个心领神会的微笑,仿佛他们俩在很多年前早已是同谋。这个微笑让迈克如此触动,但并没有点燃爱情。

一切只是为了任务,只是为了发泄年轻的欲望——迈克冷漠地与爱尔莎上床,心想就这样其实也很好。一旦有了爱情,他必定会立即将她推离这疯狂的计划,让她在墙那边的世界结婚生子,过平凡但幸福的人生,最好永远也不要跟他有关系。当然,他也明白,爱尔莎热烈的个性不可能甘于平淡的生活,她的金发散发着死亡的芬芳,水蓝色的眼中仿佛盛着两团火焰,像她这样的人,注定会投入充满危险的人生。

迈克得到了一个为了爱情不惜赴汤蹈火的理想伙伴。他与爱尔莎的相遇是命运,却又不仅仅是命运。过了不久,他得知索菲·克莱默手稿中的高尔之子战后去了日本，组织需要人手去日本找人，爱尔莎再合适不过。

迈克最初接近她，其实是为了办另一件事，一个微不足道的小目的。这次，爱尔莎却主动表态："我日语说得比日本人还好，而且，明年四月我正好要去日本留学一年。"爱尔莎的出现仿佛命运的赠礼，说是神迹也不为过！命运如此垂青于迈克，完美到几乎有些可怕。迈克简直要向上帝膜拜感恩了。

但他终究没有这样做。八岁时的那张照片带走了他对上帝的信仰，长大离家之后，他再也没有踏入过教堂一步，也不再做睡前祷告。

今晚也不例外。墙上的挂钟快要走到十二点，迈克熄灯上床，把头埋进枕头里闭上眼睛。他总是尽可能在十二点前就寝，为第二天养精蓄锐。在这方面，他确实如旁人认为的那样，是个生活健康的青年。不同于纽约，柏林的夜晚相当幽静，只消过上一分钟，他就会陷入与夜色同样深沉的睡眠。像往常一样，他在黑暗中低声说出今天的最后一句话——我愿以双手拯救世上一千五百万犹太人，令他们不再遭受照片中的悲剧。

上帝在半个世纪前抛弃了他们，将可怕的命运加诸其身，这一次拯救他们的将不再是上帝、以色列或摩萨德，而是他，迈克·卡尔森！

奥斯维辛集中营的尸山惨相涌入眼帘。青木猛地移开视线，用力合上书，从床上坐起身。傍晚，他在拉丁区的书店随手买了这本书，上了床半晌睡不着觉，这才翻开看看。

封面用法语写着《第三帝国兴衰史》，配图是一面迎风飘扬的纳粹十字旗，画得很精细，好像照片一样。或许是一路把书拿在手里的缘故，封面旗帜一角被磨破了。他本想翻翻有没有提到高尔，然后突然撞上了这张惨不忍睹的照片。

这张照片，乃至这本法语书里的一字一句，真的与自己的出身有关吗？

这一切读来仍然缺乏真实感，他本想放空脑袋好好睡上一晚，谁知一躺下，精神反而格外亢奋，睡魔消失得无影无踪。失眠不只来源于时差、十几年不见的巴黎，甚至对明天的焦虑，他躺在床上，身体渴望着那位金发女郎。雪白肌肤、金色长发在脑海中撩拨着他，他却够不到——想到这里，他干脆起床穿好衣服，出酒店拦了辆出租车，对司机说"去圣但尼①"。

时间已经过了零点。这时候跑去巴黎最不堪的贫民区，他打算干点什么，谁都看得出来，但胖司机只轻快地答应了一声。车一发动，青木立刻回头看向后窗，冬夜的街道逐渐远去，视野里空无一人，或许真的只是他在疑神疑鬼，觉得有人在跟踪……

母亲面庞微侧，双臂温柔环抱着怀中小小的婴儿，无限慈爱的目光落在婴儿的身上。但那真的只是温柔的母爱吗？在青木看来，她的脸别在一边，深深低垂近乎紧闭的双目满是悲伤与空洞，仿佛抱着的是一个死婴。怀中婴儿似乎也察觉了母亲那隐秘的悲伤，用眷恋不舍的寂寞眼神与之对视。

这幅波提切利名作《圣母子与幼年的施洗约翰》与其他文艺复兴时期的画作一起，被置于卢浮宫议政厅展出。画的主人公自然是圣母玛利亚与圣婴耶稣，身边紧挨着年幼的牧羊人约

---

①圣但尼（Seine-Saint-Denis）为巴黎北部郊区的卫星城，当时为外来移民聚集地，治安情况较差。

翰。这幅画带着文艺复兴时期特有的人性光辉,在青木看来,他们的眼睛分明诉说着凡人的悲痛,圣母因为早已预见婴儿必死的命运,她低垂的眼中除了哀伤,还有着深沉的顺从与绝望。

十几年前,头一次来巴黎参观卢浮宫时,青木就格外偏爱这幅画,仿佛透过圣母子的形象,看见了自己与母亲的模样。关于母亲的记忆早已荡然无存,他用想象之笔在空白中画下的母亲容貌就像圣母,低垂的双目满是悲悯。如今,抱着自己可能出生在纳粹集中营的念头再次审视这幅画,圣母子的悲伤似乎更加真实地触动了青木。母亲看向注定为死而生的婴儿,眼中的顺从与绝望更甚于悲伤;婴儿本能地认识到自己生而为囚的命运,却只能无助地望着母亲——

也许第一次见到这幅本该祥和的圣母子像时,他就预感到了自己的出身之谜。透过圣母与耶稣的脸庞,他看见自己与母亲困在阴暗集中营里的身影,自上次在奈良五重塔算起,这是他第二次产生这种感受。至少在这一点上,他相信迈克·卡尔森说的是实话。

他盯着这幅久别重逢的画作近两分钟之久,直到眼睛都酸了才低头看了看表。还有六分钟才到约好的十点钟。他昨晚,不,应该说今天凌晨接近三点才回酒店睡下,天蒙蒙亮就又醒了过来,八点出门。和昨晚一样,他在塞纳河岸散步,在玛丽桥下望天放空,慢吞吞消磨了不少时间,到卢浮宫买票进馆时也还不到九点半。经由放着著名无头女神像《萨莫色雷斯的胜利女神》的大阶梯走上二楼,为了在十点钟准时到达圣母子像,他故意在希腊雕塑展厅多花了些时间,但内心果然还是不免有些焦躁,到早了些。

开馆还没多久,已经有很多游客聚集在议政厅。堪比舞会大厅的巨大空间里，游客各自簇拥在名画前，上次还在隔壁大画廊的《蒙娜丽莎》这次也移了过来，画前排起厚厚的人墙。

《圣母子与幼年的施洗约翰》前面也站了八九个人，一眼望去全是美国游客，其中似乎并没有与自己接头的人。青木把展厅里的画全看了一遍，踩着十点整又回到这幅画前。先前的美国旅行团有一半人还在原地，青木注意到新来了一个四十五六岁的男人，身穿厚实的驼色大衣，看着像法国人，个子不高但身型健壮。周围的美国游客大多是些闲来无事的退休老人，完全不把展厅的庄严氛围放在眼里，只顾着叽叽喳喳聊天。唯独这个男人不一样，他沉默而森冷，两只眼睛直勾勾盯着墙上的画，那可不是单纯欣赏艺术的眼神。

就是他了——

青木若无其事地站到男子身旁。对方盯着画又看了一会儿，然后离开青木走向其他展品。找错人了？青木用视线追随他的背影，又看了看手表。

就在这时，先前美国旅游团里的一位老妇人正要离开，肩膀轻轻撞上了青木。

"Excuse me."

她简单道了个歉，下一刻已跟其他人一起去了下一个展厅。一瞬间的擦身而过，青木都来不及吃惊，更无从看清她的脸，只记得一头夸张的美国式银发，皱巴巴的脸涂满粉底，看起来异常苍白。两人相撞的瞬间，她往青木的大衣口袋里塞了一只薄薄的信封。他探手摸了摸信封，也跟着走进大画廊。宽阔的长廊墙上挂满名画，那群美国人聚在拉图尔的《抹大拉的马利亚》前，刚才那个老妇人混在一帮高个子老人中间，正若无其事地和其他女游客说话，看都不看青木一眼，一头冰雕般的银发似乎在警告青木不要随便靠近。青木快步越过那群人走到大画廊尽头，重新回到议政厅。错身而过的时候，青木飞快瞥了她一眼，只见她与同伴聊得热火朝天，似乎丝毫没有注意到青木。在旁人看来，她只不过是个妆容夸张的普通美国老太太而已。

青木从原路退回到室外庭院。卢浮宫中庭还带着浓郁的冬色，到处是枯草秃树，一座座被雨水淋湿的黑色雕塑在其中格外显眼。青木差点当场掏出信封，又总觉得有无数双眼睛正躲在宫殿的窗户后面监视他，只好先出了卢浮宫，回到塞纳河边才打开。

信封里面是一张日语写的便条。

"请退掉酒店房间，带好行李，去塞纳河右岸的里昂站[①]，乘下午四点三十分开往里昂市的列车。到里昂帕尔－迪约站[②]下车，出站口处会有你认识的人来接。"

除固有名词是法语以外，其他内容都是以流利的日语书写，应该出自日本人之手。信封里还附了一张车票。

去里昂是没问题，他们让青木来欧洲见的索菲·克莱默本来就在里昂。问题是他们为什么要像间谍小说里写的一样大费周章，只为下达简单的指示和传递车票。仔细想想，特意指定在卢浮宫接头似乎也别有深意。按理说，这样一封信即便直接送到酒店也不会有什么风险，难道说——整件事情实际上比他想象中的要危险得多？也许真的有人从昨晚开始就在跟踪他，他们之所以如此秘密地交付车票，也是为了甩开跟踪者？

他又回头查看，然而身后只有卢浮宫围墙默然伫立，半个

[①]这里指的是巴黎里昂站，位于巴黎十二区，塞纳河右岸，是巴黎七大火车站之一。
[②]帕尔－迪约站位于里昂市区，是该市最大的综合交通枢纽。

可疑人影都看不到。多想无益，青木打定主意，一切等到了里昂再说。所谓来欧洲寻找母亲，他们找的这个由头本身就是谎言，但目前青木还无从揣测他们的真正目的。总而言之还是先到里昂，见证这出荒谬的寻母闹剧开幕之后，再做其他打算为妙。

走在塞纳河边，青木脑海中浮现出卢浮宫里那幅久别重逢的圣母子像。他的双眼本该专注于发现接头人，但画家的天性似乎也一直没闲着——不，应该说是男人的天性吧。第一次见到爱尔莎，他就觉得她的面容相当眼熟；直到今天站在那幅画前，他才恍然大悟：爱尔莎那张脸，根本就是波提切利笔下圣母的翻版嘛。

爱尔莎偶尔也会露出那种茫然空洞的眼神。

"我决定背叛桂子。"有一次，就是两人第三次在酒店幽会时，爱尔莎如是说。

"我不想辜负自己，为此可以背叛其他任何人。"另外一次，两人在代代木公园并肩散步时，爱尔莎突然说起了自己的家庭，露出了同样的神情，"包括我父母。我父亲是国家民主党议员，一直按照他的政治理想来培养我。但是，我对他强行灌输的政治理念还有红色世界都不感兴趣，在这个方面，我从小就背叛了他，当然也背叛了全心全意信任丈夫的母亲。我是独生女——日语里管那种极端的宠爱叫什么来着……啊对，叫溺爱，毫无疑问，父母都非常溺爱我，可我却一直很孤独。父母强加的生活方式和我本人并没有关系，这个道理我很小的时候就知道了。所以，从还是个头上扎蝴蝶结的小女孩起，我就一直坚持自己的人生道路，父亲很爱我，却也一直责怪我。不，更准确地说，他尽管责怪我，却依然爱我。不过他还是没什么办法，只能接受现实。他本想送我去莫斯科留学，我却对日本之美更感兴趣,甚至可说是狂热迷恋,在红场和日本庭院之间,我选择后者。当我说要学日语,说要一个人生活,说要去日本留学的时候,父亲都反对过,但最后还是同意了,只因为他不想失去我的爱。其实我并不爱父亲,但我会说我爱他,哄他开心。与迈克的相识彻底改变了我来日本留学的意义,当然我父母至今都不知情——真不可思议!我从小就不信命运那一套,世上根本没有这种东西,我的人生只属于我自己。哪怕几分钟后遭遇事故死去,那也是我自己的选择。但是,有两次,我试着相信命运这个词,一次是遇见迈克的时候,另一次是后来遇见你的时候……"

爱尔莎以旁观者的口吻谈论着本该十分重要的话题,目光落在地面上的影子身上。垂下双目时,一抹忧郁的阴霾爬上她的脸庞,与画中圣母确有几分相似。青木曾经想过,自己被这位外国女郎吸引,也许的确如她所言,是体内外国血统的本能结果。但今天站在卢浮宫的画作前,他意识到另一个原因:爱尔莎的脸很像他从小想象中母亲的脸,当然,爱尔莎也非常像《虞美人》画中的女子——

青木摇了摇头。一个小他二十岁的女孩怎么可能让他联想起母亲呢,即便真的很像,他也不会承认。令他神魂颠倒的,只可能是爱尔莎的美貌,还有那风华绝代的年轻肉体。

卢浮宫的围墙还在向前延伸。在卢浮宫里看画时,青木还想起了另一件事。

他拒绝认同纳粹这个疯子集团,但一想到纳粹崇尚瓦格纳、热爱歌剧、芭蕾、绘画、雕刻,对美有着狂热追求,心中又不免对这群疯子产生一丝亲近感。就在十五分钟前,他被卢浮宫里的众多绘画、雕塑作品所蕴藏的永恒之美折服,心中甚至闪过了一个可怕的想法：为了这些伟大的艺术瑰宝，牺牲几百万犹太人的生命似乎也可以接受……

当然，这只是一瞬间的迷思，还是因为他尚未完全相信自己是纳粹受害者的缘故。如果从小就被告知自己曾在集中营与死亡为伴，他一定会成为一个坚定的反纳粹人士，这点毫无疑问。

没错，童年的经历可以改变一切。区区一张照片就把迈克·卡尔森的一生变成了痛恨纳粹的模样，青木自己也因年幼失去双亲的孤独和不完整的日本血统而终生背负身心的烙印……

不知不觉间，他又来到玛丽桥下，再次抬头仰望这方天空。一个小时前，灰灰的云层还透着阳光，预示着今天也会像昨天一样春意盎然，现在却像被黑色颜料刷过一样，随时准备下雨。不，已经下了。细细的水珠轻轻飘散，不像雨，青木第一次切身体会到塞纳河被水之轻雾温柔笼罩的奇妙氛围，头发和大衣的肩膀处也渐渐濡湿。巴黎的雨和记忆中的一样安静，并不需要打伞。这座城市温柔接纳了怀揣截然不同的心思回来的他，青木终于安下心来。

距离列车出发还有将近七个小时。想着要不先回趟酒店、打发点时间，青木转过身，下一瞬间全身僵硬。

几步外的石头台阶下，一个男人死死地盯着他，眼神和先前在卢浮宫注视那幅画时一模一样——宽阔的肩膀，驼色的大衣，分明就是卢浮宫里一开始被青木误认为接头人的那个男人！

对方缓缓走近，青木不自觉地后退一步。怪了，从昨天晚上起他就总感到有异样的视线，这会儿背后却什么感觉都没了。陌生男人脸上挂着和善的微笑，眼神却坚硬而沉默，和在卢浮宫看画时一样。

"您会说法语吗？（Parles-tu français?）"

"会一点。（Un peu.）"青木回答后，男人立即追问："您是日本人吧。（Vous êtes japonais.）"

他上下打量青木的脸，审视的目光扫过眼睛、鼻子、嘴。在卢浮宫时没注意到，男人的头发里夹杂着白发，已经被雨水打湿了。青木干脆承认，对方继续说："我有几件事想请教您。"

"您是什么人？（Qui es-tu?）"

似乎想安抚青木露骨的警惕情绪，男人露出夸张的笑容："您知道吗？巴黎圣母院旁边就是巴黎警察局。"他自我介绍，说是那里的罗斯唐警长。

"警察找我有什么事？（Pourquoi la police m'a demandé?）"

对方像是没听懂他的法语，先是看了看四周，然后长出一口气，将目光转回青木脸上。

"就在您现在站的地方，一个月前发生过一起谋杀案。从昨天算起，您已经在这里停留了三次：昨天傍晚、一小时前以及现在——"

青木明白了，这个警察似乎怀疑自己与谋杀案有关。一时间他哑口无言，不过是站在这里望望天，怎么就和这么恐怖的事扯上关系了。

"是不是只要说清楚在这里停留的原因，我就可以走了？"

"还有别的事。如果需要翻译，我希望您能来警局；如果不需要，我们去附近的咖啡馆聊怎么样？"

青木表示只要语速慢点就能听懂，不用找翻译，便跟随男人走上台阶。自称罗斯唐警长的男人带他去了附近小巷子口的一家咖啡馆，看来是熟客了。一个胖胖的中年女人熟络地和警长打招呼，她似乎一个人打理店里。咖啡馆是砖砌外墙，里面则是古旧的木质装修风格。屋子正中央是一座老式火炉，里头点着火。温暖的空气让青木意识到外头仍旧像冬天一样冷，这样的气温，天上还在下雨，说自己只是站在那里望天，也不知道对方会不会信，但除了说实话，似乎也没有更好的办法。

青木解释道，他特别喜欢从那个地方看到的天空，自己只是个画家，很想再一次把那片天空画下来，而且那起谋杀案发生在一个月前，他当时还在东京，昨天刚到巴黎，所以和案子没有任何关系。

"这一点我们已经调查清楚了，关于您也没有特别可疑之处。"

"那么，从昨天起一直跟踪我的人就是您吧？"

男人大方承认。

"我知道您已经发现了，您回头看了好几次，但这就更让我起疑心了。您似乎特别留心是否被跟踪，就好像早有准备，这才发觉了我的行踪。要知道，我的跟踪技术在全巴黎警察中都是第一，从来没有暴露过。"

"那这就是您的第一次失手了，我不止一次感觉到有人在盯梢。"

警长大笑出声。

"请您务必保密，我下个月还要因连续服务三十年接受表彰呢。"他对着青木开起玩笑来，"我也会帮您保密——您昨晚去了圣但尼，跟一位金发女郎一起待了一个小时。"

他嘴上开着玩笑，眼里却没有笑意，目光像铅块一样沉重，青木感到自己去花街柳巷寻求某人替身的行径被这目光刺得无所遁形。

"我在酒店问到了您的姓名和护照号码,询问了日本大使馆和日本国内,证实您是位知名画家,身份可靠,案发当天人确实在日本。但我还是觉得您与被害男子之间有些关联,具体来说有三点。一是刚才所说,您三次出现在案发现场,不过听完您说的艺术动机,我认为可以理解。希望您解释一下另外两点。"

"等一下,到底是个什么案件?我到现在才知道死的是个男人,日本的新闻可不怎么会播巴黎的凶杀案。"

警察掏出香烟,征求同意后点燃。突然他像想起什么一样,也给青木递上一支,青木摇头拒绝了。吉坦尼斯香烟特有的苦涩中,透着一丝法国式的精致甜香,这是他过去在巴黎时唯一喜欢不来的味道。他在巴黎总是抽美国或德国烟,现在衣袋里还有昨天在拉丁区买的盖伯索特牌烟。他掏出一根点燃。

"德国烟啊。"

警长意味深长地看了眼烟盒,然后说发现男子尸体的准确时间是二月二十四日早上六点,被害人死于枪击。

"从他外套口袋里找到的护照显示名字叫霍华德·格雷夫斯,英国国籍,六十三岁。一月初从巴西来到巴黎,辗转了好几家酒店,最后入住的酒店在蒙马特区,当天凌晨一点离开。有个声音男女莫辨的人打电话到酒店,似乎是叫他去玛丽桥下面。六点左右发现他的尸体,推测死亡时间在四五个小时之前,应该是刚到桥下不久就被枪杀了。"

警长补充说,那天夜里下着大雪,整个巴黎仿佛都披上了厚厚的白色铠甲。

"他和我有什么关系?"

"护照是伪造的,姓名、国籍、年龄全都是假的,人从巴西来是真的。面部有整容痕迹，很可能是使用假身份躲避追捕的逃犯。目前尽管证据不足，但我们怀疑他可能是原纳粹党卫军的汉斯·葛姆里希。"

青木没听懂"党卫军"这个词，警长便用粗壮的手指在桌面写下"SS"两个字母。

"一个被摩萨德通缉的纳粹战犯。尸体额头上有个用鲜血画的大卫王之星，很可能是专门猎杀纳粹的组织下的手。"

听到纳粹这个词，青木总算明白了为什么警长会认为自己和死者有关联。

"是因为我昨天带着关于第三帝国的书，让您起了疑心吗？"

"是的。"警长简短回答。

"但那是一位日本朋友托我帮忙买的，他在大学里教二十世纪德国史。"

实话自然不能说，青木只好找个理由搪塞。警长摆出信服的表情连连点头，但夸张的动作反而流露出他对这个答案的怀疑。

"不止那本书，还有一样东西联系着你和那个男人。"

"是什么？"

"死者的外套口袋里除了护照，还有一把扇子，是一把日式扇子。"

"扇子？"

青木还以为自己听错了，用手比画扇风的姿势。警长点头确认。

"一把绘有樱花图案的小扇子。我们很好奇他为什么会有这样一个物件，究竟是什么将他和那把扇子——以及日本，联系到一起。"

"巴黎又不只有我一个日本人。"

警长再次夸张地表示赞同青木的话。

"我跟那个人、跟案件都没有任何关系,不过如果方便的话,您能否详细讲讲有关他的事?我刚才提到的日本朋友研究纳粹,提供些有趣的信息给他也好。"

这当然也是假话,一听说那个男人可能死于猎杀纳粹的组织之手,青木瞬间对案件产生了兴趣。毕竟召唤他来法国的也是反纳粹组织,只是不清楚是否为同一个。

"如果他真的是汉斯·葛姆里希,那他的实际年龄可能比护照上写的还要大上不少。"

就在警长说起这些时,一阵激烈的雨声袭来,青木将目光转向窗外。警长没有在意,继续说着话,青木抬手擦掉窗上的水汽,望向街道。这是他在巴黎遇到的第一场雨,声音虽大,透过窗玻璃看到的雨却出奇地细小安静。巴黎的雨有着各自不同的色彩,青木忽然心不在焉地想。蒙马特尔的雨是白的,布洛涅森林的雨会随季节在绿色、黄色和红色中变幻,这个季节该是枯黄色的冬雨,塞纳河上则正下着灰色的雨吧?而窗外,来自塞纳河的风吹过砖瓦房屋林立的街道,将这里的雨染成了灰褐色……

诸如此类有的没的在青木的脑海里盘旋,忽然有一个词跳进他的耳朵。青木皱了皱眉头,缓缓看向警长,开口问道:"您刚才是不是提到玛尔塔·里维?"

时间还没到中午,雨水却已经将塞纳河笼罩在黄昏般的灰暗色调中。如果夜幕就此降临,让一切消失在黑暗中该有多好……她望着窗外雨中的塞纳河,心中不断地想。那么在生命的最后一刻,我只会记得这个完美的上午,我将赞美上帝——如同赞美一九四一年柏林那个辉煌的日子……

事实上她所注视的并非塞纳河,而是那座与她现在的名字同名的桥。一个月前,她就是在那座桥下杀死了汉斯。

——都说犯罪者很喜欢重返犯罪现场,我却没那个必要。只要站在窗前,就能将那块地方一览无余……她望向窗户左下方那座桥下的一个小点,自言自语道。不必担心隔墙有耳,儿媳妮可带着三个月大的孙子出门买东西了,女佣则因母亲去世回老家夏慕尼奔丧去了。每当家里一个人都没有时,她就会像这样不自觉地站到窗边,远远观察一个月前的杀人现场。

去年年末,挂断来自巴西的电话后,她同样站在窗边,决定了动手杀死汉斯的地点——短短的时间里,她再次确认,自己直到战争结束前都是玛尔塔·里维。战后四十多年间,她一直否认玛尔塔·里维这个身份,可自从亲手了结汉斯的生命以来,不知为何,身为"铁钉玛尔塔"的岁月会如潮水一样不期而至,涌上她的心头。她既不后悔杀死汉斯,心中也没什么罪恶感,只有这份难解的怀念和那个大雪之夜一起留在她的记忆里,成为她杀害汉斯的证据。但只要离开窗边,她就又会忘记,自己曾在那一夜亲手扣动扳机,夺去了一个男人的生命。

暴雨模糊了视线,使那个地方看上去比平时更远一些。她并不知道从家到那里相隔多少米,但她步行过去正好需要六分钟。那天夜里,她的大衣口袋里不仅有枪,还有一只小巧的闹钟,指针是夜光的。离开尸体时她看了眼时间,凌晨一点零三分;回到家立刻又确认了一次时间,一点零九分。

积雪像厚重的铁毡一样覆盖了桥梁与道路,但她习惯了用双脚踏上这条铁毡,步调与平时几乎无异,就像当年在高尔的泥泞雪水中昂首阔步一样——

她移开视线，望向房间里的沙发。今年第四天，也就是接到巴西那通电话后的第五天下午，汉斯·葛姆里希就坐在那张有金色刺绣的酒红色沙发上。儿子、儿媳带着婴儿和保姆一起去了乡下姑妈家，她本该跟着一起去，但她借口脚踝疼，一个人留在家里。从窗口确认他们已经乘车离开后，她立刻给圣日耳曼大道的酒店拨去电话。她故意压着嗓音与酒店员工交谈，好让对方误认为是男人，待电话那头传出汉斯的声音，她才换回正常语调。汉斯认出是她后，很明显松了一口气，说他昨天上午就到了巴黎，整整一天时间都在等她的电话。

她告诉他住址，让他半小时后过来，三番五次叮嘱他进大楼时千万注意不要被人看见，上楼也不要坐电梯，要走楼梯。半小时后，门铃准时响起。在高尔时，她就像对待其他很多事情一样严格要求时间，而汉斯也一贯比任何人都更加服从她的命令。

四十多年后的重逢以"没被人看见吧""是的"开始。从她开门到问出这句话之间的几秒钟里，汉斯眼中闪过一丝警惕。胖成水牛的她简直换了个人，听到声音后他似乎放心了些，但直到坐上沙发，他仍盯着她不住打量，似乎想挖出哪怕一点昔日"铁钉玛尔塔"的影子。他眼中的警惕始终没有消散，但她很快明白这与自己的变化无关，纯粹是几十年的流亡生活留给他的烙印。在她看来，汉斯其实没多大变化，岁月的流逝、整容手术根本不算什么事——他还和高尔那时一样，孩子气的嘴唇，神经质的细长鼻梁，一双明亮的蓝眼睛总是因紧张而轻轻震颤，整形削瘦的下颚线将原本就有的棱角感进一步放大，反倒更像汉斯应有的模样。只有开口前必然先牵动脸颊皱纹、左眼跟着一眨的习惯，以及手上的老人斑是她记忆中没有的，提醒她两人已经在各自的世界里度过了许多年。

两人喝着茶，聊起彼此这些年的经历。这话题对她全无用处，一小时后，他拿着她给的五千法郎离开。她命令他用这笔钱每三天换一家酒店，每换一次都要用约翰·尼尔森的假名来电告知新地址，而她主动联系时会用罗杰·玛尔坦这个男性名。听到她的命令，汉斯像从军时那样挺直身体，连连应声遵命。看他备受鼓舞的表情似乎下定了决心留在巴黎，要将余生都交到她手里，永远听她差遣，就像战败前夕她鼓动他出逃时一样。从门口离开的间隙，他还回头敬了个利落的军礼——但这个动作显出他毕竟还是老了。

大门关上，她脸上的微笑瞬间消失。她督促自己要尽快除掉汉斯，但直到真正实施，还是花了她整整两个月时间。她自我辩解这是因为一直没等来好机会，但二月二十四日凌晨一点杀死汉斯的瞬间，她忽然意识到了让她犹豫这么久的真正原因。

就在十二个小时前，儿子一家刚刚启程前往尼斯，女佣恰好接到在故乡的母亲突然病倒的电话，她便下定决心今晚就动手，再也拖不得了。这两个月来汉斯辗转了不少家酒店，精神却一天天好了起来。她不想在外面碰头，趁独自在家的机会把汉斯叫到家里来了五次。刚来巴黎那次，他还一副心力交瘁、老得只剩一口气的颓废样子，之后每次见面，他的精气神都比上次更好一些。这无疑是久违的欧洲空气和玛尔塔·里维这个坚强后盾的功劳，她比汉斯本人更清楚这一点。汉斯越是重返青春，她就越是感到自己的衰老。她严厉要求汉斯叫她"玛丽"，汉斯却时常弄错，又用过去的名字称呼她。每次弄错，她就感觉余生又短了一年。她就是这么焦虑，可为什么又拖拖拉拉直到今天？下定决心今晚动手的瞬间，她自己都感到莫名，毕竟汉斯是在巴西杀了人才逃回巴黎，追缉他的警察迟早也会找上她。

傍晚，巴黎飘起雪来，仿佛在庆祝她的决心。往返于预定动手的桥下要不了太多时间，这场雪更是能帮她笨重的身形躲开路人的眼睛。一旦下定决心，她绝不会再犹豫，坚信一切都会水到渠成，在这个方面，她的强悍仍不减当年。果不其然，事情进行得出奇顺利。她在午夜零点给下榻蒙马特尔区酒店的汉斯打电话说："有麻烦了，傍晚有个不认识的男人打电话来，还用过去的名字叫我。不清楚他有什么目的，总之他似乎知道你来巴黎了。我们赶紧见一面，想想对策吧，我家人都睡着了——不，我脚很痛，去不了很远处，还是你过来吧。"她指定了时间、地点，由于大雪地上交通瘫痪，她还特意让他乘地铁过来。随后她等了三十分钟，自己也做好准备：套上两层厚袜子，穿上儿子的旧鞋。尽管下着大雪，脚印很快就会被盖住，但还是要防个万一。她套上大衣，兜里装上手枪和闹钟，在午夜零点五十五分出了门。带钟是为了一<u>丝</u>不苟地遵守时间，让所有事物都尽在掌握，这是她从前的习惯。她没戴手套，方便扣扳机；脸用围巾遮住，但其实整座城市都静悄悄的，别说车灯了，连人影都看不见一个，遮脸未免过于谨慎。离开公寓，她慢吞吞地横穿街道，在约好的一点零一分准时踩上通向河岸的最后一级台阶，果不其然在桥下看见了汉斯的身影。

桥灯顶上积了一层厚雪，遮住了灯光，汉斯的脸几乎隐没在黑暗中，不过她知道他的身体正在微微发抖，并非因为寒冷，而是恐惧和不安。那一年也是这样——那一年？一段回忆掠过她的脑海，她花了点时间思索究竟是什么时候的事，为此不得不等了两分钟,才最终扣下扳机。

在那最后的两分钟里,汉斯着急地追问:"到底是怎么回事?究竟是谁,怎么知道了我们的事,你快说呀!"

她安抚地将右手伸向他的脸颊,黑暗中他的脸比雪更冷。

"别害怕,汉斯。我会救你,让你永远不必再担惊受怕。"她重复了两遍这番话,第二遍说到一半时,汉斯猛地扑过来抱住她,伤感的情绪随着拥抱敲打在她心上。风雪无情地抽打在桥下的两人身上,她分不清脸上的水痕是雪还是泪,也不知道这突如其来的伤感从何而来,不,她也不确定那是伤感。她这一生从未流过眼泪,唯一一次品尝常人的悲伤也已经是太久太久以前了。汉斯紧紧拥抱着她,她一边用温柔的嗓音哄着他,说着没事的、没事的,一边用左手抚摸他的后背。这一刻,他们好像回到了从前,那一次,他们俩也是躲在黑暗中,仅凭双手的碰触探索对方的身体……

她的右手不动声色地掏出手枪,左手解下围巾将它裹住。

"到底为什么会有那通电话?解释一下呀。"汉斯又问,好像她就应该无所不知一样。可是,即便真有那样一通电话,她也不可能有任何解释呀。她毫不迟疑地将手指按上扳机,扣动。小小的枪声。没有惨叫,他轻轻问了一句"为什么",不知道是刚才那个疑问的后续,还是指这声突然的枪响。不过,从声音就能听出他想要挤出一个微笑,仿佛坚信这一切只不过是个玩笑。他将脸靠在她肩头,身体缓缓倒下,用几不可闻的声音呢喃她的名字——"玛尔塔"。

最后一刻,他还是错了,这成为他人生中最后一个错误,而第一个错误大概要追溯到遥远的过去,他不相信自己的软弱,被梦中那个强大的自我迷惑而披上党卫军制服的那一刻。他斜塌无力的肩膀根本不适合纳粹军装,如果没有穿上它,他也不会在五十年后惨死在冰天雪地里。他的身体倒在厚厚的积雪上,右手从她的腰侧滑落,最后的瞬间,她忽然想起了与这个弟弟一样的男人之间唯一一次爱的瞬间。那还是战败当年,他们离开高尔,逃到那座边境村庄,躲藏在仓库里,两人在黑泥一般污秽的黑暗中,在受潮的干草堆散发的湿乎乎的臭气中肢体交缠,连外套都没脱。

再过一小时,村里的人就会沉沉睡去,到时就可以一把火烧掉整座村庄。仓库里的煤油灯干了,她擦着一根火柴,寻找能容纳两个人躺下的地方。在那一天之前,她从未将汉斯·葛姆里希当作一个男人看待。他只是一条忠实听命的狗,即便偶尔有一些人性化的情绪,也只是姐弟式的怜悯而已。但当火柴小小的火焰照亮汉斯的侧脸时,他看上去竟然与那个身在柏林的男人——也是她此生唯一爱过的男人——一模一样。

事实上汉斯当然不长那样,但在连五分钟后的命运都无从看清的黑暗中,任何男人都可以像他。她接连擦亮两根火柴,细细端详汉斯的脸。像童话故事里的少女一样,她与身在柏林的爱人相隔六百公里,在黑夜的一隅,她试图告诉自己美梦还没有彻底破碎。即便梦中的帝国即将化作焦土,她也不能容忍自己像曾经的犹太人一样,沦落成四处逃窜的过街老鼠,躲在黑暗里苟延残喘。到了这时,"铁钉玛尔塔"依然坚定果决。第三根火柴燃尽之前,她主动发起邀请,汉斯大方同意了,或许也因为这是"铁钉玛尔塔"的命令。再过一个小时,村庄将被大火吞噬,玛尔塔·里维会死去,而她将重生为另一个人。她告诉自己,她渴望逃离一切黑暗的牢笼,渴望葬送和遗忘现在的自己,为此才需要第四根火柴。

意外的是，汉斯竟然已经懂得了女人的滋味，甚至可能不止一个。隔着外套，他抚摸她贫瘠胸部的手证明了这一点。而她伸手摸索到的他藏在外套下的身体，也已经如老人一般枯槁。一切戛然而止，她立刻推开汉斯，很快，这团比火柴头还微弱的火苗就被她彻底遗忘了。

四十多年过去，那一夜的短暂热情即便在与汉斯重逢时也不曾想起，却不知为何在射杀他的瞬间突然重现。她在纷飞的大雪里发呆，模糊地想，自己算是汉斯的第几个女人呢。或许就是因为那一次的转瞬星火，才让她拖了两个月都下不了决心杀人。但这念头也只在脑中一瞬即逝，好像大雪中的幻影。他倒在她脚下，已经没了气息，胳膊无意义地伸出，指向黑漆漆的塞纳河。她蘸了蘸汉斯嘴里涌出的血，在他额头上画下大卫王之星，然后迅速离开尸体，花了六分钟时间回到家中。处理掉手枪和沾血的围巾前，她先站到窗前，想看看自己犯下血案的现场。可惜大雪将窗外遮得严严实实，什么也看不见，只有街灯的微光在风雪间隙若隐若现，仿佛小小的饰品点缀着冬夜。

随后一个月，她好几次从窗边窥见貌似警察的男人在犯罪现场的河岸附近转悠。就在刚才雨停之前，又有两个男人站在那里说话。其实从他们那里抬头就能看见这扇窗，但窗户那么多，谁会想到凶手就藏在其中一扇后面，每天监视犯罪现场？再说，唯一能将汉斯和她联系在一起的证人，恰恰是死去的汉斯本人。她在尸体额头画下大卫王之星，反正警察迟早会从假护照和整容痕迹识破死者的前党卫军身份，与其绕弯子，不如一开始就把警方的目光引到猎杀纳粹组织身上。

事情果然不出她所料。半个月后，一条简短的新闻报道称塞纳河右岸的被害老人疑为前党卫军成员汉斯·葛姆里希，警方怀疑凶手极有可能是猎杀纳粹组织成员。一旦警方把嫌疑归到这种虚无缥缈的组织上，距离放弃破案也就不远了，再没什么可担心的了，卢森堡公园一别至今四十多年，一直扎在她心头的那根刺总算拔掉了。

——这样一来，我就能永远摆脱身为玛尔塔·里维的时代了。

事情本该就此圆满落幕，我的内心却掀起不可名状的风暴。自从世界上最后一个叫我玛尔塔的人消失的那一刻起，我仿佛成了一个只恢复了特定时期记忆的失忆症患者，那个时代化作一阵太过激烈，以至不能称之为怀念的情绪风暴，席卷我全身。

沉浸在杀戮中的高尔时代，动动手指就能决定几百人生死的每一天，那些人充满恐惧的双眼，哭泣声、呻吟声与尖叫声像岩浆一样撑满我瘦小的身躯。

更早的柏林时代，整座城市飘扬着血红的纳粹军旗，我身穿军官制服，黑色天鹅绒上绣着金银色纹饰，穿在我身上宛如一袭华美的晚礼服。全国党代表大会上那个人铿锵有力的演讲声，奥林匹克进行曲，国家体育场里民众的欢呼声，仿佛全国人民凝聚成一个巨人，高声赞颂那个人的名字，瓦格纳的旋律响彻国家歌剧院。

继续向前追溯，那时我还只是个小小的党报记者。一九三一年十月的那一晚，那个人夸奖我的报道有趣，还邀我共进晚餐。柏林刚刚步入枯黄的秋季，纳粹在前一年刚跃升为国内第二大党。当我谈起自己对纳粹如何夺取政权的看法时，那个人目光感慨地看着我，仿佛不相信我只是个二十三岁的女人。但那只是短短一瞬间。那一晚，滔滔不绝地畅谈德国理想的人是我，那个人却一反常态，完全没有平时辞藻飞扬的样子，时而结结巴巴，时而闭口不言，只带着悲伤的眼神望向我。他心爱的外甥女不久前才无缘无故地饮弹自尽，民间盛传他精神状态不正常，我想，这异样的眼神或许正是他走向疯狂的标志。有一阵子他忽然开口，说按照我讲的方法去做，纳粹就能掌控全国。那一瞬间我意识到，他根本没听我说了什么。

"我刚才所说的，都是您上次演讲的内容啊。"

那个人顿时生出几分狼狈。突然，他的眼中涌上一丝欲望的光，还是那副漫不经心的样子邀请我过夜。

"您真的要选我？"我问道。我这副身体哪里有资本，值得男人用这样的目光看待？

那个人没有回答，好像已经忘了是他自己提出的邀约。我思考了几秒钟，还是答应了。那是我一生中最长的迟疑。我明白，他邀请我不过是把我当成那位已逝少女的替身，我问自己真的甘心吗？

——是的，她记得那一晚的每一处细节，清晰得就像发生在昨天一样。那个人一边为自己倒上最后一杯酒，一边像确认自己的欲望一样凝视着她，眼神是近乎疯狂的悲伤。拉格湖畔的古老石造旅店里，床板吱嘎作响，在男人矮小的身躯上，她第一次意识到自己是那么娇小。终于，比深红色葡萄酒更浓稠的夜晚迎来终结，黎明灰蒙蒙地爬上窗口。

每当她像这样站在窗边注视杀害汉斯的现场，自那一夜开始的无数个日日夜夜就会如洪流般涌进她体内，伴随婴儿的啼哭——那装点了她在高尔最后 段时光的婴儿啼哭。等等，好像真的有婴儿在哭？！

她吃惊地转过头，不知何时儿媳妮可已经购物回来，站在起居室门口一脸困惑地看着她，怀中婴儿哭个不停。她下意识地露出微笑，离开窗口，把孩子抱到自己怀里，轻轻抚摸着刚冒出些许绒毛的小脑袋。

"怎么一直在闹呀？是不喜欢下雨天吗？每到雨天都会哭个不停呢。"

她的声音温柔慈祥，婴儿却还是不领情，哭得更加大声。明明已经三个多月大了，婴儿却跟她一点都不亲。

这孩子也像那个婴儿一样知晓我的恐怖，它知道我的钢铁手腕随时可能变成凶器……

"应该是困了吧，我去哄他睡觉。"

妮可从她手中接过婴儿，正要离开起居室时，突然想起了什么似的回头："我在老佛爷百货碰见迪齐耶夫人了，她说今年春天要去访问洛林的孤儿院，问您是否也参加。"

"好的，我待会儿打电话问问。"

婚后她成为院长夫人，此后一直组织其他医院相关人士的夫人开展慈善活动。巨额捐款，每年两次访问，她对这些事其实毫无兴趣，世界上没有什么比"慈善"跟"铁钉玛尔塔"更不沾边的了，但扮演好玛丽·卢格雷兹这个人物需要这些伪装手段。五年前，她把事务都交给外科主任迪齐耶的夫人打理，自己什么也不插手，只在春秋两季的短途旅行兼慈善访问中尽量出席。

哄婴儿睡着后，妮可回到安静的起居室。

"我们今晚几点出发去歌剧院？"

"喔，歌剧是今晚？"她故意装作忘记了。

"是的，就是今晚，我还在想叫保姆几点来比较好。"

"门票在桌子抽屉里，你看看吧。"

今晚她们要出门看瓦格纳的歌剧。她通常只在家里没别人的时候才会听瓦格纳，因为她听瓦格纳时的恍惚神情实在不符合"温柔的卢格雷兹未亡人"形象。但今晚歌剧院的演出是个例外，来自柏林的剧团要在巴黎上演《诸神的黄昏》。一九四一年的那一夜，她坐在那个人身旁，在柏林国家歌剧院聆听的也正是这部作品。

妮可看了看门票，打电话请保姆四点钟来，就回房去了。她再次走到窗口，回忆起那一晚柏林歌剧院门口悬挂的一排排纳粹旗。

——当时我们德军已经兵不血刃地占领巴黎，整个世界都臣服在了第三帝国脚下。夜幕像坚实的铁甲，拱卫着他和他的旗帜，剧院里挤满纳粹军装，到处是衣着华美的女士，她们像孔雀一样争奇斗艳。那个人一走进二楼正中间的包厢，所有人就都站起身来，高举一只胳膊，欢呼他的名字，仿佛全世界的历史、从过去到未来的时间之流都一齐俯伏在他面前，乞求他的垂怜。如果说历史上曾有过什么完美瞬间，无疑便是那个瓦格纳之夜。席卷全世界的音乐洪流只为他一个人奏响，瓦格纳在创作那首凯旋进行曲时，就预见到那个人将在二十年后降临世界！《诸神的黄昏》——多么适合那一夜的名字啊！在他的荣光面前，上帝、世界、瓦格纳都黯然失色，当奏起凯旋进行曲、吹响胜利的号角时，我眼前看见的分明不是身着黄金铠、驾着黄金船的齐格弗里德，而是那个人身穿军装、乘着战车凯旋的英姿。

他右手边坐着那晚最美丽的孔雀，一身玫瑰色花纹的白色衣裙是她华美的羽毛；坐在他左手边的是穿军装的我……每当音乐掀起激烈的波涛，他的呼吸因壮美的音乐而紊乱，于是他像寻求救赎般望向右边的美丽姑娘，十次里大概只有一次，他会忽然想起另一边的我，转头握住我的手。趁着短暂的幕间休息，他凑到右边的姑娘耳边说着甜言蜜语，在我耳边说的则是"今晚剧院外面挂着的旗帜，有三分之二属于你"。

我一点也不嫉妒那漂亮的孔雀姑娘。我并没有因她的存在而被抛弃，相反我披上军装，将余生都献给了他的理想，从此只为实现第三帝国伟大梦想而活。他知道我作为政策顾问比作为女人更有价值，每当他需要建议时，我的"是""否"答复无疑对第三帝国的崛起起到了重大作用。我自己也知道，比起单纯的女人身份，我精瘦的钢铁之躯作为他的忠实部下时更具魅力。所以，在那个华丽之夜的一年后，那个人亲口问我："玛尔塔，你愿意去高尔吗？最优秀的医生都去了那里，连奥斯维辛都比不上——我需要他们开展一个实验。只可惜那里的长官施万靠不住，如果你愿意去，医生们不知道该多欣慰！"

我知道这是希姆莱、格林、戈培尔和其他重臣耍的伎俩——他们早就看我不顺眼，想把我从那个人身边踢开，好从此掌控他的一举一动；但我还是毫不迟疑地回答："遵命。"

"当然，你也得时不时回趟柏林。没有你，三分之二的柏林都将黯然失色。"他用在歌剧院向美丽姑娘吐露爱意的声音轻轻地说。三年后，在高尔即将步入严寒地狱的一天，我接到了柏林的电话，同样的声音对我说："我不该让你去高尔。多希望你现在就在我身旁，为我指明前路啊！不过，我有一个请求，你会答应吧？我想对一个婴儿施行某种手术，即便第三帝国灭亡了，也能将第四帝国复兴的秘密留在它体内——不，别担心，就算落入敌手，谁又能想到那么小的身体里竟隐藏了如此宏伟的秘密？更何况是个肮脏的黄种人的身体。"

面对那个人最后的命令，我一边反复回答"遵命"，一边心不在焉地想起那个抵达高尔的亚裔女人,为什么非要对她的孩子动手术?我的心思早已飞回那一夜的歌剧院,来自遥远柏林的电话里,那个人的嗓音混杂着电流的杂声,在我的想象中,与那一夜他同右手边漂亮姑娘调情的美妙低语渐渐重合起来。是了,那姑娘戴着大颗珍珠制作的首饰,就像海涅诗歌里那位"比贝壳更美丽的女孩"。他在她耳边说——"爱娃,今夜你的美比第三帝国更加珍贵,爱娃,我最爱的爱娃·布劳恩……"

他终于想起我和爱娃·布劳恩一样是个女人的事实,我明白了,第三帝国就要毁灭了。他在柏林,手握着电话听筒;世界正从他指缝中渐渐滑走。

"不要担心,第三帝国不会灭亡!"

我什么都没问,他却一遍又一遍地大喊,绝望的语气好像皮鞭抽在我身上。我一边回答是的、是的,一边想这恐怕是来自柏林、来自那个人的最后一通电话了。我想象着此刻柏林总理府的一个房间里,那个人通过电话与一个久违的女人做最后诀别的景象;爱娃·布劳恩柔美的身躯躺卧在他身旁,为他送上最后的慰藉。

"你知道上个月巴黎有个纳粹分子被杀的事吗?"

里昂,帕尔-迪厄站。青木随接站的迈克·卡尔森来到河畔一家酒店安顿下来,客房里除了一张小床什么都没有。客套话在出租车上已经说完,一进屋,青木立刻直击重点。迈克弯起无处安放的大长腿坐到床上,皱起眉头,似乎听不太懂青木蹩脚的英语,嘴角仍挂着惯性的笑容。床边有一把粗糙的红漆小木椅,青木坐下,点上一支烟。正想重复一遍同样的问题时——

"您从报纸上看到的?"迈克反问。青木摇摇头,推说是在巴黎跟十几年没见的熟人吃饭时无意听到的。直觉告诉他，最好不要提及那位警察的名字。

"您没告诉他来巴黎的真实原因吧？"

"没有。"青木回答，又加了一句，"当然不会说。"

"警方怀疑凶手是猎杀纳粹组织的成员，但应该不是你们干的吧？"

"当然不是。"迈克夸张地耸耸肩，"为什么会这么想？"

"我听说死者曾经在高尔工作过，是玛尔塔·里维的手下。就是那个你们怀疑对我身体动过手脚的玛尔塔·里维。"

"汉斯·葛姆里希不过是个小角色，没有哪个组织会把他放在眼里。如果他是死于前纳粹身份，那应该只是遭他虐待过的犹太人在报私仇——再说，如果我们找到了他，才不会那么蠢地杀掉呢。他在高尔的最后一个月见过那对日本母子，是弄清那段真相的宝贵证人，我们会审问他，再移交给摩萨德。"

"案发当时你在哪里？纽约，还是西柏林？"

"纽约。"

"你在纽约，是怎么知道这件事的？"

"从报纸上看来的。纽约有很多犹太人，世界上任何地方有前纳粹被杀，报纸都会登，即便只是汉斯·葛姆里希这样的小角色——青木先生，您在怀疑我？"

"没有，我还有最后一个问题。在卢浮宫时，为什么要用那么麻烦的方式给我送票？你之前还说没有危险，但现在，我是不是已经像侦探小说的主角一样，有生命危险了？"

"以防万一嘛。我告诉过您，新纳粹在监视我们的一举一动。您不会有性命之忧，但也得做好直面一些危险的心理准备。"

"一些危险？你在日本还说完全没有危险呢。"

迈克不说话了，两眼直盯着青木。过了一会儿，他开口说自己就住在隔壁房间，锵的一声，把手里的钥匙重重拍在床头。

"好吧，"他终于让步，"我修改一下在横滨的说法，这次的事情确实有点危险。"

"什么时候会变成巨大的危险？"

听出青木的讽刺，迈克笑了一下："您如果害怕了，随时可以退出，我立刻帮您安排机票回日本。筹备两年的计划化为乌有固然可惜，但也没办法。我们只能再去找别人。"

美国青年的笑容从容不迫，他很清楚青木既然已经来到里昂，就不可能半途而废。根据爱尔莎的报告，他也该知道青木波澜不惊的外表下实则隐藏着常人难以想象的勇气。

二月初的一个冷雨之夜，在东京一家酒店的床上，爱尔莎忽然问了这样一个问题："你是个什么样的人呢？"

青木用无言的目光将问题抛了回去。

"我得向组织汇报你的大致性格，看你适不适合做第二个安妮·弗兰克。"

青木听着就觉得麻烦，随口回答："你觉得我是怎样的，就怎样汇报吧。"

"好吧，首先，你和我认识的所有日本人都不一样。"

"那当然，我毕竟只有一半日本血统。"

"不是这个问题，和国籍没关系。桂子说你温柔、孤独，对自己过于苛刻，我却不这么想。她只看到表象，可我在那晚第一次见到你时，就看穿了你冷酷残忍的本性。你爱我的肉体，但一辈子都不会爱我这个人；不光是我，你不会爱上任何人。没有人能点燃你内心的激情，除了你自己。可能艺术家都是这样吧……准确来说,你连我的肉体都不爱,你爱的只是为我的肉体燃烧激情的自己。

"我相信桂子如果能和你亲热一次,她也会看清这一点。"爱尔莎补充道,"啊,不对,我忘记你还爱着另一个人。"

"谁?"

"你的母亲。为了母亲、为了自己,你可以做任何事,以身犯险也不在话下。不如说,其实你很渴望危险,你就爱危险的东西。我知道有两样东西能点燃你的激情,而它们都非常危险。"

"哪两样?"

"绘画,和我的身体。"爱尔莎半开玩笑地说,青木吻上她饱含笑意的双唇。

青木并不想剖析自己,他漠不关心地想,爱尔莎的评价多半不会有错。也许爱尔莎在那之后已经通过国际电话或邮件,将两人的对话原封不动地传达给了迈克。爱尔莎——青木很想知道她是否平安回了国,但一想到迈克可能就是她的第二任男友,他宁愿避而不谈。

青木说他没打算回日本。迈克·卡尔森话锋一转问他饿不饿,附近有家咖啡馆还没打烊,可以去简单吃点东西,青木以舟车劳顿只想休息为由拒绝了。事实上连今天下午从西柏林出发、比青木早一步抵达里昂的迈克,他的笑容里也透出了些许疲惫。

"那就明天一起用早餐吧。我们约好了十点钟去见索菲,明天八点我叫您起床。"

迈克比了下敲门的动作,顺势走出房间。隔壁房间的门打开又关上,透过贴着花纹壁纸的墙,传来一阵窸窸窣窣的声响,不一会儿静了下来，迈克似乎是睡了。

青木走到窗边，索恩河在他脚下蜿蜒伸展，像陷入深沉的睡眠一样悠然流动。附近有一座桥，只有桥上的灯光静静点亮水面，四周万籁俱寂，仿佛河畔的一切正在睡梦中编织着美丽的梦。灯光在河面上舞动，青木想起里昂本就是个以纺织业闻名的城市。这里是继巴黎之后的法国第二大都市，河水和夜色却散发着地方小城特有的风味。借着星星点点的灯光，能看到河对岸似有一道缓坡，夜色也似乎更浓郁几分。

酒店窗户下面是一条石板小路，下几层台阶就能从酒店走到河岸。那里有一盏路灯，就在青木正要离开窗边时，他瞥见一个男人斜倚在路灯柱子上，似乎在监视酒店大门。那人个头很高，除此之外看不出其他外貌特征；他时不时抬起一只手举到脸旁，大约是在抽烟，除此之外，他就像雕塑一样毫无动静。

青木拉上窗帘，关掉房间灯，透过窗帘的缝隙往外看。那人仍然一动不动，拉长的影子也静止地打在石板路上。一只野猫靠近影子，好像瞬间嗅到人类气息一样，突然瑟缩着身子逃走了。

是警察？罗斯唐警长知道青木来到了里昂。青木坚称自己和前纳粹分子遇害一案没有关系，警长似乎接受了他的解释，但也许他仍存有疑虑，这才派人一路跟踪过来？又或许是与迈克·卡尔森的组织敌对的新纳粹分子？下午从帕尔-迪厄站到酒店的路上，迈克也曾好几次透过出租车后窗担心地向外张望——

不，他应该只是在等出租车吧。过了几分钟，一辆出租车开过来，男人招手拦下，坐上车离开了。就当是这样吧，青木决定不去多想。那人上车时还踉跄了一下，多半只是个醉汉。

长途旅行的疲惫涌上心头，青木实在不想再折磨脑细胞，把脱下的衣服往椅子上一丢，便一头扑倒在床上。

第二天早晨，他被迈克的敲门声吵醒。迈克已经穿戴整齐，随时可以出发。他身穿蓝灰色外套，领口处露出一截红色领带。他说自己可以先去一楼的小餐厅等青木，一听青木说要先洗个澡，他忽然改变了主意，走进房间问："不好意思，可以麻烦您脱掉衬衣吗？"

青木一头雾水。迈克安抚地笑了笑，说了些什么。

青木只听懂了"手术"这个词，猜想迈克是想看他胸口的手术疤痕。青木依言脱去上衣，迈克湛蓝的双眼死死盯住他的胸口。迈克将青木领到窗边，在明亮的晨光下继续观察。迈克的眼睛在日光下闪闪发亮，如同一对蓝色的透镜。

"疼吗？"

"不疼，从来没疼过。"

"关于这个疤痕，抚养您长大的姨妈有说过什么吗？"

"没有。"

不过，小学时他接受过阑尾炎手术，横滨市立医院的医生对这道疤痕颇感兴趣，不停追问陪同的姨妈，他曾经在何时何地、做过什么手术。姨妈只说是胸膜炎手术，其他一概不知，医生似乎不太相信这个解释，还趁姨妈不在的空隙，带了不同的医生来查看少年胸口的疤痕。其中有一位白发老人，大概是院长吧，青木至今都记得他透过眼镜久久审视那处伤疤的情景。老人的手指和目光一样冰冷，他一遍遍抚摸疤痕的模样，仿佛要再次把那处血肉切开似的，把青木吓得不轻。

不过青木严重怀疑自己的英语水平能不能说明白这么复杂的事，索性不说了。迈克像那位老医生一样，用手指抚过青木左胸心脏下方的十字形切割疤。如今，它已经从小时候的红黑色转为微微发紫的浅灰，几乎快要消失，好似一个隐形的十字架项链落在胸口的影子。

迈克似乎也看不明白，摇摇头说："但愿今天见完索菲以后，我们能弄明白到底是什么手术伤吧。"离开房间前，他又补充道，"今天还有个会说英语和法语的日本留学生陪同翻译，不用担心语言问题。但他不是组织的人，还请您不要透露今天的真实目的。我跟他说，您是为了寻找母亲才来欧洲，找那位女士打听消息的。"

"但是，如果索菲·克莱默自己说出来了呢？"

"那没关系，我可以事后再圆回去。"说完，迈克先行离开了房间。

十五分钟后青木来到餐厅，迈克已经和那位年轻日本翻译会合了。他坐在迈克旁边，身材看起来极为娇小，像小孩一样，但他说自己已经二十四岁了，三年前来到里昂，目前在大学里攻读法国文学。作为日本人来说，青木的表情不可谓不丰富，还说自己久仰青木大名，喜欢他的画，这次能在异国他乡见到青木本尊，他简直激动坏了。这位笑起来像十六七岁少年的娃娃脸小伙子，名叫三上隆二。

吃完早饭，三人打车前去圣克莱芒医院。路上，青木听他们说里昂和横滨是姐妹城市。他在横滨生活了那么多年都不知道这个，却在即将与索菲·克莱默会面的当口，得知两人就分别定居在一对姐妹城市里，真是神奇的缘分。这场会面会给他带来什么？如果是单纯的万里寻母记，那结局很明显——他母亲早就不在了。所以青木这次只是带着观众心态来，他倒想看看迈克他们在这出大戏背后，究竟在搞些什么名堂。

一路上，迈克从后窗向外观察了两次。青木也随意回头看了看，并没有其他车尾随。车很快开到索恩河对岸，顺着昨晚睡前从窗口看到的斜坡向上行驶。狭窄的石板路两旁是一座座旧式砖木结构的楼房，作为纺织业名城，那些橱窗里摆着布料和成衣的店铺尤为引人注目。三上介绍说，索恩河这半边是老城区，酒店那边是战后才发展起来的新区。这里像是被时代发展浪潮抛弃的遗忘之城，她的古老成就了外来人眼中的美，却留不住蓬勃的朝阳。老旧的街道融入赭红色的时光，有一丝寂寥，叫人联想起横滨外国人墓地外围的那条小路。

出了城区，坡道蜿蜒穿过林间，透过前方的树木，依稀能看见一座白色建筑。和巴黎不同，这里春意盎然，温暖的阳光使树叶呈现出一种印象派的绿。沿着弯曲的坡道，阳光穿过绿叶，朝四面八方洒下斑驳的阴影。那白房子宛如一个漂浮在光流中的幻影，直到汽车开出树林来到它面前，青木才发现那是一栋很有现代感的建筑——它看起来和日本的医院很相似，五层楼，外观朴素到乏味，一尘不染的白墙大概是它唯一的装饰了。据说这里原本是基督教会运营的小型慈善机构，类似日本的老人院，六年前由里昂市拿出公益资金改建成了现在的楼房，目前收留了六百名卧床不起、无家可归的老人。副院长在大门口迎接他们，一面介绍医院情况，一面将青木等人引到三楼的办公室。

这里似乎还保留了教堂的功能。中庭有一座建于十六世纪的古老礼拜堂，不少老人在这里晒太阳，照料老人的有护士，也有修女。五十多岁的副院长笑容温和，告诉一行人院长去了巴黎，还不忘感谢青木大老远地从日本专程赶过来。坐了五分钟左右，又有两个男人走进办公室。一个身穿白大褂，看起来三十岁上下，副院长介绍他是一直担任索菲·克莱默主治医生的卢洛瓦医生；另一个和青木年纪相仿，一身西装，据说是外科专家，是从里昂最大的综合医院赶来的。

西装男自称鲁迪耶，眼镜后的冰冷双目、尖瘦的下巴都非常有医生风范，他脸型细长，让人联想到莫迪利亚尼①的绘画作品。为什么要介绍这个人给自己认识？迈克那边正用英语跟副院长和两位医生交谈，他们和迈克的组织又是什么关系？青木一肚子疑问，只知道自己被分配的任务是和索菲·克莱默见面。一旁，三上正熟练地用英语、法语和日语翻译。

"这几天索菲精神不错，她很期待您的到来。我已经跟她介绍过您，相信二位见面后一定会有新的进展。"

年轻的卢洛瓦医生相貌亲和，微笑起来更显出稳重，比起医生，他看起来更像个神学院的学生。他介绍说，先前接受完采访，索菲·克莱默曾一度拒绝任何交谈，但经过坚持不懈的治疗，语言功能已经逐渐恢复到足够应付日常生活，只是对于那段过去，她仍然固执地缄口不言。

"今天早晨我还问她，如果那位从日本来的先生到访，她是否说话算话，把一切都讲出来，她默默地点了头。您就放心吧！"卢洛瓦医生说，等三上翻译完毕后朝青木笑了笑。青木大致听得懂这段法语，不过还是任三上翻了一遍。迈克也笑眯眯的，清澈的晨光照得房间亮堂堂，众人就像身处派对休息室一样，周围尽是温暖和睦的空气，没有一点即将揭晓秘密的紧张感。过了一会儿，卢洛瓦医生看了看手表，笑着说："时间差不多了，我们过去吧。"

---

① 阿梅代奥·莫迪利亚尼（1884—1920）为意大利著名画家。

留下副院长和鲁迪耶医生在办公室，三人跟着卢洛瓦医生去了二楼会议室。索菲住的四楼病房太小了不方便，这间会议室平时常用于病人聚会或医生开会，便让她来这里等候。几人乘电梯下到二楼，沿长长的、金属质感的单调长廊走到头，卢洛瓦医生推开一扇门。

宽敞的房间里桌椅整齐，墙上挂着基督在各各他山祈祷的画。里面坐着一位身材娇小的老妇人，背对房门望着窗外的庭院，身旁还有个年轻护士陪同。她身穿灰褐色毛衣，雪白的头发，弯曲的后背，给人一种老年人特有的、化石一样的静寂感。卢洛瓦医生走上前去叫了她几声，她一动不动，又叫了几遍，她才缓缓转过身来，仿佛终于听见有人在远方呼唤自己的名字了。她的脸上全是皱纹，但比想象中年轻一些。之前爱尔莎拿来的病床照里，她枯瘦的身子几乎完全落入了死亡阴影；但现在，这位年近七旬的老妇人脸颊上隐约带着玫瑰色红晕，证明她的生命力还没有耗尽。只是她眼神空洞，过了好一会儿才认出面前的卢洛瓦医生，脸上浮现出微笑，然后目光迟缓地转到医生身后的青木身上，又过了将近三十秒，才给了他一个微笑。

卢洛瓦医生开口说："索菲，你四十几年前亲手抱过的那个婴儿，现在已经长这么大了。"也不知道她有没有听见。索菲·克莱默右手拄着拐杖，向青木伸出左手，青木一把握住。

"很高兴见到您。"她礼貌地打招呼，随后用小学生朗诵自己都听不懂的台词一样的口吻，机械地问些"您什么时候来的法国""在里昂住的哪家酒店"之类的问题。

"维也纳酒店，就在索恩河岸边——"

"喔，那家酒店我很熟的。"

两个人慢吞吞地扯了一些闲话，索菲似乎终于理解了面前这个男人来找自己的原因，面具一样死板的脸忽然间变得熠熠生辉，她伸出左手死死抓住青木的胳膊，不住地抚摸着，仿佛要确认眼前这个青木是真的存在一样。

"是你，是你啊！"索菲的声音迸发出前所未有的情感，"那个婴儿长大了，是你！"

仿佛死者重生，她混浊的眼中闪耀着细微的生命之光，很快化作泪水，滑下爬满深深皱纹的脸庞。颤抖的声音和嘴唇表达着她的喜悦，但脸上皱纹的荫翳又使她看上去陷入了深沉的悲伤。从这小小的身躯上，青木清晰地看懂了她漫长的一生和那段不可磨灭的历史。

"是你，你就是那个日本女人的孩子。"

索菲抚摸着青木的脸，似乎想从这张脸上找出四十多年前那个婴儿的一丝影子。饱经风霜的手意外地轻柔，恍惚间，青木几乎看见襁褓中的自己被这双手抱在怀里的景象。晨光充盈着视野，明亮、和煦，让青木切实感受到，这份建立在四十多年前巨大创伤之上的和平是多么来之不易。

所有人都在静静等待索菲的下一句话，索菲的拐杖掉落在地上，打破了周遭紧绷的沉默。青木搀扶住她歪倒的身体，她不住地颤抖，整个人仿佛随时会崩成无数碎块，虚弱的身躯几乎被情感的风暴彻底摧毁。她几次张嘴想说些什么，未出口的话语却被风暴吞没。

医生和护士连忙让她坐到椅子上，用轻柔的语气轮番安抚她的情绪，耐心等她平复下来。

"索菲，这位先生特意从日本远道而来，想了解他母亲的事情。你有义务把知道的事情说出来。"卢洛瓦医生微笑着对她说。这次她立刻大力点头，抬头望向青木。但很快她又垂下眼帘，无力地摇头："太可怜了……太可怜了……"她低着头不停地嘀咕，仿佛在对青木的鞋子说话，"她死了。"

用不着三上翻译，青木已经听懂了，马上瞥了一旁的迈克·卡尔森一眼，迈克也转过头来，和他交换视线。和索菲灰暗的眼眸一比，青木只觉得迈克的眼睛蓝得过头，几乎不像个人。一种困惑的神情出现在迈克脸上。索菲继续开口讲述。

"她死了，就在盟军解放集中营的前夕……临死前，她求我保护好她的孩子，我郑重地答应了她。那个婴儿——也就是你，仿佛看明白了母亲的死，在我怀里悲伤地低下了头。"

"你知道她的死因吗？"医生问她。

"饥饿，寒冷……还有分娩后的虚弱……"

索菲平静地说了几个字，突然尖声大喊："不！她是被杀死的！死在集中营的所有人都是被杀死的！"随着恸哭般的声音，索菲的身体再度抽搐起来。

"你说被杀死，是什么意思？"医生再次提问，索菲激动地摇头。

"是谁杀了他们？"医生又追问，索菲发出痛苦的呻吟，抬起脑袋。她的眼中满是畏惧——不，已经不是普通的畏惧，而是彻底的恐怖。她好像一头被追赶的小动物，目光绝望地扫过每一个围着她的人。

"是谁杀了他们？"医生重复发问。

索菲张开嘴，似乎想回答，然而颤抖的嘴唇、打结的舌头让她发不出声音。她不断尝试发声，却只喷出急促的气息。皱缩的喉咙鼓胀起来，满腔话语被困在体内，挣扎着找不到出口。瘦小的身躯东倒西歪，像一个木偶被巨手攥着摇晃。终于，一声尖叫从她口中泻出，几秒钟之前还很温馨的气氛刹那间荡然无存。

"刺激似乎太强了,我先带她出去休息。"医生快速解释道,和护士一同架起索菲的身子,将她带离了房间。索菲拼命挣扎,不停地发出尖叫。

"你们先留在这里。"迈克对青木和三上交代一句,也追了出去。

"情况似乎很严重啊。"三上同情地望着他们的背影。

"这事与你无关,不必太担心。"青木答道,走到窗边。索菲响彻走廊的尖叫声渐渐远去,房间再次安静下来。外面就是中庭,老人们在寂静中休憩。碧绿的青草地在阳光照耀下闪闪发光,护士、修女的白衣服也显得那么干净素雅,好一副充满慈悲的景象,仿佛老人们还没死就到达了天堂乐园,青木却从中嗅到一丝阴暗的腐臭。索菲·克莱默的尖叫仍在他耳边无声萦绕,寂静深处回荡着拖动锁链般沉重刺耳的声音,这让他很不舒服。

十五分钟后迈克回来了,这种不适还在继续。

"情况完全出乎意料,我们从没想过她会推翻两年前的话……说您母亲已经去世……"迈克一脸沉痛,就像第一次和青木见面时那样。

等三上翻译完,青木问:"上次采访时,她明确表示那位日本女性还活着,对吧?"他不着痕迹地将视线投向迈克,观察对方的反应。

"是的,不会错的……可是……如果她今天说的才是真话,您的母亲已经不在了,那我们这两年的一切努力就都是徒劳的,不,更重要的是,白白浪费了您的时间……"

迈克一副不知所措的模样,漫无目的地踱来踱去,青木不动声色，看他葫芦里究竟卖什么药。迈克怎么可能不知道真相，这副沮丧样子再自然也是装的，青木心知肚明，却还是感到自己几乎就要被迈克的完美演技蒙过去了。

"总之，给索菲注射了镇静剂，她已经睡着了。医生说即便她醒过来，今天也不宜再问话了，还是明天再来吧。我在这里还有事，请三上君带您去里昂市区转转怎么样？您可能会对美术馆感兴趣。"

三上赞同迈克的提议。青木折腾了这几天，本来想说干脆回酒店睡觉算了，但转念一想，对三上说："那就去逛逛吧。"

"不过，能不能先耽误您一个小时？"迈克问。看青木点头答应，他交代三上先在附近随便溜达一个小时再回来。

"那就一小时后，大厅见。"三上点点头，出去了。

"我想请鲁迪耶医生看看您胸口的疤痕。他是法国最权威的外科专家，或许会知道，您这里究竟动过什么手术。"迈克用青木也能听懂的简单词句慢慢说完，带他来到一楼诊室。

朴素的白色房间里摆满冰冷的医疗器械，鲁迪耶医生站在里面，好像一具人体模型。旁边还有一位四十岁左右、穿白大褂的男子，大约是这儿的医生。两人也不多话，让青木坐在诊疗用的圆形转椅上，开始检查他的胸口。

鲁迪耶瘦长的脸上没什么表情，也不知道在想什么。透过眼镜，他用金属般冰冷的眼神死盯着青木的胸口，整个人像一座静止的蜡像。另一位医生脸上则有着与这家医院相衬的、神性的温和，可一看到疤痕，眼神也在刹那间结了冰。两人简短交谈了几句，轮流对着青木的胸口研究了将近五分钟，鲁迪耶便和迈克·卡尔森一道出去了，留下另一位医生为他测脉搏、做心电图、X光之类的检查，一套下来足足折腾了一个多小时。

角落的简易床上，有个老人正躺着输液。老人死气沉沉地望着天花板，眼里空空的，偶尔像是想起自己还没死一样，转过头用奇怪的目光看着青木。明亮的日光下，骨瘦嶙峋的身体像是已经进了棺材似的。

终于，青木从乱七八糟的检查里解放出来，候在走廊的迈克·卡尔森将他送到门口，三上也已经回来了。迈克没提检查结果，只说："我晚上七点回酒店，大家一起吃个晚饭，慢慢聊。我知道一家餐厅鱼做得不错，晚点带你们去。"说完，招呼两个日本人坐上等候在外的出租车。车子启动，他笑着轻轻挥手道别。

"您想去哪里？"三木问。

青木答道："先回酒店吃个饭吧，然后带我去逛一些安静没人的地方。"

之所以选择市内观光而不是回酒店休整，是因为他还记挂着昨天深夜从酒店窗户看到的那个人影。如果真有人在跟踪自己，对方一定还会现身，选择人少的地方更方便确认。

三上说好，露出欲言又止的表情，看青木已经将脸转向车窗外，他也就不再提了。

青木这会儿确实顾不上三上，从索菲说出"那个日本女人已经死了"的一刻起，他的脑子里就塞满了疑团。怎么就这样说出来了？青木漠然地想，本以为迈克他们还会再装上一阵子。当然，事实迟早会捅破，这出寻母大戏也不可能只有第一幕，只是没料到一见到索菲，好戏刚开场就瞬间落幕了。

迈克的震惊全是装的，这一点可以肯定。问题在于，他演这一出图什么？迈克还说明天再来，明天再见面难道就会有什么进展？一个个谜团让青木陷入困惑。一个猜想如同光束戳破厚厚的迷雾，在脑海中一闪而过：除了所谓第二个安妮·弗兰克的说辞，他们让自己来欧洲必然还有其他目的，"让索菲开口"就是其中之一。索菲对集中营的事一直三缄其口，而他们想挖出某些信息。除了日本女人的死和高尔之子的存在，索菲明显还知道些别的，他们或许认为，青木的出现能撬开索菲的嘴，让她说出他们想听到的，这就是他们精心设计这场会面的目的……但那"信息"指的是什么？他们究竟想知道些什么？

  双眼缓缓睁开。最初，她以为有什么东西烧起来了，火红的影子打在墙上，火舌将要吞没每一寸墙壁。蒙眬的意识中，索菲·克莱默甚至没有意识到自己已经醒了，还以为这摇曳的火光是梦的投影，她还在梦的深沼中沉睡。过了好一会儿，她才发现自己躺在病床上，火红的光线透过白色窗帘投射进来，是夕阳的光辉。窗户微开，风吹起窗帘，夕阳的影子也跟着晃动。

  ——等等，真的是夕阳吗？不，是那一天的日出。发号施令的哨子声，鞭笞声，枪声，哭喊声，此起彼伏。没错，我正要起跑，越过死亡的栏杆，奔向火焰般的赤红黎明。我站在高栏杆的队伍里，我选错了，我腿脚矫健，可我不想死，所以一开始选择了低栏杆……我前面还有五个女人，和我一样站在生与死的岔路口。又是一声枪响，一个女人起跑，撞倒了栏杆。还剩四个人，很快就要轮到我了……是的，我还在那里，在那座集中营……GAU……GAU……我甚至不敢在心中念出那个名字，那个集中营的名字，那个女人的名字。曾经甜美的犹太少女，鲜花装点着她的发辫，每个年轻人都争着和她说话，可是那两个名字永远地剥夺了她美好的未来，将她的余生从此囚禁在血与灰的过去里。GAU……GAU……不行，不能想，一旦想起来，我就会像刚才那样抑制不住地颤抖，他们又会来给我打药，将我永远埋葬在黑暗的深渊中。

像刚才那样？刚才是什么时候？一年前，还是一个小时前？想不起来了。只记得当我试图说出集中营那个铁钉女的名字时，我的身体再次痉挛起来。然后……究竟是什么时候的事？我睡了多久？不，我没有睡，我还站在栏杆前。我的皮肤被晨光染得通红，又死了一个，前面只剩三个人，我是第四个……我听见哨声，那个女人不悦地喊："下一个，快点！"眼看队伍最前面的人浑身发抖，一动不能动，那个女人便转向拿枪指着我们的士兵，叫了其中一人的名字——"青木！"……青木？不，不对。不是她，是别人在我耳边反复提起这个名字。青木……到底是谁？青木，"青木先生（Monsieur AOKI）"……这位是青木先生，他是来看你的——想起来了，他就是那个孩子。当年被我抱在怀里虚弱啼哭的婴儿不但活了下来，还长这么大了，他来看我了！说是从日本赶来的。尽管出生在一个死亡之地，现在却长得那样高大，我甚至要仰头才能看清他的脸；明明遭受过那么残酷的手术，却一点没有影响他的健康，反而生龙活虎地从异国远道前来看我。一看到他我就觉得，我那被血红朝霞烤成死灰的人生似乎得到了些许回报，忍不住落下泪来。

在我不知道的遥远国度，我救下的小小生命活了下来，让我知道，即使是像我这样与死亡别无二致的人生，也可以有一些小小的幸福。青木用怀念的目光看着我，仿佛还记得我似的。他专心聆听我的每一句话，想知道他母亲的下落。他远涉重洋，专程来到我面前，却只听到她的死讯，我没有再说别的。关于那个日本女人的故事，其实还有很多……青木一定失望地走了吧。他离开里昂了吗？我记得问了他住在哪家酒店。布里斯托尔酒店？罗斯福酒店？不，应该是维也纳酒店，它就在索恩河畔，古旧，但迷人。他可能还在那里。我现在就写封信，再为他详细讲讲母亲的故事如何？写完信，让一直尽心照顾我的克里斯汀帮忙送去酒店，对，就该这样。他会觉得这次来里昂是值得的，会把这封信带回故乡，当成宝物一生珍藏。我将在信纸上用红色铅笔画上一朵玫瑰，即便在我死后，他看到信也能想起母亲……不，还是画一朵更柔美的花吧。那个日本女人最后是那么虚弱，死亡的阴影摧毁了她的容颜，她却仍然像一朵凋零的花，保留着最后一丝孤独的美……

"刚才在美术馆，你觉不觉得有人在跟踪我们？"

参观完里昂美术馆，坐在特洛广场前的咖啡厅里，青木这样问三上。在那座改建自十七世纪修道院的展厅里参观雕塑和绘画时，在中庭参观罗丹的著名雕塑时，不，甚至在那之前，在收藏了全球织物的纺织博物馆里，在卡诺广场上，他始终觉得有双眼睛盯着自己。尤其是在里昂美术馆中庭欣赏罗丹的雕塑作品《亡灵》时，赤红的夕阳在历经岁月的铜质肌肤上流淌，他感到附近有人像观察雕塑一样直勾勾地盯着自己，那绝对不是错觉。环顾四周，跳入眼帘的却只有庭院里的树，一座座雕塑伫立其中，像一条条鬼影。

也许是雕塑的视线？不，绝对不是，分明有真人从背后盯着自己。罗丹的《亡灵》是地狱悲苦的结晶在人间转瞬即逝的投影，青木一边假装欣赏这件杰作，一边不着痕迹地观察四周，果然没有别人，但他确定，在树木和雕刻的阴影里，藏着一双野兽捕食般的眼睛——

"嗯？"三上不以为意，"是不是美术馆里的脚步声让您多心了？"

"有道理，大概是太累了，才会想些有的没的。"

青木看了看四周，夕阳又黯淡了些，在石板路面落下红色的残影。他们坐在咖啡馆的露天座位，旁边只有几对年轻小情侣，还有一个中年男人在看书。面前的广场和街道笼罩着暗红的纱，行人不多，也不像跟踪的，但建筑后面、窗户里面一定有人在暗中盯着这边。一片白杨树叶掉下来，被风吹到他们的桌上。

"老师，您准备什么时候回巴黎？"

"不知道，但也没打算在这里待很久。怎么了？"

"没什么。只是在想我也很久没去巴黎了，等里昂的工作结束，也可以去那儿走走。"

青木随口应了一声。残阳很快消失，阴郁的灰霭笼罩了大地，黑夜来了。无光的黄昏里，那道视线似乎愈加肆无忌惮起来。青木闭上眼，美术馆中庭夕阳的余晖照得他眼前一片红，罗丹的《亡灵》的黑影幽幽浮现，却并非雕塑，更像是暗中盯着自己的那个隐形监视者⋯⋯

——等等，亡灵？那绝不是亡灵，它是个活物，还握住了我的手，温暖地包裹我，就像在集中营的最后时刻一样。它才不是亡灵⋯⋯索菲被自己口中发出的声音惊醒，恢复了意识。

浓稠的黑暗黏在身上，她几乎不知道自己是醒是睡。黑暗从脆弱的皮肤渗进身体，想要吞没她的精神。

——我刚才在想什么？我刚才在想谁？青木？我给他写了信吗？没错，我写了。我记得克里斯汀用温柔的声音说："放心吧，我今晚就送到酒店给他。"今晚？现在是晚上吗？我到底在哪里？

黑暗从四面八方围困着我，不仅是黑暗，墙壁和门也将我禁锢。没关系，不用担心，我住在医院里，黑暗与墙壁都为保护我而存在。那个时代已经过去了，我在这家医院，在上帝与基督慈爱的庇护下平静生活了四十多年——不，真的是这样吗？还是我自己的一厢情愿？我仍然还在那个时代，在集中营里，正要奔向死亡的栏杆。前面还剩两个人，我是第三个。都说现实的一瞬间足以让人在梦中走完一生，所以这四十多年光阴都是南柯一梦，只是我为了逃避眼前的死亡，为自己编织的谎言……

黑暗中传来细微的声响，是冰冷的金属声。身体先于意识反应过来，她站起身。细细的光线在眼前切出一个四方形，门的影子一闪即逝，再次变回深沉的黑暗。

"是谁，是谁？"她问。

黑暗没有回应，但一定有人在那里，她清楚地感觉到一个人压抑着的呼吸。有人打开门走进了房间。

"到底是谁？"第三次发问时，黑暗动了。本该静止的黑暗活了过来，缓缓向她靠近。她不再问了，她知道是谁，这一天终于来了。

——我就知道有一天，那个女人会像这样推开铁门，来下达最后的命令。不是亡灵，她还活着，她伸出手来想握我的手，第三次了。和前两次一样，她的手还是那么温柔，前两次我都拒绝了。但这一次，我会主动回应她。我用力握住了她的手，松开时，我手里多出了一样东西，细长的……似乎是麻绳……我的耳朵充斥着她的命令。快点，还在磨蹭什么，快点！我知道这绳子是干什么的，我会亲手把它绕在脖子上，它会强有力地勒紧我的脖子。我不痛苦，也不觉得难受，我非常平静。我终于等到了这一刻。然而我的心脏几乎要炸裂，全身都在颤抖。最后的生命气息从喉头被挤压回去，在体内剧烈冲撞。

"快点，下一个，快点！"

是的，果然是我错了。我终于从四十多年的梦中解脱，意识到我正站在清晨的集中营，排队等待着死亡。还剩一个人……她已经起跑了。她的赤脚踢踏起泥浆，溅到我的腿上。重物倒下的声音，尖叫声，枪声。然后是笑声，地狱的哄笑。现在我看不见她了，坑洞吞没了她的尸体。士兵扶起倒地的栏杆。该我了，不能怕。那种栏杆我跳起来很轻松。但我浑身筛糠似的，像挂在悬崖边随时会坠落的岩石。心脏几乎要从嗓子眼里蹦出来。

"快点，下一个，快点！"我的生命还剩下三秒、二十米，再不起跑，可能当场就会被射杀。"快点，在干什么，快点！"那个女人抬高声音。那个女人……玛尔塔·里维……我迈开步，泥浆吞没我的脚；我起跑，冲向死亡的栏杆，冲向赤红的破晓。

晚上七点整，迈克·卡尔森敲响房门。青木离开窗边打开门，眼前是迈克的笑脸。"出发吧，我都饿坏了。"

青木摇头拒绝。

"抱歉，我很累，不想出门了。就在酒店餐厅随便吃点，早点休息吧。"

"是吗，那真遗憾，那可是全世界最棒的餐厅了。不过没关系，可以明天再去。"

迈克让青木先去酒店餐厅稍等，自己回房间去打电话取消预约。青木依言来到餐厅，等了五分钟，换好便服的迈克就出现了。

由于三上已经在特洛广场坐地铁回去了,没了翻译,用蹩脚的英语和迈克交谈顿时变得麻烦起来,青木疲惫得很,只想一个人快快吃完。没想到,他这个愿望竟然以一种出乎意料的方式实现了。就在两人落座,迈克打开菜单念叨着点菜的时候,穿正装的餐厅经理走过来,说有电话找迈克。

"失陪一下。"迈克笑着起身离开,一分钟后,他带着可怕的神情回来了。

"发生了意想不到的状况,"他难以置信地摇头,"她死了……自杀了。"

"谁?"青木脱口而出,仿佛一大桶冰水浇在心口,第一反应想到了——"爱尔莎吗?"

迈克否认道:"不,是索菲·克莱默,大约十五分钟前……医院刚来电话通知我。抱歉,我现在得再去趟医院。"

"需要我一起吗?"

"我一个人去就行,您不用担心,这跟您没关系。只是这样一来我们的计划就全乱了,我有点吃惊。"迈克紧咬嘴唇,又摇了摇头,"我会尽快赶回来,但也可能耽搁一阵。您先回房间休息吧。"快速交代完,他匆匆离开了餐厅。

迈克再回来已经是三个小时之后了。青木被一连串急促的敲门声惊醒,下意识看了一眼手表,十点二十分。晚餐的葡萄酒、离开日本三天来的疲劳掏空了体力,他都来不及对索菲的骤然离世有什么想法,穿着衣服就倒在床上睡着了,连灯都没关。

门口的迈克面色阴郁,青木从没见过他这副模样。分开不过短短三小时,他看上去竟然像通宵了好几夜一样疲惫不堪,黑眼圈重得吓人，清澈的蓝眼睛也蒙上一层阴霾。

"您坐一小时后那趟列车回巴黎吧，这是票。"迈克走进来坐到床边，从外套口袋里掏出火车票递给青木，"真对不起，在您这么疲倦的时候说这个。"

"我留在里昂有什么不方便的吗？"

迈克摇头，想笑一下，脸上的荫翳却让他笑不出来。

"只是以防万一。这件事会当成病逝处理，只有医院的部分人员、我和您知道她是自杀。不过，说是病逝也没错，索菲确实有精神疾病，病发自杀也说得通。我只是想尽快撇清您的来访和她死亡之间的联系，医院里已经有人将这两件事关联起来了。"

"真的有关吗？因为我来了，她才会死，是这样的吗？"

"确实，您的出现对她刺激很大。但即便这样，也是我们的责任，是我们强迫她想起了生命中不可承受的记忆，您是无辜的。不过，想想她脸上的幸福神情吧！是您点亮了她残酷人生的最后一点光明，不是吗？"

索菲似乎是在傍晚六点左右去世的。她曾在下午三点醒来并和护士有过短暂交谈，但眼神迷茫，说了些没头没尾的话就又睡了过去。五点钟左右护士查房时她还在睡，七点再来便发现了她的尸体，似乎是用病号服的腰带把自己吊死在了床边的帘杆上……

迈克解释完，又看了看表。

"请您回巴黎，也是因为在里昂已经没什么可做的了，我明天早上也要飞回柏林。我们筹备了两年的计划，现在全泡汤了——"

"这是不是意味着，你们已经不再需要我了？"

"不，绝无此事。关于寻找您母亲的事，我们确实必须放弃，您也该放弃了。但您仍然是我们非常重要的资料。"

青木没听懂"资料"这个单词，磕磕巴巴追问了三次。

"关于今天的体检结果，有件事我想请教您。相信您应该做过不止一次 X 光检查，医生对您说过些什么吗？"

青木摇了摇头。

"今天他们在您肺部附近发现了一个奇怪的阴影。一个小球，或圆环状的东西，大概这样。"迈克用手指画了个直径约一厘米的小圆，"看不出来是什么东西，医生认为可能与那次胸部手术有关，也可能就是为了把它植入您体内才做的手术。除此之外，您的身体没有发现任何异常。"

"关于那个手术疤，两位医生怎么说？"

"他们说，给新生儿做这么大的手术放在今天未必不可能，但在当时绝对是个奇迹。"

青木想起小时候，横滨的医生们投向这处疤痕的好奇目光。迈克又看了一次手表，起身作别。青木的英语本就一般，这几句谈话已经耗掉了将近十五分钟。

"最多两三天，我会从柏林给您在巴黎的酒店去电话。我公寓的电话号码您知道的，有事请直接打国际长途找我。"

迈克再次叮嘱青木赶快收拾行李去车站，说自己还要再赶回医院就先行离开。其实也没什么好收拾的，大件行李都还在巴黎，青木这次只带了一个小行李箱过来。

五分钟后，青木穿好外套正准备出门，又传来一阵敲门声。他还以为是迈克回来了，打开门却看见走廊上站着一个陌生的年轻女孩。她栗色的头发在脑后扎成一束，身穿朴素的灰外套，裹着条白围巾。

"是青木先生吗？"女孩问，从口袋里掏出一个方形信封，递了过来。

"这是索菲·克莱默托我带给您的，我本想早点送来，只是在市区还有点事要办，耽搁了一会儿。"

女孩自我介绍叫克里斯汀·穆尼埃，是医院里负责照顾索菲的护士。她的笑容亲切可人，在法国女孩中可以说相当难得。

青木皱起眉头问："索菲？她是什么时候把这个交给你的？"

女孩答得飞快，但"五点半"这个词青木听得很清晰。看来她是在五点半下班前先去了趟索菲的房间，被索菲拜托送信来着。

"那你可能还不知道她已经去世了吧？"

"去世？索菲去世了？"

青木点点头，女孩双手捂住下半张脸，难以置信地拼命摇头。

"怎么会这样？"

"我也不知道。"

女孩盯着青木愣了几秒钟，说："我得立刻回医院。"

两人一起坐电梯下到一楼。在电梯里他打开信封，里面有两张信纸，密密麻麻写满了字。事情并不简单——青木当机立断拜托女孩，如果医院里还没有其他人知道这封信的存在，那请她务必保守秘密。

"这是她留给我一个人的遗言，我不想和别人分享。"青木找了个自己都拿不准的理由解释道。女孩一脸困惑，还是答应了。

在酒店门口，他们幸运地打到两辆出租车。女孩乘第一辆离开，青木坐上第二辆，交代司机尽快开到帕尔、迪厄站。他手里捏着拆开的信封，奈何出租车里实在太暗，直到三十分钟后，他踩着点登上列车，列车发动之后，才找到机会开始读信。

二等车厢意外地拥挤，青木艰难地找到一个铺位，但旁边的乘客都在睡觉，灯也熄了。于是他放好行李箱，走到过道，斜倚在玻璃窗上看信。午夜的黑暗将他轻轻包裹。

信的开头是这样的：

"首先，我要为今早的冷淡道歉。你特地从日本赶来，我却只对你说了那么几句话，我感到非常愧疚。"

纸上字迹细弱，一看就是将死之人写就，字形却十分清晰。

"亲眼看到你的那一刻，我好好地向你表达相逢的喜悦了吗？感谢上帝，在我走完不幸的人生前，还能拥有这样一个奇迹般的美好时刻。当年的小宝宝已经长得这么大，真的好像做梦一样。你的面容、肩膀、手臂、胸膛，每一处线条，无不是上帝的慈爱双手在那天清澈的朝阳下精心雕琢的杰作。我这四十多年的生命毫无益处，但在你身上，却结出了丰硕的果实。愚蠢的我单单为了忘记那个时代才活到了今天，既没有记起过你，也没有设想过你会以什么样的方式成长。那一年，我把你托付给盟军时，你还太小，手臂细得像铅笔，看起来根本没有存活的希望。但是今天，从你高大的身躯中，我终于找回了属于我的四十多年和平时光。感谢上帝！是的，多么不可思议，即便在集中营经历了地狱般的一年，每天目睹无辜的人一个接一个被杀，看着焚尸炉烟囱喷出的黑烟遮天蔽日，我还是不曾背弃上帝。我想，上帝正是为了让你的生命开出壮美的花，才在那一个月里借用了我的手臂吧。最后那段日子，你的妈妈已经无法再抱你了，于是我怀着饱满的爱意，将你揽入怀中。当我小声哼唱摇篮曲时，你无论哭得多厉害，都会平静下来乖乖入睡。'睡吧，好孩子，靠在我和上帝的怀抱里；听那葡萄叶在夜风中簌簌作响，在你小小的眼睛里梦见明天的晨光……'那是我的故乡，德国南部一座小村庄流传的摇篮曲，你当然不会记得，但一想到它仍然在你高大的身躯深处回响，我就感到无上的幸福。"

读到这里，青木忽然感到背后有人。一阵悸动蹿过全身，回头一看，原来是乘务员，来检查车票的。他从兜里掏出车票，正要递给对方时，心脏又传来了一阵冰冷的悸动。

青木站的位置在过道中段，后方尽头的洗手间里刚好探出一个人影，一瞬间又慌忙缩了回去。直到乘务员走后，青木的视线一直没有离开那个洗手间。过了很久，洗手间里始终静悄悄，不像有人的样子。刚才的人影莫非是错觉？青木正要上前查看，又停住脚步。

忽然门响了一声，一个男人从洗手间里走了出来。他头也不回地朝后面的车厢走去，身影很快消失了。青木没能看见他的脸，只能从穿连帽大衣的背影、身高和头发长度推测是个年轻人，似乎只是来上厕所的。他走路的姿势很奇特，一边肩膀向下塌得厉害，很有点年轻人特立独行的派头，但也有可能只是灯光造成的错觉。青木不再多想，又将视线转回到信纸上。

"我应该再多聊聊你母亲的。心情好的时候，她会站在牢房的窗户边，眺望远方的森林。她母乳不足，我想把我的食物分给她，但她总是拒绝；后来大约是为了孩子考虑，还是接受了我一半的食物，为此一再跟我说对不起、对不起。每当有军官闯进来，她都吓得浑身发抖，试图用双臂保护你。你妈妈一直在担惊受怕，她怕一个我不想提名字的女军官会夺走你、害死你。事实上，那个女军官每天都会把刚出生的你带走好几个小时,你妈妈不知为此流下多少悲伤的泪水。你被送回来时总是哭得撕心裂肺,不知道遭受了些什么,你妈妈又会流下欢喜的重逢之泪——我很想更加详尽地写下这一切,可是很遗憾,我做不到。我现在头脑如此清晰,还知道自己是谁,已经非常难得了。我随时可能再度陷入混沌的黑暗,忘记自己是谁,甚至无法保证还能好好地写完这封信。听卢洛瓦医生说,你已经通过我的手稿和采访记录,知晓了我记忆中关于你妈妈的全部。所以在这里我只想写下,你的妈妈是个像洋娃娃一样漂亮、可爱的女人,头发乌黑,还有一双大大的黑眼睛,即便在最绝望的时刻,悲伤也不曾磨灭她的美。在集中营里,她只为你而活。生命的最后,深沉的悲伤击垮了她的神志,她就像现在的我一样,整日恍恍惚惚,连自己是谁都记不清,却从来没有忘记过你——

"对了,我写这封信的唯一初衷,其实是想告诉你一个名字。你的妈妈像洋娃娃一样总是紧闭双唇,寡言少语。偶尔心情好会说起日本的事,但从不会提起在日本做过什么,为何来到欧洲,也不谈自己的过去。我只听说她在柏林嫁给了一位犹太画家,夫妇俩一直参与地下抵抗运动直至被捕入狱。不过,在她精神还健全的时候,我听她提到过一个男人,据说住在柏林的贝尔克街,名叫尤里安·埃默里希。她预感到你们母子俩怕是没法一同出去了,于是拜托过我,如果有一天能重获自由,务必去拜访那个人。听说他是你爸爸的朋友,虽然是纳粹党员,却在暗地里救助过不少犹太人,就连你父母在被捕前也受过他不少照顾——愚蠢的我连你妈妈叫什么都忘记了,尤里安·埃默里希这个名字却像咒语一样,牢牢刻在了脑子里。战争结束后,我远离了柏林和德国,不知道那个人还在不在人世,即便在也可能不住在贝尔克街了。不过埃默里希这个姓很少见，如果他还活着，也可能还在柏林生活，这个名字可以成为找到他的线索，帮你了解更多关于你父母的过去。我一直没把这个名字告诉任何人，连医院的医生都不知道，只因为我想当面亲口告诉你。但是今天早上，我的意识又中断了，黑暗吞噬了那个名字。我不知道你能不能收到这封信，也许你已经因为我无礼的态度而离开了；但如果你收到了，我将把这个名字作为一个小小的礼物献给你，以感谢你早上带给我的幸福。我祈祷这封信能平安来到你身边，帮你找到那个人，了解更多你父母的故事。

"我已经精疲力竭，无法再写下去了。我很快就要死了，希望你回到日本后还能时常想起我，因为你是我人生唯一的寄托；也希望你永远珍惜你妈妈用生命换来的人生，活得幸福，再见了——又及，我还记得你妈妈的长相，真想把她画下来留给你。但我画不好，就画了一朵小花，每当看到她，我都会想起这种花。"

文字止于此，余白处画了一朵小红花。索菲·克莱默只留下这朵花和一个名字，就这样结束了她悲剧般的一生。这封信似乎是她决意赴死的遗书，然而她的死，这封信背后的意味，青木此刻都无暇多想。在酒店只睡了两小时，他疲惫不堪，只想马上躺回卧铺睡上一觉，却连移动脚步的力气都没有。窗外是通向巴黎的漫漫长夜，他叹息一声闭上眼睛，黑暗也随着列车震动声在他的眼皮下流淌，只有那朵小红花还带着一点暖意。母亲的面容与小花重叠，但不是实际见过的脸，而是画在肖像画里那张想象中的脸。索菲画得笨拙，他却立刻认出那正是自己选作肖像画题名的花——虞美人。这绝不是什么偶然。

青木再度感受到命运的力量，随着列车摇晃的身体似乎将被命运而不是列车带走。带去哪里？眼前一片混沌，只有这个答案亮如明镜——这趟命运之旅的终点不会是巴黎，而是柏林。

这一天来得出乎意料地快。返回巴黎的第二天傍晚，青木刚从巴黎警察局回到圣日耳曼大道的酒店，就接到了迈克从柏林打来的电话。

"我们已经放弃了寻找您母亲的计划，您也死心吧。现在我们在考虑下一步如何与您合作，您就在巴黎多放松几天，等我消息。"

青木问："我还有必要继续在巴黎逗留吗？如果没有，我明天就可以去柏林找你。"

迈克沉默片刻。

"您过来也好。事实上，我们对您胸部 X 光片上那个环形阴影很感兴趣，想做个手术看看那是什么，当然前提是征得您的同意，您不同意我们也不勉强。我也正想找您商量，但我在柏林也待不了太久，您如果方便，立刻动身是最好的。"

召唤青木去柏林的不仅仅是索菲遗书中提到的那位尤里安·埃默里希，更强的吸引来自另一个他不愿主动提起的名字。仿佛看穿了他的心思，迈克直接点破："我刚刚去东柏林看望了爱尔莎，她要我问候您。如果您能来一趟柏林，她也会很高兴的——我记得东西德两边的签证您都有吧？"

听青木说是，迈克便说会替他在西柏林的克莱因酒店订好房间，明天安顿下来再联络。

"克莱因酒店是吧？"

"对，这家酒店名气很大，出租车司机都知道的。"

挂断电话，青木立即通知前台帮他订明天下午飞柏林的机票，然后站到窗边。暮色暗沉，仿佛随时会下雨，人们在狭窄的小路上来来往往。回巴黎后他还是总感觉被人跟踪监视，但现在望下去，来往行人看起来都很正常，也没有警察。罗斯唐警长让他从里昂回来以后通知一声，于是他刚才顺道去了一趟警察局，和罗斯唐警长见了一面。警长似乎有别的案件缠身，对他的拜访显得有些不耐烦。

"我从里昂回来了，不过很快又要离开巴黎。"

"您想去哪里都可以，我们已经查清您和这起案件无关，上次的事还请见谅！"三两下打发完青木，警长就匆匆回自己办公室去了。

既然不是警察，那会是谁在跟踪——

青木关上窗户，躺在床上翻开那本讲第三帝国的书。在折磨人的法文中，他不知不觉进入梦乡，醒来时已经快晚上八点了。出门去拉丁区吃完晚饭，他又坐地铁来到圣但尼。湿气弥漫的夜色中，著名的石雕大门被蓝色灯光照得闪闪发亮。

青木揣着和第一天同样的目的来到这片巴黎最乱的地区。小巷里，小咖啡馆的墙边到处是浓妆艳抹的女人。他在人群里一时没找到前两天那个金发女郎，于是进店喝了杯红酒，十五分钟后出来，便见那女郎主动招呼他，显然还记得他。

女郎风情万种地冲他微笑，把香烟的雾气轻轻吹在他脸上，两人和上次一样去了女郎的公寓，在灰暗肮脏的房间里做爱。一想到再过两三天就能再次跟爱尔莎上床了，反而令他在巴黎的最后一夜难以压抑本能欲望。自挂断迈克的电话起，爱尔莎的名字就一直在他体内回响，他需要眼前女郎的一头金发来缓解饥渴。他比上次更热切地抚摸那头金发，手指却忽然停住。恍惚间，青木觉得这个假装陶醉的妓女面孔很像某个人。是爱尔莎？不——那是桂子？也不对。那么究竟是谁？青木说不好，但一定是个自己很熟悉的女性……仔细一看，她化着淡妆，脸蛋也很漂亮，看着确实很眼熟……

"怎么了？"听到她的声音，青木回过神来，小小的疑问很快被欲望之火吞没。一小时后他走出公寓，这个小插曲已经完全被他忘在脑后了。

天上开始落雨，淅淅沥沥在巴黎下了一整夜，直到第二天过午才停。青木正准备退房离开，阳光从云层缝隙中泻下，将残留在城市中的雨痕尽数烘干。青木打车前往戴高乐机场，两小时后离开了雨后闪闪发光的巴黎城。就在登机前的两小时里，又发生了两件事。

其一发生在办完登机手续后。彼时他在机场大厅闲逛，试图打发一个小时的空闲。

"青木老师——"突然有人叫住他，是个意外的面孔。"真巧啊，我刚从里昂飞过来，您呢？"先前在里昂担任翻译的三上笑着跟他打招呼。

"啊，我正准备去一趟柏林。"

"是去那里参观美术馆吗？"

"嗯，差不多吧。"青木不想多说，正要挥手告别，又被三上叫住。

三上似乎有话要说，又犹豫了一会儿，才仿佛下定决心似的开口："您有时间吗？有件事我一直觉得应当告诉您，那天没找到合适的机会说，本想着第二天见面再谈，却接到卡尔森先生的电话，说您有急事回巴黎了……啊，对您来说可能算不上重要，只是我自己一直很在意。"

青木想起那天离开医院时，三上欲言又止的样子。旁边就是咖啡厅，青木带三上进去坐下，点了咖啡。

"也不算什么大事……"说完开场白，三上进入正题，"那天索菲·克莱默发病后，我们在房间里等了十五分钟，卡尔森先生进来说给她打了镇静剂，她已经睡着了。您还记得吗？"

青木点头，三上继续说："后来他让我出去散散步，我就出去了，记得吧？我离开房间，本想坐电梯下到一楼，大约是按错了键，一不小心就到了三楼。我还以为是一楼就往外走，直到看见副院长办公室的门才意识到走错楼层了……刚想回电梯，就听见门里传来非常意外的声音……"

"谁的声音？"青木注视着三上的眼睛，缓缓问道。

"是索菲，绝对不会错。她疯狂地说个不停，声音非常激动。可卡尔森先生说的是她已经睡着了。"

"你是说，迈克·卡尔森对我们撒了谎？"

"是的。我担心您在某些事情上被卡尔森先生蒙骗了……一直很在意。"

青木不动声色地点起一支烟。

"我不认为他在撒谎，不过……"他停顿了一下，"我有点好奇，你有没有听清索菲说了些什么？"

三上苦笑一声。

"我也是好奇，在门口听了将近一分钟，直到有人过来才走——索菲的情绪很激动，说得又快又含糊，我听不太清楚，只听见她用很大的声音来回地喊'那是死亡（C'était mort）''她死了（Elle est morte）'还有'她还活着（Elle est vivante）'之类的话。不，应该说最初听起来是这样，但我很快就感到不对劲。如果是'那是死亡（C'était la mort）'，'死（mort）'这个字前面应该有个定冠词'la'，说'C'était la mort'才对——又听了一会儿，我怀疑她说的不是'mort'而是'Martha'……"

"Martha……玛尔塔？"

"对，像是个女人的名字。所以她是在喊'那是玛尔塔''她就是玛尔塔'这样……还有那句'她还活着'，我猜也是说那个叫玛尔塔的女人。"

"还有其他的吗？"

三上摇摇头说："没了。我看见有护士从别的房间出来，就赶紧离开了。"

"里面除了索菲，还有没有其他人在？"

"应该还有副院长和其他医生——我听见好几个男人小声说话，问她许多问题，她只管回答。"

青木无言地吸了几口烟，又换上笑脸。

"确实不是什么重要的事，不过还是谢谢你的关心。之后你还去过那家医院吗？"

三上继续摇头，看来还不知道索菲已经过世。青木也没有提，和三上随便聊了五分钟后看了看表，起身告辞。

两人在咖啡厅门口道别，青木心情复杂地走向登机口。"她还活着"，三上的话一直在他脑海中打转，逐渐与索菲沙哑的嗓音重合。初识爱尔莎的那个夜晚，录音带里的索菲也呐喊着同样的话。"她还活着"——爱尔莎和迈克试图引导青木相信"她"指的是他母亲，但如果事情真像三上说的那样，那个"她"其实是一个叫玛尔塔的女人呢？

玛尔塔·里维。她应该早就死了，全世界都相信她死了几十年了，但是万一——她实际上还活着呢？万一这件事只有索菲知道呢？

青木渐渐有点理解寻母闹剧背后的奥妙了。那一晚，爱尔莎巧妙地摆弄录音机，诱导青木相信"那个日本女人还活着"，以此骗他来了欧洲，试图打开索菲的心扉。是的，要青木亲自跑一趟的唯一目的，就是要打破索菲几十年的缄默，引她说出某些只有她知道的"二战"秘辛——当然，不是指青木生母的事。他们这些纳粹猎人才不要什么第二个安妮·弗兰克，他们的目标是更大的猎物，例如被认为早已死去的纳粹战犯，又如还活在世上的纳粹亡灵。

事实就这么简单，为什么先前没有意识到？录音带里，索菲总共只提到过两个女人：一个日本人，一个女战犯。既然"还活着"的那个并非日本女人，真相自不必说了。应该早点发现的，迈克明明亲口说过，那个女战犯是多么有价值的猎物——

青木停下脚步陷入沉思，一个始终走在他身后的男人超过了他。青木还在想，索菲显然知道些内幕，关于那个女人还活着的秘密……嗯？他忽然觉得那个背影有些眼熟。连帽大衣，身高，肩膀一高一低的奇怪姿势……不正是从里昂回巴黎的列车上，当着青木的面走出洗手间的那名青年？青年走得十分缓慢，看起来巴不得青木再次走到他前面去。搞不好他一直在跟踪青木，只是因为青木毫无预兆的停顿，才不得不硬着头皮走到了前面……

青木忽然明白了青年步伐怪异的原因——他的右腿似乎有点跛。

同一时刻，她一如往常欣赏着窗外的河景和桥底的凶案现场。雨过天晴，塞纳河像一条闪亮的金色项链，在巴黎雪白的肌肤上流动。那里曾有个蠢货在寒冷的夜里流干鲜血，今天却在和煦的春光下显得美丽动人。

没错，汉斯这个蠢货。"有人给我打电话，说知道我是玛尔塔·里维。汉斯，他甚至知道你的身份。"这么拙劣的借口他竟然也信，傻乎乎地跑到这种地方来。想一想，怎么可能有这种电话？这世上知道她真实身份的，分明只有汉斯一个人而已……

愚蠢的汉斯。脱口而出的低语被瓦格纳的旋律吞没。自打去过歌剧院，她便整天沉浸在瓦格纳的世界里，肆无忌惮地追忆和缅怀那个时代。缅怀？那真的已经是尘封的过去了吗？那真是个辉煌的时代，人们恣意痛饮血红的葡萄酒，无数声音汇聚成大河，高声欢呼同一个名字，一面面万字旗遮蔽长空……那个时代真的永不复返了吗？听说新纳粹势力在欧洲各地抬头，当中会不会诞生第二个救世主，站出来拯救这个腐朽的世界？窗外的世界人来人往，他们漫无目的地游荡，用生命的激情与理想换取所谓自由与和平；他们浑浑噩噩地度过每一天，害怕失去脆弱的和平，像细菌一样，只会在名为"和平"的温床里滋生繁殖。看啊，白色废墟一样的巴黎城，还有饱受东西分裂之苦的柏林，多么可笑的和平！多希望纳粹铁骑能再次踏平欧洲大地，赤红的党旗能取代廉价的白，重新飘扬在欧洲的天空！

其实每个人都在渴望统一，只是因为第二个希特勒还没降临，才假装不想要。多盼望那个人夭折的梦想能被继承下去，诞生出一个真正有能力建立世界帝国的人！当那个时代来临，我将抛弃余生，投身相助……我将不再怕死，重拾当年未竟之事业……是的，那时的我畏惧死亡，但现在不会了……我无所畏惧……等到瓦格纳的宏伟旋律吞没整个世界的那一天……

突然，瓦格纳中插入一个杂音。儿媳妮可突然推开门，说了些什么。

她笑了笑,调低音量。

"婆婆,有您的电话。"

"谁啊?"

"我也不知道。"妮可说。

"没关系,转进来吧。"

妮可关上门。她迟缓地挪到电话机前,肥胖的身体沉入沙发,拿起听筒。那头传来单调的"喂喂"声,下一刻——

"不!"她尖叫起来,"不,我不是!你是谁!"

听筒那头的男声用同样的语气重复了一遍刚才的话。

"不,不!"她几乎只会说这一句话了,整个身子瘫倒在柔软的沙发里,"我不是!我不是!"

突如其来的电话瞬间粉碎了她的幻想,将她拖入最深的地狱。这不可能,能打出这通电话的只有被她亲手杀死的汉斯!然而电话那头的声音不为所动,一直在重复同一句话:

"你就是玛尔塔·里维,是你杀了汉斯,我全都知道——"

第四章　第三个柏林

他轻松地迈过地上的白色国界线，这一步将他带离西柏林，来到东柏林境内。对柏林居民而言这一步事关生死，对他这种外国游客来说就只是平平无奇的一步路。

但这一步并不能赋予他在东柏林随意走动的自由。和他一起的旅客每十人一组，分别走进铁格子接受入境检查，他也和同伴一起进到小格子里，向面色冷峻的审查官递上护照。

"别紧张，很快就好。"同伴安慰他。

确实，格子门很快打开，审查官将护照依次还给所有人。唯独在还给他的时候，审查官停顿了一下，用审视的眼光打量他，用德语问他话。他听不懂德语，但从那冰冷的眼神猜出了审查官的疑问——他的长相和护照上的日本国籍不符。同伴用流利的德语替他做了解释，他这才成功拿回护照。

"他问我是不是真的日本人，对吧？"

在行李检查处接受简单搜身后，青木问同伴。同伴笑笑，"嗯"了一声。他可能向检察官解释了青木是混血儿，但没有说破。两人往前走了几步，青木忽然停下，回头望去。西柏林、国界线、专管外国人出入境的查理检查站以及柏林墙都在他们身后了。他们沿着西柏林的腓特烈大街走来，刚才从墙下面穿过，进入了东柏林。

"前面也叫腓特烈大街吗?"

尽管被检查站隔成两段,但街道本身仍然向前贯穿东柏林市区。

"当然,路是同一条。不过准确来说,从这里开始就是东柏林的腓特烈大街了。"同伴介绍道,"东边不太容易打到出租车,我们坐地铁吧。"

说完,他熟稔地迈开脚步。

仅仅一墙之隔,同一条街道显得空旷了很多。这座北方城市的冬天还没过去,太阳淡淡地挂在天上,按说和西柏林的天气也没什么区别,可东半边看着就是分外萧瑟,大概和路两旁灰蒙蒙的建筑也有关系。

地铁里,乘客的着装也了无生气。前排的老妇人裹着头巾,神情麻木地盯着他们看;坐在旁边的年轻人也是面色冷漠,跟老头儿似的。这时他才真正有种走在东柏林的感觉,想起爱尔莎那冰冷、深不可测的眼神,不愧是这样一座城市的产物。

六七站后下车来到地面,倒是比他想象中热闹。尽管不像西柏林那样高楼林立,不少建筑却比东京更现代化,车流汹涌不亚于自由国家的大城市。不过,这里的汽车大多走实用主义路线,建筑也几乎不做装饰,透着冷峻的气质。明明只是一墙之隔,氛围实在是天差地别。

同伴一边看地图,一边在人行道上走来走去,好不容易穿过马路,盯着街角建筑上的门牌号看了一会儿才继续向前。最终,他在一个拐角停下,宣布:"就是这里。"

面前是一家古董店,占据了这座砖瓦楼房的一楼。拐过弯是一条狭窄的巷子,两边是几座连栋的五六层小楼。也许是砖红色太过黯淡，又或者太阳正好被云层遮住，在地面投下了阴影，这地方看起来像个被时代抛弃的角落。"二战"期间，这一带确实躲过了盟军大轰炸，也难怪周边的房子看着像战前旧建了。

每栋楼都挂着小小的门牌，同伴一间间核对，最后在小巷尽头的一座楼前站住，再次说："就是这里。"入口是一扇沉重的铁门，冷冰冰的，一副拒人千里之外的样子。旁边有个日常用的四方小门，也关着，不过一推就打开了。他跟着同伴钻过小门走进去。

黑黢黢的短小通道似乎还残留着黑夜的寒气，前方通向一座石造中庭。中庭四周环绕着红砖墙和窗户，正中是一座背水瓶的天使群像石雕喷泉，看起来颇有年代，可惜水都干了。周围还有大理石长椅，一个女人坐在那里哄孩子玩。为避免引起误会，同伴带着和气的笑容走上前，主动和女人打招呼："Guten Tag．（日安。）"

两人用德语聊了几句，女人伸手指了指中庭对面的一个小入口。同伴道了谢，招呼青木过去。青木感到那个女人的视线一直停留在他们两个日本人身上。同伴从入口石阶爬上二楼，在紧挨右手边的一扇门前停下，小声说："就是这里，不会有错。"

发黑的木门上挂着姓名牌。

"我们是不是应该先打个电话？"同伴问。

"不无道理。"青木笑着从外套口袋里掏出一封信，"不过有埃勒尔特的介绍信，应该不至于吃闭门羹吧。"

他看了看表，下午一点二十七分。离开巴黎大约二十四小时后，青木在翻译山崎的陪同下来到索菲·克莱默在遗书中提到的贝尔克街,站在挂着"埃默里希"姓名牌的房门前。山崎按下门铃。

前几天傍晚到达西柏林,在指定酒店安顿下来后,青木做了两件事。

一是联系迈克·卡尔森。他打了两次电话都没人接,三十分钟后,迈克回了个电话过来。

"今晚我有急事,见不成了,明晚再见吧。到时介绍个人给您认识,有重要的事。白天的时间您随意安排,可以多逛逛柏林。"

"那我想明天下午去东柏林看一看。"

青木在入住时间过前台了,索菲说的那条贝尔克街在东柏林。

"是为了见爱尔莎?"迈克问。

"不,我一直想去东柏林国家美术馆看鲁本斯的画,这也是我来柏林的主要原因之一。"他早就想好了借口,又接了一句,"当然,如果能见到爱尔莎就更好了……"

"我们今天派人去东边找过爱尔莎了。得知您来了柏林,她非常高兴,迫不及待想见您,只是她从日本回来才两三天,目前还不方便,再等几天吧。不过,她给您写了封信,我明天带给您。"迈克的声音不无遗憾,"去东柏林的话,需要我安排翻译吗?那边和西柏林不一样,只能说德语。"

"不用,我有朋友在西柏林,可以帮忙的。"

电话那头安静了几秒。

"请不要跟那位朋友透露我们的关系,以及您来欧洲的真实原因。另外,您知道爱尔莎在东柏林的住址吧,明天过去尽量不要接近她家和大学。您得等我通知才能见爱尔莎，这几天我会想办法。千万不要把东柏林当普通城市看待，那里即便是普通游客也会受到严密监视，请务必记住。就连我们接触爱尔莎，也需要做好周全的准备。"迈克叮嘱道。

"我明白。"

约好第二天晚上六点半在酒店门口碰面后，青木结束通话，又打了一个国际长途去日本。青木曾听同校任职的一位副教授说他有个表兄十年前去了西柏林学作曲，深深爱上了那里，最后就这么定居下来了。青木没什么可以称兄道弟的人，唯独这位河森副教授对青木的画作评价甚高，一来二去两人就成了亲密好友。

日本这时候差不多是凌晨一点，接到电话时河森刚好还没睡。一听青木说想认识那位旅居柏林的表兄，他一口答应下来。

"好，我马上打电话给他。他叫山崎三郎，我让他给你住的酒店去电话。"

不到半小时，山崎的电话就来了，说他正好闲得慌，随时可以奉陪。两人迅速约好晚上见面，两小时后山崎出现在酒店，两人一起去了席勒剧院附近的一家地下餐厅吃晚饭。山崎有着和河森相似的深邃面容，虽然比青木还大上一岁，却由于长年在海外享受自在的单身生活，看上去反而年轻些。他说自己就在餐厅附近的艺术大学工作，每个月开一次东洋音乐课，平时就在家开儿童钢琴教室谋生。

青木不懂音乐，山崎却对绘画艺术了解颇深，也很欣赏青木。

"有件事，我从没对任何人提起过。"青木切入主题，避开与迈克·卡尔森的关联及索菲·克莱默这个名字,把自己生母有可能死于纳粹集中营、她被捕前似乎住在柏林、自己也可能出生于集中营的事大体讲述了一遍,解释说这次来柏林是想探访曾住在贝尔克街的一位纳粹党员,以了解母亲在柏林的经历。

"原来有这层缘由。"山崎感慨万千,"贝尔克街在东柏林吧。"

"是的。我不知道他是否还健在,是否还住在那里,也不知道具体地址。但我明天还是想去看看,你方便陪我一同跑一趟吗?"

"贝尔克街应该没有被战火波及,那个人如果还活着,说不定还没搬走——不过像你这种情况,还是通过日本大使馆查证更好。即便是日本人,在东柏林乱转找人也是有危险的——我经常去国家歌剧院,对东柏林的情况比较熟悉。"

听到尤里安·埃默里希这个名字时,山崎露出惊讶的神色。

"埃默里希这个姓可不多见,莫非是……"他似乎想起什么,打了声招呼匆匆离席。约莫过了十分钟,他回来了,高兴地对青木说:"不必麻烦大使馆了!我刚才给一个在东柏林国家歌剧院管弦乐团拉过小提琴的朋友打电话,他叫埃勒尔特·金克,我刚来柏林的时候,他也差不多刚翻墙偷渡到西边来。那个乐团有个叫彼得·埃默里希的大提琴手,我刚才问了金克,他说那个埃默里希就住在贝尔克街,而且是从父辈,也就是'二战'前就在那里了——"

"那人多大年纪?"

"四十五岁左右吧,这么看来他父亲或许就是你找的人,但金克说老头子已经去世了。"

"已经去世了?"

"嗯。不过彼得也许从他父亲那儿听说过什么，明天一起去拜访看看吧。金克去过他家，知道详细地址，也愿意写介绍信。只可惜他是叛逃者身份，没办法陪我们一起去了。"山崎说。

于是就在今天中午十二点半，也就是一个小时前，山崎带着金克的介绍信出现在酒店。

木门打开，探出一张四十岁左右女人的脸，下巴尖瘦，以欧洲人来说她的脸相当扁平。山崎递上介绍信，她看完，冷冷地瞥了青木一眼，便消失在屋里。半掩的门里传出大提琴的声音，不一会儿乐声戛然而止，那女人回来将两人请进门，穿过昏暗的走廊来到尽头的房间。

房里，褪色的地毯和家具无不渗透着岁月的痕迹，墙上挂满贝多芬、德沃夏克等历代音乐家肖像，窗边桌上堆着厚厚一沓乐谱。透过灰蒙蒙的窗玻璃，细小的尘埃在阳光下飞舞。一个男人放下大提琴，从乐谱架前站起身来。他和青木等人年纪相仿，头顶却已经秃了，厚重的毛衣显得他身材臃肿，肉鼓鼓的脸上架着金属框眼镜。他和青木他们握手，镜片后的双眼审视着这两名不速之客。

即便老人已经离世，青木也坚信自己能从他儿子口中问出点什么。他并不认为昨晚轻易从山崎处得知埃默里希的身份只是巧合，一定是已故的索菲在冥冥之中操纵着命运之线，将自己和埃默里希之子连接到一起，他必然也能从此人口中问出关于母亲的故事——

他很快发现自己想错了。

山崎问他父亲是不是叫尤里安·埃默里希，大提琴手说是。但当山崎把青木的故事转述一遍，问他父亲是否提起过一位日本女人时，对方语调严肃地否认了。

"家父去世时我才十岁。我虽然在'二战'期间出生，但根本不知道他当时在做什么。"说到这里，彼得·埃默里希忽然露出明显的不悦，"我练琴才刚练进了状态，不好意思。"

他站起来，言下之意是送客。像是他妻子的女人站在门边，也用冰冷的眼神催促他们离开。山崎脚下没动，仍然不死心。

"令堂应该还健在吧？她会不会知道些什么？"

"家母身体欠佳，不能见客。"

"听说令尊当年虽然是纳粹党员，却救助了许多犹太人。"

"都说了我什么都不知道！"不悦变成愤怒，埃默里希重重摇头，一句多余的都不肯说。

"青木特意从日本过来拜访您。"

"他怎样与我无关！"

最后的对话都没翻译完，两人就被轰了出来。等到重新站在小巷里，青木才得知他们的交谈内容。

"真遗憾。他那么固执，恐怕难以说服，我看还是通过大使馆施加压力比较好。不过……"山崎感慨到一半，忽然改口，"不，没什么。"

青木大致知道山崎在想什么。彼得·埃默里希的无礼态度和突然的暴怒很不合常理，他越否认，青木反而越觉得他在隐瞒什么事情。但他们也不能把埃默里希怎么样，只能再找别的路子。

走回大街上，两人停下脚步。

山崎提议："时间还早，不如我带你转转吧。"青木却走神了，没接话。先前没注意，这会儿他才看见古董店灰扑扑的橱窗里摆着几幅画，以及水壶、花瓶等颇有年代的艺术品，顿时有点挪不动目光。

不过,他注意的其实并不是画本身,而是画框。每副画框都是精雕细琢,本身就像艺术品,看起来也不古老,式样和埃默里希家里挂的音乐家肖像的画框非常相似,或许他就是在这里买的——

"要进去看看吗?里面好像也卖画材。"山崎注意到青木的视线,朝里面张望了几眼。青木却拒绝了。

"倒不如带我去国家美术馆看看,还有大学——"他想了想补充道,"大学从外面看看就好。"

晚上六点半,青木离开酒店,来到约好的街角。一分钟后,一辆蓝色沃尔沃在浓厚暮色的掩护下开到他面前停住,迈克从车窗探出头,抬手示意他上车。青木一坐好,车立刻开动起来。

不同于在里昂分别时那副丧气模样,眼前的迈克又恢复了往日的神采。他先是表达了重逢的喜悦,又为昨天没能赴约而道歉,最后问青木觉得东柏林怎么样。

"确实是座沉闷的城市,"青木敷衍道,试图转移话题,"美术馆的画倒是比想象中更出色一些。"

"您可以说日语没关系,我来翻译。"驾驶座忽然传来一句日语,驾驶员回头瞥了一眼后座的青木。是个日本人。

"敝姓西冈,在这里的一家日企工作,也为他们提供协助。具体情况我都知道,请您放心地畅所欲言。"自我介绍完,他又叮嘱道,"但请不要告诉任何人我们曾在这里见过。"

他再次回身点头致意。他看起来三十多岁,一看便是干贸易的,留着小胡子,显得他的脸更有东洋味儿了。

"我们要去哪里?"

"有个人要介绍给您认识,应该很快就到了。"

这时迈克忽然用英语插话,打断了两个日本人的交谈。

"西柏林和东京、纽约几乎没区别吧?我在这里经常有种还在纽约的错觉,叫它'小纽约'也不为过。"

车窗外,小纽约的夜景在商业街的霓虹灯、公园的围栏、立满高楼大厦的街区和黑黢黢的树林之间流转,幻化出千姿百态。叫青木来说,这里不像东京、纽约那么吵闹,连霓虹灯光都显得清澈许多,有种欧洲特有的典雅气息。也许是靠近北极圈的关系,眼下才六点半,夜色就已经很浓了,但天空也不是纯黑,仔细看,其实是厚重的深蓝。天边还残留着一点黄昏的苍蓝余韵,唯有夜色渐渐沉淀下来。

"昨天机场的事,也给您添了不少麻烦吧?"西冈开口问,"早上有人放了炸弹,炸伤了好几个人。"

"想起来了,难怪入关安检特别严格,行李也查得非常细。我还以为柏林本来就是这样呢。"

"听说是新纳粹组织的人干的。"

"他们活动这么频繁?"

"是啊,不光是那帮新纳粹青年,有的极右翼组织也经常搞出暴力事件。昨天的爆炸案很可能是哪个被我们忽视的几人小组织干的。"

开到河对岸后,车子像走迷宫一样左拐右拐,最后停在一栋像火柴盒一样又薄又高的现代建筑前。白天见识过东柏林后,眼前这座楼确实宣示着自由世界的文化自信,楼体开着无数面窗。青木下车跟着两人坐上电梯,五分钟后走进一个房间。室内虽然不如外面看着那么宽敞,但也跟日本酒店的皇室套房差不多大,房里铺设着天鹅绒地毯,摆放着红色沙发,将大楼的冷峻感消解了不少。

几个人刚进屋，一扇内门打开，里面走出一位穿睡袍的老人，一头鹤发，满脸皱纹，看起来至少七十岁了。他一见到青木就伸手表示欢迎，用沙哑的声音打招呼："欢迎二位，今天我身体有些不舒服，穿得随意了些，还请多包涵。"

"这位是霍尔斯特·贡塔尔先生。"西冈替他介绍。

老人身材矮小，个子只到青木肩膀。但一坐到青木对面的单人皮椅子上，他的仪态一瞬间高大起来，威严的坐姿让人想不到他只是个矮子。他用德语对坐在青木旁边的西冈说了几句话，西冈转脸看向青木。

"贡塔尔先生曾经在东德国家民主党担任要职，十五年前退休，之后仍然在政坛幕后发挥重要作用，几年前开始和我们有了合作。尽管隔墙联络非常困难，但出于共同的理想，他始终在以各种方式暗中支持我们。对了，他在'二战'期间虽是纳粹党员，却一直不遗余力地援助犹太人和政治犯。"

青木微微皱眉。

"您怎么了？"西冈敏锐地问。

青木嘴上说没什么，心里对"救助犹太人的纳粹党员"留了个心眼。

"始于前年春天的这个计划也离不开贡塔尔先生的帮助。就像刚才和您说的，新纳粹青年的激进行为引发了当下的不安，也唤醒了人们对战争年代的记忆。不仅如此，原纳粹分子至今还盘踞在社会的各个角落，做着复兴第三帝国的美梦。好在新老纳粹旗号背后的理念天差地别，双方勾结的可能性不大……但就在两三年前，原纳粹的要员开始拉拢其中一些年轻人，试图壮大自己的力量，这方面卡尔森应该和您大致说过……事实上,不光西柏林出现了这种苗头,东边也有,当然,规模上要小一些。毕竟东德属于社会主义阵营,法西斯主义在那里是碰不得的红线,很多活动不可能太高调。您知道的,多少有些纳粹分子在战后通过各种途径,在东德政坛占据了一席之地,那些暗中活动的人挖出贡塔尔先生曾入过纳粹党的黑历史,企图拉拢他为己所用。先生深以那段经历为耻,战后也已洗心革面,成了东德政坛的大人物。他当然严辞拒绝,随后就受到要挟,说如果不合作就揭露他的过去。后来,他们见先生态度坚决,就决定除掉这个障碍。所以去年年末,先生冒着极大风险,孤注一掷翻墙来到了西边。本来按他的地位,完全可以有更安全的方式离开,奈何那时他已经受到了严密监视,这才不得已而为之。好在最后有惊无险,现在,他已经是我们组织的重要核心了。"

西冈翻译完,转向贡塔尔先生点点头。贡塔尔开始说话。

"我的情况您已经知道了。今天请您来,一是想对您的无私帮助表达谢意,二是向您道歉——您当然不知道自己以什么方式帮助了我们,我这就来说明。不过在此之前,我得先为一个弥天大谎向您道歉。"

西冈说完,一直像保镖一样站立在贡塔尔身侧的迈克立即接上:"这部分我来说吧。"他转向青木,"我们在某种意义上欺骗了您,才使您来到欧洲。您对此可能一无所知。"

青木听完西冈的翻译,摇了摇头:"是说我母亲的事吧。"

迈克眼神一凛。

"我一开始就知道了,索菲在采访时说'还活着'的另有其人。"

"那您莫非也知道她指的是玛尔塔·里维?"迈克很惊讶。

青木点点头，没说是昨天离开巴黎前才得知的。迈克和贡塔尔对视一眼，贡塔尔笑了起来："原来我们才是被骗的那一方。"

迈克附和道："早知如此，当日索菲说那个日本女人早已不在的时候，我也没必要演得那么吃惊了。那我们就开诚布公吧。索菲知道玛尔塔还活着，我们想知道这件事的细节，麻烦的是，索菲对那段记忆和玛尔塔的名字产生了抵触反应。不仅如此，她似乎被那段记忆和玛尔塔还活着的事实压垮了，心理状态极其脆弱，随时可能自杀。我们必须设法给她希望，好问出玛尔塔的信息。

"索菲很思念那个生在集中营的婴儿，所以我们和她约定，如果能帮她找到那个孩子并安排见面，她就把玛尔塔的信息都说出来——于是那天在里昂，我们成功让她开了口。当然，骗您的原因不止于此，我们也很需要您。一旦逮捕玛尔塔·里维，您将成为揭露她罪行的关键证人，所以无论如何都需要您前来欧洲。因此，在为荒谬谎言道歉的同时，我们也要感谢您。多亏了您，我们才能得知这样一个大战犯居然活到了现在，并知道了她当前的化名和住址。"

"那玛尔塔·里维怎么样了？"青木问。

迈克看了看手表，说："就在刚才，她应该已经被我们在巴黎的人逮捕了。"

青木也看了眼手表，六点五十二分。巴黎和柏林没有时差，也是这个时间。

六点五十二分。距离昨天电话里说的七点只剩下八分钟了。

"那就明天晚上七点吧。给你最后一天时间，你应该也想跟四十多年的幸福生活好好道个别。别想逃，你家已经被我们完全监视了。七点的时候出来,去你杀害汉斯的地方。敢不出来,我们就进去抓人,到时候你的家人可能也会有点麻烦。明晚七点,别忘了。"

电话那头无视她的抗议,自顾自说完就挂断了。放下电话,她一秒钟都没有犹豫,立刻决定逃跑,抛弃现在的生活,但走到窗口向下一看,公寓门口当真多了两个素未谋面的男人。她悄悄打开家门,从门缝里偷看走廊,电梯旁边果然也站了个人。

电话里说"我们",应该是民间的猎杀纳粹组织或者摩萨德,无论哪一方,背后势力都很大。他们必定做好了将她逼入绝路的准备,逃脱的可能性为零。意识到这一点,她又做出了另一个决定,没有犹豫,在关门的一秒间想得明明白白。然后她开始想,明明已经除掉了最后一个人证,他们怎么会知道"铁钉玛尔塔"还活着?想了四分钟毫无头绪,她干脆放弃。她讨厌把时间浪费在注定没有结果的思考上。自那一刻算起,她和往常一样平静地度过了将近三十个小时,夜里睡得很安稳,下午还一直听瓦格纳。

还剩五分钟——

她在桌前写下一封短信:"我出远门了,千万不要找我,无论发生什么也不要为我伤心。能和你们成为一家人,我非常幸福。"

匆匆写完,她在末尾签下用了四十多年的那个名字,夹在妮可最喜欢的一本席勒的书中,放到桌上。再过两个小时,带孩子去朋友家玩的妮可一回来就能看到。然后她穿上外套,取出藏在珠宝盒里的手枪装进衣袋,三分钟后走出房间。其间她什么也没想,在四十多年自由时光的最后三分钟里,她唯一做的事情就是抽了一支烟。

七点零二分，青木和迈克、西冈一起走出房间。临别时，贡塔尔说："相信我们很快就能再见面。"他没有握手，而是用双臂紧紧拥抱青木比他足足大上两圈的身体，用德语说了句什么，又重复了一遍。也不知西冈是不是没听见，他并没有翻译出来。

他们启动车子，准备离开大楼时，迈克开口提议："如果您还没吃晚饭，不如一起吧。我相信您还有很多问题想问。"

她走下通往塞纳河岸的最后几级台阶。从公寓出来后，她一次也没有回头，但她知道后面有几个人在跟踪她。来到二月底杀害汉斯的现场时，他们跳出来将她围住，像一只黑鸟突然张开巨翅将她吞没一样。黑暗中，他们的脸模糊不清。也许那一天在汉斯眼里，她的脸也是这样隐没在黑影中吧？不同的是，今天巴黎的夜晚弥漫着温柔的香气，预示春天已然到来。

"都别动。"她掏出口袋里的手枪，抵在自己的太阳穴上。她很清楚这件事最终将如何解决，也知道在这一刻突然到来时，她该如何结束生命。不过准确说来，她刚想把手枪抵上太阳穴，枪口碰到皮肤前的一瞬间，三条黑影已经扑了上来，分别按住她的身体、手臂和手。

她用尽全身力气反抗，这是她这一生头一回试图反抗什么人。她一直都是主宰生命的人，但现在，她不得不屈服于这几个人的力量，将生命交给他人操控。被制住后，她满怀憎恶地朝面前个子最高的男人吐了一口唾沫。男人不为所动，好整以暇地弯腰捡起从她手中滑落的手枪，开口说道："我们不会让你轻易死了的，玛尔塔·里维。"

车子在酒店附近停下,几人走进一间餐吧。第一道菜上桌时,青木问:"抓到玛尔塔·里维之后,你们打算怎么处置她?"

这家店年轻人居多,周围放着嘈杂的摇滚乐,三人坐在最里面的一张桌子。吧台边几个朋克青年在闲聊,黑色的奇装异服让青木窥见了这座城市夜晚的另一面。其中一个青年身上挂着链条,胳膊上还别着纳粹十字臂章。迈克冷冷瞥了臂章一眼,制止西冈回答青木的问题,用德语开口。在贡塔尔那里他说的也是德语,连青木都听出他的德语和母语者无异,只是这种语言听起来就很军事化,配上迈克的纯美式相貌,显得很不搭。

"当然是交给国际警察,让她接受审判。"迈克回答,"但在那之前,有些问题要找她问清楚,尤其是关于您小时候那场手术,以及植入您体内的球形物体到底是什么……"

西冈翻译完,又自己补充道:"我明天公司午休时间有空,希望您能再去医院检查一次,做个 X 光。"

"至于是否要再次开胸,我们得先听听玛尔塔的回答。"迈克又说,"索菲是怎么知道玛尔塔还活着的,您当然也很感兴趣吧?"

青木点头。

"事情要从两年前的一月说起。"第二道菜上桌,迈克感慨着陷入回忆。

"两年前的一月,索菲所在的医院迎来一个妇女慈善团体的慰问,她们捐了大笔善款,还带来了衣物和点心。那只是几位巴黎的医生太太组成的小团体,创始人是前任院长的夫人,年纪已经很大了。当这位老夫人和索菲亲切攀谈,伸手碰触索菲交叠在胸前的双手时,索菲立刻认出了她。索菲在录音里说过,玛尔塔离开集中营前曾请求和她握手,记得吧?索菲说她一辈子都忘不了当时玛尔塔的指甲形状。"

"指甲?"

"对。玛尔塔有着非常特殊的倒三角形指甲。四十年后,以慈善家身份来访的玛尔塔早已不复当年的长相,她成了一个肥婆,连个头看着都变高了。脸和声音当然也都不同,只有指甲的形状能将今日的慈善家和四十年前的玛尔塔·里维联系起来。慈善可能只是她的掩护,这次却暴露了她的伪装。索菲注意到她的指甲,仔细打量她,果然在她和蔼的微笑、肥胖的脸颊、凹进去的小眼睛和孩子一样可爱的声线中,找出了一点点玛尔塔的影子。将近一分钟时间里,索菲异常冷静,恐慌在那之后才袭来。她很想对外曝光自己掌握的真相,但也害怕玛尔塔活到现在就是为了杀她,甚至担心这次慈善访问也是出于这一目的。理智上她知道这很荒谬,但仍然无法控制早已千疮百孔的心灵带给她的这种恐惧。所以她决定先写下自己在集中营的遭遇,寄给出版社,试图引起外界的一点关注。"

迈克的组织有幸获得了这份手稿。起初他们只对里面提到的婴儿感兴趣,但在那次采访的最后,索菲语出惊人:"玛尔塔·里维还活着,我有确凿证据!"当然,组织当时怀疑这句话不过是谎言或妄想产物,索菲却说:"这当然是真的,我为什么要编造这种谎言?"然后详细描述了玛尔塔如今的身材容貌。组织对她的话产生了信任,至少认为这个可能性值得一试。但当他们追问玛尔塔·里维现在的名字、住所和职业时,她却又陷入突如其来的恐慌里去了。

"之后的事,您也都知道了。"迈克就讲述到这里,"索菲的精神问题浪费了我们两年时间,但这也无可奈何,只有经历过那个时代和集中营的人才能理解索菲的痛苦。再说这两年里，我们也确实找到了您。"

他重重叹了口气。

"索菲的突然自杀是我们的巨大损失，您该不会认为我的慌乱全都是装的吧。玛尔塔·里维一旦受审，索菲本可以成为最关键的证人；而您那时只是个婴儿，虽然也是重要证据吧，却没法提供证词。"

迈克这才拿起刀叉吃起土豆和香肠，问青木还有没有别的疑问。青木摇摇头。这番话消除了他和迈克之间存在的一个谎言隔阂。有那么一瞬间，他差点要说出索菲最后的那封信，转念一想那封信并没有什么特别，提了也没用，还是打消了念头。

饭后咖啡端上来后，青木点燃一支烟，西冈去了洗手间，迈克像是想起什么，从衣袋里掏出一个小小的白信封。

"爱尔莎托我转交给您的信。"

青木接过信收入外套内兜，轻描淡写地问："喔，我还有一个问题——我想知道你和爱尔莎的关系，特别是你对她的看法。"

话一出口，一种强烈的情绪突然刺中青木，如同利刃划过他的全身。下一刻，他用冰冷的目光审视着迈克。

迈克显然被这个出乎意料的问题难住了。他摸出一支烟却没有点燃，只是无意识地掰断火柴棍，一根、两根、三根……这似乎是他陷入沉思时的习惯，青木在横滨和里昂都见过。迈克沉吟许久，直到一盒火柴都断得差不多了才又开口。

"这问题就这么难回答吗？"

"不，"迈克笑了，"我只是在考虑怎样说才不致引起误会。我担心即便说实话您也不会相信——但有一点可以明确地说，她现在唯一爱的就是您。我和她之间不管有过什么，那都是过去的事了，至少对我来说纯粹是生意。"

迈克用最后一根火柴点燃了香烟。

"我把组织里的工作看成一种生意，当然不是卖饮料那种，应该说是我毕生的事业。和她的关系也仅仅出于工作需要。同样，我称呼您'资料'或'证据'什么的，也是出于这个原因，还请原谅。"

迈克说到这里，西冈回来了。三人走出餐厅，青木忽然对迈克说："我住的酒店离这儿不远，陪我走一会儿吧。"迈克犹豫了一下，同意了。

"那我就先回去了，明天中午十二点半，老地方见。"西冈说完，一个人驱车离去。

"要跟我说什么？"还没走两步，迈克就忍不住发问。

"先走，别说话。"青木简单地回答。时值四月，柏林的夜晚依旧寒冷，吹过的风也比东京来得清澈，将夜色中的霓虹灯凝结成彩色的冰晶。再往前，霓虹灯逐渐被宁静昏暗的高楼取代。爱尔莎的信揣在青木怀中，像一团燃烧的火焰，刹那间的激情之火顽固地在他心中留下一星火光，青木只得承认那就是嫉妒——是的，他嫉妒身边这个美国青年，只是一直不愿面对现实。但就在刚才，他终于问出一直梗在心头的话时，嫉妒像决堤的潮水一样淹没青木，让他感到一阵剧痛。迈克和爱尔莎都否认了当下的关系，但青木并不相信，即便信了，他也不可能拥有爱尔莎的过去。他想要爱尔莎的一切，她的过去、现在与未来。但只要这个男人还在，他就不能如愿。两人默默地行走在夜风中，青木甚至觉得自己来柏林就是为了与这个男人决斗。两人之间的谎言虽已消除，但只要自己还爱着爱尔莎，他们之间迟早会竖起比柏林墙更高的隔阂。找茬一样的嫉妒也证明了青木是多么渴望爱尔莎。从意识到无法马上见到爱尔莎的瞬间起，尽管来柏林还不到一天，对爱尔莎的渴望却已经超乎想象，每分每秒都在折磨着他。邂逅爱尔莎以来，他时常觉得自己像换了个人，他从未想过原来自己心中也会燃起这么强烈的爱与嫉妒。等等，真的是这样吗？事实上他的内心一直沉睡着这份激情，只是不愿意相信——

"千万不要回头。"青木小声警告迈克，"好像有人在跟踪我们。"

迈克脚下一顿，赶紧调整步伐跟上青木。确实，自从走到安静处，背后就始终有另一个人的脚步声，节奏有些杂乱，像是拖着一条腿——

"从里昂那两天起，就一直有个年轻人在跟踪我，昨天在飞机上也是……他右腿似乎受了伤。你有印象吗？"

"完全不认识，"迈克回答，"但我们确实被跟踪了。"

"我还以为是你们的人，看来不是。"

"是因为这个才叫我一起走的吗？"

青木点点头。过了十字路口，对面就是酒店了。

"就在酒店门口告别吧，我看看他会不会继续跟着我。"穿过最后一个红绿灯，迈克提议。

一分钟后，两人在酒店旋转门前淡定地握手告别。又过了一分钟，青木在上升的电梯里打开爱尔莎的信，时隔三个月再次见到的非常熟悉的生硬日文字迹写道："老师，我不敢相信，与你分别才不到一周。回国那天，我有生以来第一次那么痛恨柏林墙的存在。我应该放弃组织、放弃祖国，留在日本与你一起生活，因为现在你就是我的一切。但我又想，我们很快就能见面了,请静候佳音。我也在盼望能早一日、早一时见到你的机会。E。"

青木说得没错,的确有一串脚步声在十米开外执着地跟着他。与青木分开后,迈克·卡尔森穿过酒店门口的马路,拐进冷清的楼房区。青木回了酒店,看来跟踪者选择了跟紧另一个美国人。不,也许对方自始至终就是冲着自己来的。从什么时候开始的?很可能四天前从柏林出发去里昂时就已经被盯上了。跟踪者一定是在尾随过程中发现他在里昂与一个日本人有接触,对那个日本人起了兴趣,才转而从里昂跟到巴黎,又跟回了柏林。连绵的路灯将迈克的影子切成许多形状复杂的碎片,这一刻,这片街区深深地隐入夜的静寂,仿佛掉进了异世界。偶尔有几串车灯扫过,高楼上黑洞洞的窗口对着街道,像一双双死者的眼睛。

前面有个十字路口,拐角处是一家银行。迈克迅速拐进银行和隔壁建筑之间狭窄的小巷,身体贴住银行外墙。跟踪的脚步声在银行拐角处停了下来,似乎为突然跟丢了人感到诧异。迈克藏身的地方距离拐角都不到十米。三十秒过去了,周遭只听得见车辆驶过的声音,迈克屏气凝神,一动不动,夜风吹在静止的身体上,比走路时感觉更加冰冷刺骨。脚步声缓缓接近,步履十分谨慎的样子,似乎在怀疑迈克是否已经识破跟踪,找地方躲起来了。

巷口的路灯在银行外墙投下阴影,刚好为迈克提供了藏身处。跟踪者的影子滑过人行道,停了下来。那人站在逆光下,面孔漆黑,像蒙了一层黑纱。他在朝里面张望,两人的脸相隔甚至不到半米。迈克屏住呼吸,就在外面那张脸再次贴近,试图往深处窥视时,迈克猛地扑上去,双臂狠狠钳住对方的肩膀。电光石火间,对方似乎还没反应过来发生了什么,便发出吃痛的呻吟。下一秒钟,跟踪者果断选择了逃跑而不是正面对抗。那是个身材相当高大的年轻人,但迈克比他还高十厘米,更何况他还拖着一条伤腿,退避是明智之举。然而迈克并不给对方逃离的机会,他一把揪住对方,反手摁在墙上。对方全力反抗,迈克不得不冲脸给了两记拳头。他没用太大力气,但那人还是被揍得左右摇晃。趁这个机会,迈克将对方拖到路灯下面,看清了那头灰蒙蒙的金发。那人瞪着疼痛的双眼,抬起脸与迈克对视,眼中满是恨意,嘴唇也在流血。对比去年在爱尔莎家楼梯上错身而过的时候,这张脸变得似乎愈加稚嫩了。

"你是——布鲁诺·豪森?"

年轻人还想跑,挣扎着想摆脱迈克的钳制。

"别急着逃跑,我也一直想找机会跟你好好谈谈!当然,是关于爱尔莎的事——"

一小时后,在迈克·卡尔森位于贝罗斯特街的公寓里,布鲁诺用毛巾按着受伤的嘴唇。他一言不发,像个行使沉默权的罪犯,任那个夺走爱尔莎的男人在那儿滔滔不绝。然而进屋后的十分钟里,卡尔森也只是反复问着同样的问题:"你为什么跟踪我?这四天来,你都知道了些什么?——是你自己一个人想这么干的吗?"

很不幸,布鲁诺太快地肯定了最后这个问题,卡尔森立刻补了一个新问题。

"到底是谁指使你的?从柏林到里昂,到巴黎,再回到柏林,你一个人怎么可能有这么大的动作。"

卡尔森的怀疑是可以理解的。四天前离开柏林时，布鲁诺给赫尔卡打了电话，谎称自己已经放弃了爱尔莎，要去西柏林的姑妈家住一段时间，聊聊未来的打算。赫尔卡肯定如实告知了这个美国人。卡尔森面带微笑，但从他一直掰着火柴的手指可以看出，布鲁诺固执的沉默令他十分恼火。布鲁诺早已有了心理准备，决心无论受到何种严刑拷打也不开口，比起爱尔莎和美国佬带给他的痛苦，嘴唇上那点伤又算得了什么。对于这两个人的背叛，他唯一的报复只有紧锁双唇，用无言的目光传达他的仇恨。卡尔森抿了一口威士忌。布鲁诺面前也放了一杯，尽管渴得嗓子要冒火，肚子也饿得咕咕叫，但眼前琥珀色的酒在他看来仿佛掺了毒一样混浊，他根本没有心情喝。

"我答应过会告诉你爱尔莎的事。"掰完所有火柴，迈克突然转移了话题，"如果告诉你，我有办法让你见到爱尔莎，你会回答我之前的问题吗？"

"什么办法？让她翻墙逃到这边来？"

见布鲁诺终于开口，迈克满意地笑了，说道："不，是送你去见她。"

布鲁诺还在渗血的嘴唇挤出一个微弱的苦笑。

"你是觉得这不可能？"

"不然呢？你们骗了我，引诱我冲破围墙逃到这边来。如果我现在回到东柏林，马上就会进监狱。还是说，你要让我再冒一次生命危险，翻墙回东边去？"

在布鲁诺听来，卡尔森为了撬开自己的嘴，根本就是在胡说八道。

"不，是走正规途径，没有任何危险。用这种方法，你可以轻易过去见到爱尔莎，然后再回来。"

"怎么可能？如果真有那么简单的法子，为什么去年年底还要我帮忙，用那么危险的方式带贡塔尔逃亡？"

卡尔森用带笑的眼神盯着布鲁诺看了几秒钟。

"我就知道。你背后果然有人，否则怎么会知道贡塔尔和我有关系？到底是谁告诉你的？"

自知失言的布鲁诺找不到掩饰的话，索性闭上嘴，决心再也不多说一个字。好在卡尔森对贡塔尔的事也没有再追问的意思。

"你能否再见到爱尔莎，取决于愿不愿意相信我的话。"他意味深长地补充道，"你不愿意相信也可以理解。就在这里，其实还存在着独立于东西方的第三个柏林。当然，只有我们的人才知道这件事——"

布鲁诺完全听不懂他在说什么。

"这跟你刚才说的，能轻松穿越柏林墙的方法有什么关系？"

迈克·卡尔森缓缓地点头，神情看上去充满信心。

"对了，你还记得爱尔莎在东柏林的家吗？"

布鲁诺当然记得，怎么可能忘记。贴着黄色花纹墙纸的墙壁，只看得见天空和隔壁楼房水泥墙的窗户，和爱尔莎眼睛同色的水蓝色窗帘，木床，桌上有一盏旧台灯，曾经还摆了一张布鲁诺的照片。

卡尔森严肃地注视着布鲁诺的眼睛，笑容渐渐在他脸上展开，然后说："我说的第三个柏林，就是爱尔莎的家。"

他拧开水龙头，正准备往浴缸里放热水时，电话响了。是山崎打来的。

"明晚东柏林国家歌剧院有瓦格纳的音乐会，想去吗？有朋友突然去不了了,给了我两张票。"

青木想了一下,接受了邀请。管弦乐团里说不准就有埃默里希,一想到爱尔莎也可能出现在歌剧院,他更加动心了。毕竟今天又要挨过一个没有爱尔莎的夜,青木不愿错过哪怕一点点可能性。

两人约好明天下午三点酒店见,青木正要挂断电话时,忽然想起一件事。"我有一个问题。在德语里,'Sohn'是不是儿子的意思?"

"是的。"

"这个词有没有可能用在非亲子关系的两个人之间?例如在英语中,一个老人可能会称呼非亲非故的年轻人为'my son'以示慈爱。"

"德语也有这种情况,'mein Sohn'。怎么了?"

"没什么。"

青木挂断电话。确实也没什么。只是三小时前离开霍尔斯特·贡塔尔的房间时,那位矮个子老人抱着他连说了两遍的某句话让他有点在意。连读的两三个词中,他只听清了"Sohn"这个单词。确切来讲,贡塔尔说的句子比"mein Sohn"更长一点,但青木仍然感到对方是在称呼自己为"我的儿子"。Mein Sohn, mein Sohn……不,应该没什么特别的含义。老人的年纪确实够当青木的父亲了,他大概也会这样称呼迈克和西冈吧。青木叹了口气,想起浴室里还在放热水,便放下了电话。

布鲁诺最终还是屈服于爱尔莎的名字。他不知道美国人所说"第三个柏林"是什么意思,卡尔森却高深莫测地说:"等你再去一次她家,见到她时就知道了。"

布鲁诺决定赌一把。这很可能是卑鄙的美国佬为哄骗他开口而设下的陷阱，但如果真有机会再见爱尔莎一次，是陷阱他也甘之若饴。见到爱尔莎后，他要做的只有一件事，他已下定决心，为此连命都可以不要。决心？为了爱尔莎，他已经下过多少次决心？第一次见到爱尔莎的那天，他决心一定要娶她；爱尔莎离他而去时，他决心不惜性命也要越过柏林墙；五天前得知爱尔莎的背叛时，他为了复仇，决心和那个鹰钩鼻犹太人埃迪联手；而现在，他又想为了爱尔莎而背叛埃迪·约书亚。他先是听信爱尔莎的谎言，白白翻墙当了偷渡犯，今天却又被一番明显是陷阱的话鼓动，想要重新翻墙回到东柏林。这就如同柏林城的经历一样荒谬——很久以前，这座城市为一个疯子而狂热，在他的疯狂中沦丧，最终还没来得及复兴就落了个一分为二的下场。在追寻那个女孩的旅途中，布鲁诺感到自己和柏林城一样迷失了方向。爱尔莎——除了这个名字，他这愚蠢又无用的生命已经什么都不剩了。

"什么时候安排我们见面？"布鲁诺问。

卡尔森缓缓点了点头，然后说："当然，现在还不行，不过——我保证，一周内让你见到她。"

他的眼神和语气都是那么笃定，布鲁诺一瞬间几乎觉得这个美国佬值得信任了。布鲁诺抓起面前的酒一饮而尽，说："你认识一个叫埃迪·约书亚的犹太人吧？但你可能不知道，他现在就在柏林——当然，是来刺探你的消息的。"

美国人的脸上飞速掠过一道阴影，像一阵灰色的风。埃迪？那个犹太人？我倾尽余生致力于拯救的犹太人？他竟然算计我？心中有如狂风过境，脸上猝不及防显出一丝狼狈，他慌忙摆出一副无动于衷的样子。接下来的十五分钟，过去几天发生的事不断从布鲁诺结了黑痂的嘴唇里吐露出来。原来，布鲁诺代替埃迪一路跟踪迈克到里昂，通过国际电话向西柏林的埃迪报告说迈克和一个可疑的日本人有接触，随后又奉命跟踪那个日本人去了巴黎。不过布鲁诺并不知道他们俩在抵达里昂的第二天开车去过医院的事。那一天他乘出租车试图尾随他们，但那条路太过显眼，他怕被发现，只得返回迈克等人下榻的酒店，两小时后继续跟踪单独回来的两名日本人。因此，他对索菲的死和玛尔塔·里维的信息一无所知。至于那个日本人，布鲁诺只在酒店前台问到他姓青木，但布鲁诺和埃迪都不知道迈克为什么会和这个混血日本人有交集。

"关于那个青木，有些事我必须告诉你。"静静听布鲁诺说完，迈克走到窗边——当然，并没有拉开那条蓝色窗帘。刚刚从布鲁诺口中得知，埃迪总是从正对面楼房的一扇窗户里偷偷监视这里。迈克意识到他正处于两件幸运之中：一是这扇窗户正对着楼房的背面，二是布鲁诺正坐在离窗户最远的椅子上，他简直要感谢他根本不信的那位上帝了。这意味着监视者并不知道他把布鲁诺带进了房间，也看不出房间里有两个人，只能看见迈克一个人的影子投在窗帘上。隔着窗帘，迈克几乎要看见埃迪那双胆怯的小山羊眼睛了。天哪，那个犹太人，那个我毕生立志拯救的犹太族群一员，居然算计我？迈克背对着布鲁诺，开口说："你或许因为爱尔莎而憎恨我，但我现在的境遇和你是一样的。爱尔莎为了我而抛弃了你，这是事实；但她也同样为了青木而抛弃了我。现在，爱尔莎爱的不是你，也不是我，而是那个日本人。"

拉开窗帘，柏林的夜空在眼前展开。在这片目光无法尽收的蓝色苍穹下,整座城市就像沉睡在湖底的古都,城里的灯光则成了散落的化石碎片。这片夜空将整个欧洲拥入怀抱,将洗完热水澡还穿着白色浴袍站在窗边的青木和巴黎的玛尔塔·里维、东柏林的爱尔莎联系在一起;也只有这片夜空,才能将涅槃重生的荣光之城柏林,与那个早已成为历史的"二战"废墟联系在一起。身后,热水被吸入浴缸塞孔的声音在青木耳边回响,仿佛化作一道呢喃,不停地说着:Mein Sohn, mein Sohn……

第二天下午两点,青木随西冈去完医院回来,一到酒店立刻冲了个澡。那里严格来说也不算医院,而是一家私人诊所,就开在动物园后面的一栋老楼里。诊室里充斥着乙醚的味道,他感觉五脏六腑都要被这股味道泡透了。

洗完澡后,青木对着浴室镜子看了看自己的上半身。这次检查依然没发现任何异常,但那位穿着脏兮兮白大褂的老医生给他看了一张 X 光片,显示他的右肺附近确实有一个小小的球状异物,看起来像个圆环,尺寸很容易叫人联想到戒指。胶片上,它的影像比迈克描述得还要清晰,而胸口肉眼可见的手术疤痕却已经很淡了。青木用手指轻轻抚摸这道十字伤疤,他们到底在他体内植入了什么?淡淡的灰色十字架背后又隐藏着什么?水蒸气爬上镜面,模糊了胸前的十字架——就在这时,门铃响了。

青木穿好浴袍打开门,是酒店的服务生。他匆匆用德语说了什么,递过来一只浅棕色信封,似乎是有人送到前台的。青木接过信封,给了服务生两马克小费,关上房门后立刻拆开。同样浅棕色的信纸上写的德语他是一个字都看不懂,但还是认出了末尾的签名——埃默里希。

三点整，山崎准时按响门铃。青木把信拿给山崎看，山崎显得有些惊讶。"是埃默里希的太太写来的，她希望你今天或明天下午四点能再过去一趟。埃默里希的母亲似乎认识你打听的那位日本女性，愿意和你讲一讲。"

"她亲自从东柏林跑过来送信？"

"不是，信上说有朋友今天来西柏林探亲，就托他带来了——幸好昨天把酒店名字告诉了他们，我们现在出门，四点钟准能到。你有伞吗？"

青木点头。因为要去歌剧院，山崎今天一身正装打扮，还带了一把伞。今天一大早天就阴沉沉的，这会儿终于开始下雨了。

"下雨了，今天就坐电车过去吧。"山崎提议。十分钟后，两人在酒店附近的车站上车，照例坐了五站，在腓特烈大街站下了车。

"这里已经是东柏林了。"

中途电车过了一次墙，青木注意到了，但电车竟然可以如此轻易地进入东边仍然令他诧异。他知道，在任何一个检查站从西入东都不算难，但如果像这样，只要坐个电车就能从东边轻松逃往西边……那就不对劲了。

"不不，事情没那么简单。"山崎指了指沿站台修建的混凝土墙，解释道。

这堵墙将车站一分为二，只有这一侧站台属于西柏林，完全是个孤岛。东柏林的站台在墙壁另一侧，想过去则必须通过极其严格的检查。有点刺激，山崎评价道。灰蒙蒙的雨水还带着冬日气息，淅淅沥沥落在被水泥墙切成两半的世界里。他们乘坐的电车还将继续向前行驶，最终再次越过国界线回到西柏林，当然，途中不会再停靠任何站。腓特烈大街站是西柏林电车和地铁在东柏林境内唯一的停靠站。柏林墙建起来之后，原来的铁路线也不可能全部重建，所以才会变成这样，西柏林的三条电车、两条地铁会在东柏林境内跑上一小段区间。

山崎说得没错，穿过将车站一分为二的高墙时，通道两边站满了铁刺网一样的卫兵，眼神严厉，冷冽的枪口指向每一个旅客。但两人和昨天一样轻松通过了检查，踏上因下雨而显得愈加昏暗的东柏林街头。夜色和冷雨让这座城市看上去比昨天更加压抑沉闷。

又坐了三十分钟地铁，两人比信里指定的四点钟提前了五分钟到达目的地，并按下门铃。青木站在同一扇门前，揣着和昨天同样的心思：这一切果然是索菲显灵，她在冥冥之中继续庇护着当年的婴儿，试图为他讲述其生母的故事——

门开了，还是埃默里希那位面无表情的妻子，她将两人让进客厅。

"婆婆正在里屋休息，我带你们去见她。"说完，她为丈夫昨天的无礼态度道歉，"我丈夫很讨厌他的父亲，我也没什么办法，只能趁他不在的时候悄悄请你们过来，正好他今明两天在歌剧院有演出。所以，今天的事请千万不要外传。"

山崎表示今晚他们也要去歌剧院。埃默里希太太羡慕地说："那可真棒。我也想去，但我婆婆从去年年底就一直病着，家里不能没有人。"看来这位面色冷淡的女主人实际上是个善良的人。昨天两人离开后，她偷偷告诉了婆婆事情经过，见老太太对那位日本女人印象深刻，她便托朋友给青木带了信。

"不过，婆婆说有件事得提前讲清楚。关于您的母亲，您可能会听到一些难以接受的事情。您有这个心理准备吗？"

山崎翻译完后,青木缓缓点了点头。

"那就好。"她站起身,目光扫过墙上的音乐家肖像,仿佛突然想起了什么,"我丈夫彼得之所以从事音乐事业,部分初衷也是为了反抗他父亲。我公公热爱绘画,也曾经希望将彼得培养成画家。看这些画框,以前装的都是我公公的画作。"

"这些框的式样,和街角那家店里卖的很像啊。"青木说。

"那是当然。都是彼得的祖父亲手做的,原本还有很多,但彼得只留了墙上这几个,其余都卖给那家店了。啊,您也是画家,那可以去转转,让店主带您看看里屋的画。那里有不少画都相当有意思。"埃默里希太太回答。

青木觉得这番话似乎别有深意,但这会儿着实没空琢磨。埃默里希太太打开里屋的门,招呼他们去见老太太。即便站在门外,他也能感受到这个房间已经迎来黑夜了,黑暗中,只有一盏老式落地灯还在孤零零放出微弱的光芒。

"请进吧。"

青木迟疑了一下,下定决心踏进彼得·埃默里希老母亲的房间,准备揭开那个尘封了半辈子的谜——

两小时后,东柏林国家歌剧院。序曲悄然响起,俄而旋律逐渐高昂,如同掀起汹涌的波涛。帷幕徐徐拉升,蔚蓝的微光铺满舞台,将羽翼伸向无边无际的世界。据山崎介绍,歌剧第一幕是从莱茵河的水底展开的,这首序曲表现的正是波涛的意象。一位少女扮演水仙女,在水中巡游、歌唱,接着是另一位少女、第三位少女……莱茵三仙女悉数登上舞台。

青木和山崎坐在二楼靠中间的位置。舞台和观众席充满厚重的华丽感,与这部波澜壮阔的人神史诗相得益彰。这座剧院看起来刚翻修不久，其厚重与华丽给人一种不同于巴黎歌剧院老派风格的现代感，但仍然兼具德国式的硬朗，形成一种别具特色的新风格。社会主义国家似乎普遍对传统艺术情有独钟，为之挥金如土，苏联就是这样；而作为巴赫、莫扎特、贝多芬、瓦格纳等一众音乐巨匠的故乡，德国更是不例外。

然而，青木对豪华的剧院、舞台上即将上演的宏大史诗并没有多少想法。唯一勾起他兴趣的只有眼前这部《莱茵的黄金》，它也是四部曲巨著《尼伯龙根的指环》的第一部。但青木向来对音乐一窍不通，就连这些知识都是他们落座后，到管弦乐团就位前的半小时内，听山崎介绍才知道的。认识爱尔莎之前的四十多年里，他的一腔热情只献给绘画；音乐则会干扰他的视觉，是一种十分可恶的艺术形式，他总是充耳不闻。他对瓦格纳知之甚少，今晚才头一次知道《尼伯龙根的指环》是《莱茵的黄金》《女武神》《齐格弗里德》《诸神的黄昏》四部歌剧的总和，要用四个晚上才演得完。今明两晚，国家歌剧院将分别上演其中的《莱茵的黄金》和《诸神的黄昏》两部。

"这是个很复杂的故事，涉及许多天神、凡人、巨人和侏儒，几句话讲不清楚。概括来说，讲的是神与凡人争夺一枚魔戒的故事。只有弃绝爱者方能造出那枚魔戒，而得到它的人将获得无上的权力。为了将它据为己有，诸神与凡人纷纷陷入了永恒不绝的混乱斗争。今天的《莱茵的黄金》就是第一部，讲一个侏儒从莱茵河的仙女那里得知了锻造魔戒的秘密，并企图偷走黄金……"

魔戒？那个阴影，那个沉睡在我体内的小环，莫非也是一种魔戒？舞台上，侏儒与三位仙女对唱斗歌，接着阳光刺穿蓝色的夜幕，一道金光闪过，仿佛高高的岩石后面还藏着另一个太阳，看来，那就是锻造魔戒的黄金了。

庄严的序曲过后，瓦格纳的宏大旋律如怒涛席卷，青木有生以来第一次感受到音乐的震撼，听得如痴如醉。他的脑中也正经历着一场风暴。他想到魔戒，还有两小时前从彼得·埃默里希的老母亲那里听到的往事——她的身体太过肥胖，还有心脏病，只能躺着和他交谈。

"我衷心希望即将谈到的那位日本女士并不是你的母亲，因为她曾经在柏林做过一份可耻的营生。"

青木表示他不管听到什么都能接受。她定睛注视了他片刻，似乎终于下定决心，说道："她为了在柏林生存下去，曾经给一个纳粹党员当情妇——

"我们都叫她朱莉[①]。真名我已经忘了，她说自己出生在七月，而且朱莉与日语里一种花的名字读音相像，就让我们这样叫。四十多年了，我一直记得很清楚，她还说日本的七月非常炎热，柏林完全比不了。她是在战争爆发前一年来的柏林，做日本大使的秘书。她德语说得非常好，嗓音像少女一样，样子也很年轻，像十六七岁的小姑娘。她的眼睛很美，像大颗的黑珍珠。但她娇小身躯和可爱脸蛋的下面却蕴藏着惊人的热情。刚来柏林不久，她就爱上了一位同在大使馆工作的日本青年，我记得他姓岛村。岛村就住在我们楼下，和我们夫妇关系很好，就是他介绍朱莉和我们认识的。我们常在他家里见到她，他们俩也经常一起来我们家。那段日子应该是他们最幸福的时光吧，每天都带着玫瑰色的光环……不仅对他们，对德国、对我们，也都是最美好的时代。但光环终究还是黯淡了。一年之后，德

[①] Juli，德语意为七月。

军入侵波兰,'二战'爆发的那一天,岛村在家举枪自杀,鲜血喷得满床都是……楼里的邻居听到枪声,纷纷赶到他家,只见他倒在收音机旁边,里面还在播报开战的新闻……他没有留遗书,不知道自杀原因,但毕竟是大使馆的人,大家都觉得他的死与开战有关。但我后来感到了不对劲……因为朱莉很快就搬进了岛村那间公寓,我这才知道,他其实是因为她而死的。

"当时,她还穿着问我借的丧服,就已经把一个纳粹军官带回了家。依我看,大约也带上了染过岛村鲜血的那张床吧。她泪眼婆娑地对我说:'我决定了,要永远留在德国陪伴长眠的岛村,一辈子怀念他,不让他孤单。所以,我不得不接受某位德国人的援助。'当时她已经辞掉了大使馆的工作,也拿到了德国的永久居留权。但我至今忘不了,在那之后没过几天,她就脱下丧服,穿上那个军官买的漂亮礼服,出门赴晚宴去了。也就是那一天,我忽然意识到她对我撒了谎。坐上军官汽车的那一刻,她那身奢华的天蓝色礼服把柏林的夜空装点得璀璨夺目……拖着长长的红丝带的帽子,华丽的三层珍珠项链……她浑身散发着幸福的光芒,显得那么美丽动人,哪还有一点失去挚爱的悲伤阴影呢。于是我明白,她是为了这些华服美饰背叛了岛村,才导致他寻了短见;她决定在柏林长住,也是舍不得放弃这种奢侈的生活。那名军官后来也经常过来接她,她每次穿出门的漂亮裙子都不一样。"

老太太眼中闪过一丝轻蔑与厌恶,但她很快摇摇头,将这些阴暗情绪甩到脑后。

"不过她性格开朗,十分讨人喜欢,所以我也假装相信她的谎言,一直对她不错。更何况,她在短短六年后就以极其痛苦的方式偿还了曾经犯下的错。你知道吧?就在战争结束前两个月,她被送进了集中营。"

青木点点头,病床上的老太太深深地叹了口气。"真可怜,她果然就是你的母亲!你那时候已经在她肚子里了……"

"但是,我听说她嫁给了一个从事抵抗运动的犹太人,因此被盖世太保逮捕了。"

"据我所知,她与那个军官的关系持续了六年,我不清楚他的具体职位,只知道他一直驻扎柏林,没有上过前线。"

战事一天比一天激烈,德军开始节节败退。她怀了孕,强迫那名军官和她结婚,但他其实早有妻儿,自然无法接受。他劝她堕胎,她却执意要生下来。后面的事就显而易见了,他不再为这个外国女人的美貌神魂颠倒,开始嫌她碍事了,最后找了个由头,就说她和某个抵抗组织的犹太人有来往,让盖世太保把她抓了起来——

"那个犹太人伪装成德国人,也住在这栋楼里,但他并不是朱莉肚子里那孩子的父亲。他在朱莉怀孕的半年前就入了狱,恐怕早就死在哪个集中营的毒气室里了。"

"那……我其实是那个军官的……"

对青木的疑问,老太太只是怜悯地望着他,沉默了很久。

"我不知道。岛村死后,她还在那间屋里接待过其他男人。那个犹太人应该也找过她一次,还有其他军人、陌生的年轻人……她跟那名军官纯粹是金钱关系,和其他人嘛……"老太太无奈地摇了摇头,"我不想再揭这些伤疤了。"

她的表情因痛苦而扭曲,不一会儿,她又摇了摇头。

"也许是我误会她了。我并不想伤害你,或许她并没有对我说谎,而是真的忘不了岛村。因为那些进出她家的年轻人每个都和岛村长得有些相似……腹中孩子的父亲恐怕也是他们中的一个,而她谎称是那个军官的孩子。我只能说,孩子的父亲一定是个德国人……盖世太保来抓她的那个早上,我不知道她是什么模样,穿着什么衣服。整栋楼的人都大门紧锁,生怕被人知道和她有往来,我也不例外。我只隔着门听见楼下有脚步声,随后就下楼了。她安静的脚步声和盖世太保冰冷的脚步声交织在一起,渐渐地越走越远……两个月后,柏林就沦陷了,战争也结束了。"

老太太说她只知道这么多,建议青木回国找一找当年日本驻柏林大使馆的人,应该能获得更多关于她的信息。

"如果我的话伤害了你,就当我在编故事吧,毕竟我也无法确定那些事情的真伪。"她又补充了一句。

青木摇摇头,表示感谢。他不觉得受伤,冷静地听完整个故事后,他想,自己也真够无情的。四十年来对母亲的完美幻想被无情打破,他却并没有产生多少情绪波动。反而是之后的一件小事,真正叫他有点崩溃。

"给他看看那张照片。"

病榻上的老太太指示儿媳从抽屉中取出一张泛黄的老照片,递给青木。不会错了,他认出了照片里女人的脸与身上穿的和服。跨年那天的深夜,爱尔莎在东京酒店里给他看的肖像画——也就是高尔之子获救时和破旧衣物一同裹在身上的那幅,画中的女主人公也长着同样的脸,穿着同样的和服。紧接着——

"这就是那个军官?"山崎看了看,指着站在日本女人身边的男人询问道。

"不,那是我丈夫。"病床上的老太太回答。

比起那个日本女人,旁边的男人更加吸引青木的注意。他的个头只比女人高一点点,在欧洲人中算是很矮了。矮小的身材和长相看起来非常眼熟——和青木认识的某个人十分相似……

"您丈夫也是军人吗？"

"不是，但他是纳粹党员。"

"我听说他一直在暗中救助犹太人……"

一瞬间，老太太的双眼仿佛冒出仇恨的火花，她没有正面回答青木的问题。

"但想救朱莉是不可能的。我丈夫当时还年轻，救不了那些被盖世太保抓走的人。"

这不是青木想听到的，这种事无关紧要。他只想知道一件事。

"我听说他……已经去世了，但实际上还活着，对吗？"青木直截了当地问。

老太太的眼神和表情瞬间一滞。

"你、你凭什么这么说？"她的声音在发抖。

"因为我最近见过一位老人，长相酷似您的丈夫。"

这下，不仅老太太皱巴巴的脸上神色紧张，连年轻的女主人也明显慌乱起来。老太太拼命摇头否认，但最终还是认命似的点了点头。

"战后第八年，他抛弃了我们母子，离开了家。不，应该说是我们抛弃了他。我们彼此理念差异太大，关于未来人生的理念……"

她的语气充满苦涩。刚才提到朱莉和许多男人来往的事情时也是这样，非常抗拒讲述那些残酷的往事。也许所谓"残酷"指的并非是对青木，而是对她自己而言……她为什么会这么想？拍摄那张照片时，她丈夫也还非常年轻……

"您丈夫离开之后就换了个名字，没错吧？"

她点点头,这是她最后一次表露态度。

"我们……我和儿子……都当他已经死了。但他的事跟你母亲毫无关系,我也再没有什么好说的了。"

真的毫无关系吗?但青木也没有再追问。老太太开始痛苦起来,小埃默里希太太连忙说:"对不起,请你们在客厅稍等片刻。"

青木和山崎在客厅坐了一会儿,小埃默里希太太走出来和他们道歉。

"婆婆情绪好些了,但今天还是到此为止吧。关于战争期间的事,其实我也是一无所知。"

青木大方答应了。四十多年前,疑似自己生母的女人多次造访的这间屋子里,他感兴趣的还剩最后一件事——

"能否让我欣赏一下老先生的画作?"

女主人摇摇头道:"全都没了,不过之前说的那家店或许还留了一些,我公公所有的画作都连画框一起卖给他们了。"

青木二人告辞离开。四十多年前,一位日本女子曾在这古旧的石头楼梯上留下了最后的足迹。下楼时,山崎忽然问道:"你看到了吗?老太太床旁边的壁炉架上,摆着一枚纳粹十字勋章。"

青木摇摇头。

"它端端正正地摆在鲜红色的天鹅绒上——他们母子俩很可能仍然是纳粹信徒。德国现在还有人在怀念第三帝国,做帝国复活的美梦呢。你问她丈夫是否暗中援助过犹太人时,瞧她那可怕的眼神!还说与丈夫理念不同而分了手,没准她才是战后还迷信纳粹的那个。德国战败、纳粹覆灭,反而使一部分爱国者比战时更加痴迷纳粹主义了。"

连满脸皱纹都掩饰不住老太太的严厉神情无疑给这番话增加了可信度,但青木不在乎。她的丈夫在战时身为纳粹分子却暗中帮助犹太人——这与他刚刚结识的那位人物的经历似乎完全一致。这一刻,青木脑中的冷静还没有消失殆尽,而当他在街角那家店看到一幅画时,才真正感到挨了当头一棒。

正如橱窗给人的印象,店里摆满了各式陶器、人偶、钢铁刀剑、彩色玻璃做的灯和杯子,到处是年代久远的古董。也卖画具,那些调色板和笔洗似乎也都是老物件,上面落满了灰。墙上挂着几幅名家画作的复制品。店主是个大腹便便的老头,一头灰扑扑的白发,脸上的皱纹像陶器的龟裂,他坐在一堆老物件里,仿佛自己也是一件大号的古董。

"有没有尤里安·埃默里希的画?"

山崎如实翻译青木的问题,老头原本写满戒备的双眼一下子热情起来。

"有,有,这边请。"

两人跟着店主穿过隔帘。里屋布置得像个小型画廊,朴素的墙上挂着二十来幅画,其中甚至有荷尔拜因的画作和罗特列克的小幅素描,还是真迹。

"您认识埃默里希先生?"

"是的,我刚去拜访过他的儿子。"

"这些都是我的私人收藏,不卖的。有名家之作,也有像埃默里希先生这类无名画家的作品,但每一幅我都非常喜爱。"

山崎翻译着店主的话。罗特列克的素描旁边挂着一幅画,山崎比青木更早注意到它,脸上顿时是掩饰不住的惊讶。

"哎呀,真让我吃惊,我还以为是你画的呢。"

山崎的误会情有可原,那幅画的笔触和色彩风格都与青木的作品如出一辙，连青木本人都差点错认。店主报出作者的名字，山崎吃惊地瞪大双眼，难以置信地翻译了出来。那个名字仿佛从世界尽头飘进青木耳中一样，远得可怕；那幅画也以一种摄人心魄的力量，死死攫住了青木的视线……

歌剧院中，笼罩着观众席的黑暗化作音乐与歌声的洪流。瓦格纳的壮丽乐章将所有观众卷入其中，仿佛要冲破歌剧院的穹顶，流向柏林的夜空。乐声震撼着青木的耳膜，怒涛般涌入青木的身体。舞台上，一个男人和三位少女开启了争论，尖锐的歌声此起彼伏。然而青木完全没心思看演出，音乐的洪流几乎将他冲垮，他的脑海正经历着一场狂风暴雨，一幅画在他眼前挥之不去。

那是一幅莱茵河风光图，河面上架着一座堡垒般的巨大石桥。画幅没有五号那么大，乍一看就像普通的风景画，只要有点功底的人都画得出来，青木却从细腻精准的线条中清楚窥见了画家被埋没的伟大才华，只因为那些笔触与他自己的简直如出一辙。同样的线条令青木享誉画坛，却让这位艺术家默默无闻了一辈子，实在令人遗憾。

青木年轻时画过塞纳河上的桥。那幅画早就转给了其他人，但这一瞬间它仿佛又回到了他面前。尽管知道今天这幅画出自他人之手，青木却不由自主地想，自己笔下的塞纳河仿佛跨越了几十年的岁月，与这幅旧画连接在一起。属于他的河水滔滔不绝地奔向莱茵河——不，不对，倒不如说这幅画中的莱茵河历经几十年岁月，终于流进了青木笔下的塞纳河。"二战"末期的一个夜晚，在柏林……一个男人在一个女人的腹中播下种子，精血连同他的绘画天赋一起，流向了全新的生命……毋庸置疑，这幅画与爱尔莎拍照的那幅日本女性肖像出自同一人之手；同样可以肯定的是，这幅画与青木的《虞美人》之间也存在某种联系，青木毫不怀疑。这幅莱茵河与他的塞纳河也是……或许，是血缘的联系……

他深深地凝视这幅画，天气寒冷，额上却止不住地冒冷汗。不知过了多久，他猛然意识到山崎和店主诧异的眼神，再次询问过作者的名字后，他兀自走回商店外间，买下一只之前看到的木雕蝴蝶胸针。买下后，他甚至不想附一张便条，只想就这么送给身在日本的桂子。青木努力地想着桂子，试图把其他人都从脑海里赶出去——他不愿想起刚刚见过的埃默里希太太、迈克、昨天迈克介绍认识的那位老人……甚至不愿想起爱尔莎。

出了店门，山崎眉头紧锁，似乎有一肚子疑问。青木并不想给他发问的机会，便主动挑起话头，说自己不太了解瓦格纳，希望山崎能帮忙解说一下今晚这出歌剧。就这样，青木落座观众席后一直在听山崎介绍《尼伯龙根的指环》的故事，直到序曲在指挥棒下徐徐奏响。不过听了许久，他真正记住的只有两句话。

其一是："唯弃绝爱者，方可打造出黄金魔戒，获取至高的权力。"

其二则是山崎的一番话："你至少听过齐格弗里德吧？德意志神话中最著名的英雄，持剑击败巨龙的无畏勇者，第三部的标题就是他的名字。他是第一部《莱茵的黄金》中登场的神和一位凡人女子所生双胞胎的后裔。"

神与凡人女子的子嗣……这句话变化成另一种模样，伴着瓦格纳的音乐在青木体内激荡。一个德国男人与日本女人生下的婴儿……还有……戒指，对，埋藏在那婴儿体内的不正是戒指吗？青木努力回想那男人的手指上是否戴着戒指。他立刻记起了男人的脸，记得非常清楚，甚至现在就能画出来。但那双手……怎么也想不起来了。他确实看到过，自然也该记得，就像记得那张脸一样……但就是想不起来。不，明明没有记忆，脑海中却清晰地浮现出一双手，与自己一模一样的手，一模一样的手指，连画出的线条都一模一样……青木试图回忆自己的脸，绞尽脑汁地回忆，但就是想不起这张本该无比熟悉的面容。不，其实一点也不熟悉。四十多年来，他每次照镜子，看到自己这张冒牌日本人的脸时，都会瞬间移开视线，根本不愿与自己对视……

旋律忽然转为小调，一种阴暗的忧郁将整个剧场深深地包裹其中。青木坐在那里，仿佛漂浮在未诞生前的黑暗中，置身于"二战"时柏林的那一夜，一个德国男人将自己的一部分生命与精血赋予了一个日本女人……管弦乐团沐浴着淡淡的灯光，埃默里希的儿子应该也在其中。我的儿子，mein Sohn，mein Sohn……阴郁的旋律幻化成语言，在青木体内激荡。青木极力回想自己的脸，迫切地想确认是否与那个男人长得相似，但——就是想不起来，黑暗将他的脸整个吞没。那个男人向他伸出手，试图拥抱他，mein Sohn，mein Sohn，mein Sohn，这声音在他体内疾呼号叫，再次化作冷汗，从全身涔涔冒出。青木感到一阵恶心。

"我有点不舒服，要出去透透气。"他对山崎说。

"第一幕马上就要结束了，忍耐一下吧。"

青木摇了摇头，站起身来。突然的举动似乎令周围观众大吃一惊，但他顾不上这些，他连一秒钟都忍不下去了。从观众席到出口，一路上他差点摔倒两次，终于来到二楼大厅，青木浑身脱力地坐倒在沙发上。一阵强烈的呕吐感袭来，但由于一天都没吃东西,他最终只呕出一摊黄色液体,在按住嘴巴的手帕上留下一小块污渍。

大厅里静悄悄,瓦格纳的音乐和那句德语仍然在青木身体里回响——mein Sohn……

"你没事吧?"山崎担心地望着他,似乎是跟在他后面出来的。

青木知道自己必定脸色惨白,仿佛全身的血与汗都被抽干了。

"抱歉,我一个人先回去了。"

"不,我也一起走。你这个样子我不放心。"

"难得来看歌剧……"

"没关系,我早就听腻了。"

五分钟后,两人走出歌剧院,半小时后再次穿过腓特烈大街站的隔离墙。从西边来的人返回时必须再次通过同一个检查站,再次接受卫兵的注视和枪口的洗礼。战争还没有结束,他仿佛还置身于那个柏林的盛夏夜,距离出生于高尔集中营的冷峭春日还有将近十个月……在腓特烈大街站,他们登上了回程电车。电车穿过边境墙,夜空里象征自由的灯光仿佛被倾盆大雨扑灭了一般,五彩斑斓地散落一地。在四小时前出发的车站下车,青木拒绝了山崎送他回酒店的提议,一个人步行离开,伞都没撑开。他希望这场暴雨能一并冲走体内那个挥之不去的呼唤声。Mein Sohn,mein Sohn!前台服务生将房间钥匙递给青木时不禁愣了一下。不是因为青木浑身湿透,而是因为他的脸在短短四小时的外出后已然变得判若两人,老迈、枯瘦,苍白得仿佛随时都会死去。

青木一进门就直奔浴室,对着镜子站定。像以往一样,他只看了看胸口的伤痕,没有正视自己的脸。他闭上眼睛,在黑暗中他仍然感到疲惫,不一会儿又睁开了双眼。镜中映出一个男人的面孔,他根本不觉得那是自己。这么多年来,他对镜中自己的面容一直缺乏认同,但现在的感受又完全不同了,眼前这个人与其说是自己,倒更像是那个男人。

不知道在镜子前停留了多久,回过神来,他发现自己已经来到窗边。滂沱大雨让窗外一片模糊,但透过厚重的水帘,他清楚地看见了那个夜晚。他真的筋疲力尽了,今天外出的四小时就像重走了四十多年的人生。此时此刻,他置身于诞生十个月前的某个夜晚,一个德国男人在一个日本女子的体内播下新生命。他看得清清楚楚,男人穿着纳粹军装,女子穿着日本和服,男人拿起画笔绘出女子的肖像,他的手向女子伸去——

青木从窗边走开,给迈克·卡尔森拨了个电话。

"我需要速写本和铅笔,还有橡皮擦。可以尽快送来吗?另外还要一本书,要日语译本,能搞到吗?"

"我马上准备。"迈克似乎觉察到什么,匆忙挂断了电话。二十分钟后房门被敲响,西冈提着青木要求的东西站在门外。看到青木憔悴的样子,西冈脸上满是担忧。

"出去。"青木连声谢谢都没说,毫不客气地下了逐客令。不顾西冈的犹豫和关心,他几乎将对方打了出去,狠狠地甩上门。他不敢相信,自己的双手竟然可以如此暴戾,不,也许这种狂暴才是他的本性,他只是一直将其发泄在画布上,不愿面对现实而已。他并不了解真正的自己,正如他不了解自己的真实容貌……他立即拿起速写本和铅笔,开始描绘刚刚有生以来第一次在镜中认真观察的自己。他花费了很长时间和精力,才准确画出了自己的脸,接着再画记忆中那个男人的脸时却异常轻松，只需用橡皮擦稍微擦掉几处，稍微改一改就大功告成了。他凝视着这张新脸，越看越不像一幅画，而像是照镜子一样，他们两人就是如此相似。

但这也不算什么证据。目前能称得上证据的只有一件，就是在东柏林的古董店见到的那幅画。如果说容貌上的相似还能归于巧合，作品的相似总不能还这么解释吧——不，这也可以是巧合，这种小巧合可以发生很多次。他试图否认这一点，但在他的内心深处却有一个笃定的声音在低语：根本没有什么巧合。几个小时前，在那间蒙尘的寒碜画廊，他面对的并不是一幅普普通通的画，而是他的亲生父亲的作品——

对了，当意识到这趟欧洲之旅和寻母没什么关系时，他为什么没立刻想到，其实"寻父"才是背后真正的主题？他们根本不在乎他的母亲，那个日本女人是索菲·克莱默口中温柔善良的美人也好，是老埃默里希夫人口中的妓女也罢，至少在迈克·卡尔森这帮人眼里，她的命运压根不值一提，那位死在集中营里的年轻母亲只不过是引导他寻找父亲的小小线索。

一切开始于新年伊始的那个午夜。第一幕寻母大戏突然开场又匆匆落幕，舞台随之移到柏林，戏码急转直下，眼看将要转向第二幕寻父之旅——青木拿起西冈带来的那本日文书，如痴如醉地阅读起里头密密麻麻的文字。他再次回过神时，已经是睡完一觉之后的事了，应该是不知不觉中躺倒在床上，边看书边睡着了。窗外，天空蒙蒙发亮，看上去雨也停了。透过窗户他看见一个灰白的柏林，仿佛一切色彩都被昨夜的暴雨冲刷掉了。好一个静谧的黎明，但他的体内仍然回荡着瓦格纳的音乐和那个声音——mein Sohn, mein Sohn……来自父亲的呼唤贯穿了他的梦境。青木拿起听筒，再次拨通迈克·卡尔森公寓的电话。迈克似乎还躺在床上,发出睡意蒙眬的声音。

"立刻到这儿来,现在就来。"

迈克没吭声,好像在揣测青木语气中激动情感的含义。

"好的,两小时后,我会在八点半到达。"

"我说了现在就来,一秒钟都等不了。你们昨天——不,是前天晚上,道歉说对我撒了一个弥天大谎。但你们还隐瞒了一个更大的谎言,我要你现在就过来谢罪。"

迈克爽快地答应一声,就挂断了电话。

三十分钟后,敲门声响起。青木打开门,迈克和西冈并肩站在外面。迈克的头发和外套肩膀湿漉漉的,看来雨还在下。他走进屋,看见桌子上的速写,恍然大悟。迈克喜笑颜开地转身看向身后的西冈,西冈也跟着露出笑容。

"真的吗?素描里的男人真的是我父亲?"

迈克缓缓地拍了几下手,仿佛在祝贺青木终于找到真相。

"真是惊人。"轻快的德语经由西冈翻译传到青木耳中。西冈自己倒没有对速写本上画的男子显得多激动,还是一脸困倦的表情。

"您来柏林还不到三天就发现了这个,真令我钦佩,比我们预想的快了好几天。从您拿到索菲·克莱默的遗书算起,我们原本以为您得花上半个月来着。"

"索菲的信果然是你们设计的陷阱。"

"是的。不过索菲临终前也确实给您写了一封信,虽说是精神病发作时写的,里面充满令人费解的字句,但看得出来,她拼命地想留下关于您母亲的描述,告诉您她是多么的温柔善良。我们摘录了部分内容,模仿她的笔迹——还有那朵花——重新写了一封,让克里斯汀转交给您。索菲的那封信上也画了那朵花，我们已经尽可能临摹了她的画法，以尊重她最后的心愿。"

"彼得·埃默里希和他的妻子、母亲也是你们的人？"

"那倒不是。相信您也发现了，他们三位正是霍尔斯特·贡塔尔先生的家人。贡塔尔先生三十多年前因思想分歧而离开家庭，从此将身心都献给了理想，稍后我会解释他为什么改了名字。他还记得自己在战争期间照顾过的那位日本女子，他的夫人当然也一样，所以我们只需要伪造索菲的信，引导您前往贡塔尔先生在东柏林的旧居就算成功了。正如我们计划的那样，您确实从他的夫人，确切说是前妻那里听到了关于您母亲的事情吧？顺便一提，她关于您母亲的叙述都是真的。"

青木点了点头。

"此外，您还得到了一些关于父亲的线索，对吗？"

青木再次点头。

"但我们真正希望您去的地方并不是他家，而是附近那家小店，那里有一幅画——您是画家，往返途中您必定会不自觉地走进去看看，然后发现它。一个月前，我们专门把它卖给了那家店。当然，我们不认为仅凭一幅画，您就能认定他是您的父亲，所以这几天，我们还预备了其他线索，带您逐渐接近真相。但现在都不需要了，因为您真的一步就揭开了谜底。实在是太惊人了，我们从没想过您会那么轻易就意识到父子关系的存在。昨晚您打电话来要书时，我就隐隐有了预感，但直到看见这张素描前，我都不敢相信事情竟会如此顺利。"

迈克拾起随意丢在桌上的那本书，哗哗翻了几页。

"为什么要搞得这么麻烦？一开始就告诉我他是我父亲不行吗？"

迈克夸张地瞪大双眼，湛蓝的瞳孔含着揶揄的笑意。

"一见面就说这种匪夷所思的事,您会信吗?"迈克摇摇头,"自以为在日本出生长大的您是绝对不会信的。所以我们先抛出您母亲的事,从比较容易信服的部分入手。然后给您一些虚假信息,引导您不断试错,自己逐步找出真相,这样您才会对结论坚信不疑。当然,这么复杂的局并不只有这一个目的,正如昨天……前天晚上道歉时说的,我们还有别的目标,也就是玛尔塔·里维这个重磅猎物。此外,您和那一位的父子关系不仅要您认可,我们也同样需要进一步确认。因此我们欺骗您,观察您的反应,一直追踪您的动向。现在,我们终于可以说您的确是他儿子了,正如您接受了这个匪夷所思的事实,认同了他是您父亲一样。"

"匪夷所思的事实?"青木感到难以置信,陡然拔高的声音听起来像是怒吼,但他其实只想冷笑,"不过是'二战'末期,一个德国男人让一个日本女人怀了孕而已,有什么匪夷所思的?"

迈克脸上的微笑消失了,冰冷阴森的目光投向桌上那张素描画。

"您真的认为他只是一个普通的德国人?"

"对,一个普通的德国人,一个普通的纳粹分子而已。"

画中男子向青木伸出手,想要拥抱他。Mein Sohn,我的儿子。Mein Sohn, mein Sohn……那个声音突然在体内炸开,瞬间洗去了昨晚瓦格纳的余音。对,那个男人是一位神,神与凡人女子生下了一个孩子……青木用力摇头。迈克错了,青木确信他是自己的父亲,但这一切都让他感到如此荒谬。迈克也在摇头,他比青木更加坚定。迈克冷峻的目光从素描画扫到那本书,充满怒气的声音在青木耳边炸裂:

"您真的认为他只是一个普通德国人?好好看看这本改变历史的书吧——《我的奋斗》,写下它的人正是您的父亲——阿道夫·希特勒!"

第五章　从黄昏到黑夜

　　霍尔斯特·贡塔尔至今还记得四十多年前的那个夜晚，朱莉脱掉丧服，换上了洁白的礼服。那是个初秋之夜，那天晚上别的事情他都忘了，唯独夜色中她身着白裙的美丽身影仍然历历在目。曾是他妻子的女人坚称那天朱莉穿的是天蓝色裙子，但他的记忆才是对的。前妻还断言朱莉已经为了新的幸福而把岛村抛在脑后，这点她也错了。真是个蠢女人，只相信自己认定的事情，脑子里只装得下一种信仰，任何想纠正她那扭曲、错误信仰的尝试都是徒劳的。所以，他索性抛弃了妻子，连同刚满十岁就和他母亲一样满脑子愚蠢观念的儿子彼得——

　　那天晚上，朱莉的黄皮肤、黑眼睛里盛满寂寞的阴影和夜的忧愁，连身上的华服都为之暗淡。那晚的她无疑是不幸的，她知道那个叫林格尔的纳粹分子将要把她带到哪里去，也知道什么样的仪式将在那里等着她，让她忘记挚爱的岛村，她却无法反抗。

　　这是当时还被众人奉若神明的那个人的命令。整个德国，不，整个世界都听从他一个人的号令。岛村自杀前不久，朱莉以大使秘书的身份出席那个人的宴会，第一次引起了他的注意。那一刻，她的命运就此注定。那个人惯于呼风唤雨，坐拥改变整个世界的力量，但凡他想要的，就非到手不可，岛村就是因此而自杀的。是啊，情敌是这样一位人间之神，他一个小小的大使馆职员又能怎么样呢？岛村死后不到半个月，神的第一个命令就跟着那件白色礼服，经由林格尔之手送上门来了。前妻当然不知道这些内情，而他，霍尔斯特·贡塔尔——当时还叫尤里安·埃默里希，一个纳粹党员——从林格尔那里获悉了内情，并被要求提供三项协助：一是劝说朱莉服从；二是对他人隐瞒朱莉的具体行踪；三是监视她的生活——林格尔要他对这三项任务绝对忠诚。

他愚蠢的妻子立刻相信了他和朱莉两人编造的谎话，以为朱莉的新欢就是那个林格尔……当然，事关人间之神的威望，真相自然要保密。德日两国是盟友，神有个日本情人倒是没有大碍，但他为了得到这个女人而逼其情夫自杀的事还是得遮掩遮掩。不过话又说回来，当时希特勒俨然全体德国人心中的天神，无论干出多么龌龊的事，恐怕都不会影响人们对他的崇拜吧！反正纳粹如日中天，甚至妄想把万字旗插满整个欧洲。没有人知道这点风流韵事，就连神当时的情人、死前才正式结婚的爱娃·布劳恩多半也被蒙在鼓里。后来，他听说爱娃在与神来往的十三年里曾两度自杀未遂，不知道和那个日本女人有没有关系。总之，除了神的左右手和极少数党卫军，他恐怕是唯一知道内幕的人。当然，对于那一晚之后的详细情况，连他也无从得知了。他只晓得每次林格尔带着新礼服来公寓接人，就意味着她将要和神共度春宵。不知道朱莉对那些夜晚以及神本人是何看法，因为她总是沉默不语，将心事都藏在东洋人特有的寡淡表情里。只是有一点可以肯定，她从没忘记死去的岛村。林格尔一个月最多来接她一两次，其余时间她都是自由的，她便会带其他男人回家——但也没有他妻子想得那么频繁,他亲眼见过的其实只有两个,长得都很像岛村。所以他也有点同情她,故意放松了监视,也没向林格尔汇报,反而劝她别再和那些男人来往,以免被林格尔发现,白白丢了性命。她嘴上说着知道了会注意,眼神却漠不关心,好像根本不在乎自己的死活。

他多疑的妻子也曾怀疑过丈夫和朱莉有染,但他们俩之间当然没有什么。她确实很美,有一次他邀请她给自己当绘画模特,她欣然同意。结果才画了个草图,她就突然抗拒起来,说:"别画了,你们画画的人眼神都一样,会让我想起那个男人……我穿和服去总理府时,也给他做过模特。"

她细细地端详他刚画的草图。

"他的画技比你高明多了,我都不知道他原来在绘画上也是一流的。"

她管全体德国人心中的神叫"那个男人",语气平淡冷漠,甚至透着一丝蔑视——后来,在德国转攻为守,战局日益艰难的当口,她怀孕了。等他们夫妇知道这件事,她肚子里的胎儿都已经五个多月大了。

起初他认定那是神的骨肉。当然,在妻子面前他要装作林格尔的孩子,却换来妻子的一声冷笑。"林格尔的孩子?"妻子说,看来,她认定那是朱莉其他情人的种。

三个月后,他发现妻子才是对的。他至今还能清晰回忆起那一天的事,就跟她第一次身着盛装去总理府的那次一样。

"明天早晨,我会被盖世太保抓走。"

那天晚上,朱莉忽然请他过去,开口就是没头没脑的话。

"没办法,有人知道我肚子里的孩子不是那个男人的了。去年美军轰炸柏林那段时间怀上的,当时我跟那个男人还没发生什么呢。林格尔逼问得紧,我就承认了还有其他男人的事。放心,不会牵扯到你,我告诉他你什么都不知道。只是我们母子恐怕得死在奥斯维辛或是达豪集中营了。"

一抹微笑爬上她的脸庞。

"对你太太,就说我强迫林格尔跟我结婚,结果被他甩了就好。我宁愿她当我是坏女人,这样她才能放心。比起你的友善,我更喜欢她带着敌意的眼神。"

"我会的。她不是个聪明人,一定会信的。"

台灯的光明明暗暗,蕾丝灯罩的阴影打在她脸上,像丧服的面纱。她的模样看起来美极了,也幸福极了。

他不知道还能怎么安慰她,只得说:"今晚你美极了。"

她笑着摇摇头。

"那一定是因为岛村在冥冥之中看着我。只要我活着,他就永远和我同在。所以别愁眉苦脸啦,我真的很幸福。"

"你应该想办法活下去才是。德国很快就要完蛋,柏林也只剩下最后一口气了。再熬上几个月——最多也就一两个月吧,你就能回来了。"

她没有再说什么,只是又笑了笑,看起来倒像在安慰他似的。

第二天一早,她、肚子里即将足月的胎儿,或许还带了一个小箱子,踏上了前往死亡集中营的不归路。不久,正如他预言的那样,柏林和那位人间之神一起迎来了末日。

他一直相信她和肚子里不知父亲的胎儿早已在某个不知名角落化为了尘埃,直到两年前,他所在的组织偶然得到一本高尔集中营幸存者的手稿,他才获知真相。四十多年过去了,这期间,他抛弃家人、改名换姓,战后不久就在一位国会议员身边担任秘书，议员去世后继承其职位，在分裂的柏林、分裂的德国屡屡涉险些丧生，终于在政坛站稳了脚跟。这本身就是一段惊心动魄的故事，但两年前读到高尔幸存者的手稿时，他赫然发现一个比他自己的人生更戏剧化的传奇——至少值得他为之赌上余生。

真是奇迹啊，他竟然在索菲·克莱默的手稿中，与战争结束两个月前离开的那位日本女性重逢了。毫无疑问那就是朱莉，而索菲照顾过的那个婴儿，正是朱莉那瘦弱的身子孕育的新生命。看来，朱莉在集中营里坚持了将近一个月后还是死了，但她的孩子不仅安然来到这个世界，后来还活了下来。这也是一个奇迹，要换了达豪、索比堡，或是其他任何一座灭绝营，孕妇和新生儿都会第一个被当成污秽之物处死。最后，当看到手稿中的一段，说那个日本女囚随身携带着出自其丈夫笔下的肖像画时，他忽然福至心灵，揭开了这一连串奇迹的真相，彻底理解了朱莉在最后那晚表现出的从容——果不其然，那孩子正是朱莉口中"那个男人"的亲生骨肉。

他的思绪回溯到四十年前的那一晚，朱莉临别的微笑让记忆的底片再度有了色彩。起初，她听从那个男人的征召去了他身边，到了最后，又听从他的命令去了集中营。她服从他的旨意为的不是自己，而是肚子里的新生命。她早已从林格尔口中得知了前往集中营后自己和孩子的命运，所以才能那么从容；对她来说，那里不是通往死亡的终点站，而是她——至少是她肚子里的胎儿——走向新生的应许之地。六百万犹太人被塞进运牲畜的列车，等待着他们的只有死亡，但她的孩子不同，迎接他的将是长久的生命。

她应该也没有和犹太人在同一趟列车里挤了几千公里的路

程。战争末期，那些密不透风的黑暗车厢早已成为伤寒肆虐的移动毒气室，她不太可能在那种车上颠簸好几天，应该是乘坐更安全的列车去的高尔。

而"那个男人"则在两个月后的四月三十日，用一把手枪结束了自己的一生。他的死亡为后人留下诸多谜团，其中的一部分现在终于揭开了真相。

德国正滑向深不见底的毁灭深渊，曾经的人间之神跌落云端，并将继续走向万劫不复的地狱。纳粹军旗一夜沦为破布，整个德国挂在上头摇摇欲坠——到了这一刻，自诩德意志化身的那个男人也不得不承认，他和他的纳粹帝国死到临头了。他曾一手将几百万犹太人推入死亡，现在终于轮到了他自己。

他手中的世界像细沙般溜走，他已经不再有权力掌控哪怕他自己的生命。于是，他决定彻底放弃"现在"的一切，用仅剩的力量去抓住未来。两个月后，他将握起自戕的手枪，但现在，如果说他还能握住些什么，那只有未来和延续自己血脉的骨肉了。但他的骨肉同样处境凶险。他以信仰为名杀过那么多犹太婴儿，一旦有人察觉他竟然还留下了遗腹子，复仇之手无疑会立刻向那孩子扑过去。他必须想出一个万全之策，让这个还没出世的孩子远离审视的旋涡，去到一个安全的地方。柏林岌岌可危，整个德国都危在旦夕，纳粹已经山穷水尽了，即便马上出逃，也不可能摆脱生命危险。但这可是德国，在那个时代，最方便纳粹藏人的地方，唯一安全的避风港，只能是名为集中营的地狱……

霍尔斯特·贡塔尔从床上起身，坐到沙发上。三十分钟前，他接到迈克·卡尔森的电话。

"青木要找我，我这就去见他。我想，他应该已到达旅途的终点了。"迈克在电话里说。

他在等迈克来电汇报结果,点起一支医生明令禁止的香烟,回想着战争最后一个月期间的事。当时他只是个普通党员,自然没见过"那个男人"或是玛尔塔·里维,直到战后很多年,他才知道里维在高尔行事残忍,早年在柏林期间更是"那个男人"的左膀右臂,一直深受信赖。

战后,高尔几乎没有留下任何资料,只知道全国、全世界最顶尖的医生都聚在那里搞人体实验,但由于集中营建在北方偏僻地,一切信息严格保密,人们至今都不知道参与项目的医生的姓名。集中营解放前夕,那里的医生和士兵在逃亡前将相关证据付之一炬,事后一个都没抓到,近三十名幸存者中也没人知道内情。他们大多只记得一个外号"铁钉玛尔塔"的女人,但她逃走不久就被证实了死亡。战争结束二十多年后,外界开始有了关于她的各种传闻,尽管都是臆断,但都有两个共同点:一是提到她在高尔展现出的残忍手段;二是说她在柏林当军官期间,一直暗中受到元首的高度信任——读到索菲的手稿时,霍尔斯特·贡塔尔意识到这些故事也并非全是胡编乱造。

当"那个男人"考虑把亲生骨肉伪装成犹太儿童送去集中营时,他脑海中首先蹦出来的无疑是高尔和玛尔塔·里维。她必定会倾尽所能,保护元首之子的生命安全。

索菲在手稿中提到那个婴儿遭受过十分可怕的实验。索菲有无数同胞死在了"铁钉玛尔塔"手下,她会这样想也无可厚非;但实际上,玛尔塔很可能是故意在公开场合虐待那对母子,做给其他人看。然而——或许还有一种可能,那些原本就是救人的手术,在那间旁人看不到的手术室里,全球顶尖的医生在全力以赴挽救那孩子的生命。恐怕那孩子生来身体就有缺陷,不尽快治疗会危及生命——听医生下此诊断，玛尔塔一瞬间做出决定，无论有多大风险，也要为婴儿实施手术。

手术成功了。婴儿的啼哭在索菲听来异常凄惨，在玛尔塔和朱莉听来却是宣告生命延续的欢呼。没错，手术非常非常成功，婴儿不仅平安长大成人，甚至四十年后的今天，无论做多么细致的检查，都查不出他的身体有一丁点儿毛病。健康的身体，蓬勃的生命，才是高尔那场手术的真正目的。

"他的肺部天生有问题，不治疗一定会死，所以我决定让他动手术。但在手术过程中，我还嘱咐医生做了另外一件事。"

两天前，被他的组织逮捕并关押在巴黎一间地下室的玛尔塔·里维如是说。他的推理果然没错。

"元首将那个日本女人和她肚子里的孩子、一张肖像画，以及他自己的戒指托付给了我，我立刻明白了那枚铁十字戒指的分量。元首一生热爱瓦格纳，经常说这就是他的'尼伯龙根指环'，有了它，就能拥有至高无上的权力。他在打给高尔的最后一通电话里说，复兴第三帝国的秘密就藏在这里，所以我请医生将戒指埋入婴儿体内，但不能伤及其性命——"

这已经是玛尔塔能为元首父子做的最后一件事了。覆灭来得比想象中更快，柏林彻底断联，怕是早已陷入末日的混乱，元首本人也再顾不上这个承载他最后希望的孩子了，玛尔塔只得自己决定他的未来。

首先必须保住他的命，只要能活着，他迟早会发现体内的戒指，认识到自己是谁的儿子、流着谁的血，最终实现他父亲未竟的梦想。那段时间，玛尔塔已经做好了逃亡的准备，也不是没考虑过带着孩子一起走，但这样做风险太大，元首也担心一旦孩子的身份暴露，就只有死路一条。事实上，孩子生母的存在也是玛尔塔所不乐见的，要不是看在她分娩后元气大伤，本来也活不了几天的份儿上，玛尔塔同样会杀了她。

"所以，我把他托付给了我最信任的一个犹太女囚。对……我还记得，那一天我把孩子交给她，还想跟她握个手来着。嘴上当然不能明说，但我用微笑和握手表达了嘱托。我记得她拒绝和我握手，还用仇恨的眼神盯着我，让我小小迟疑了一下，但我转念一想，在仇恨和反抗精神的驱使下，她一定能不负重托。只是，我已经忘记了那个犹太人的名字和长相。之后没过多久我就走了，死在了一座边境小村庄，自那一天起我舍弃了过去，连元首父子都被我抛在脑后了。"

就这样，托付给犹太女囚的那个婴儿被联军救出，送到难民营后又转去了更安全的医院。一对德国夫妇收养了他，看他似乎有日本血统，在一位战前就是老相识的日本男子预备回国之际，又将孩子交给这个人带去了日本。这期间的具体经过，由于组织对照索菲手稿展开调查的时候，那对德国夫妇早已辞世，如今已经无从得知了；但查那个日本男子回国时二次申请的手续资料时，他们发现有一个三岁男童随行，很可能……不，一定就是那孩子。资料照片上，男童的脸和他父亲简直一模一样，去年派往日本的爱尔莎带回的调查结果又进一步做实了这一点。对孩子身世一无所知的男子把他带回日本，送给一对日本夫妇后，就彻底断绝了与那家人的联系。孩子手腕上的四位数字烙印表明他是个刚出生就进了集中营的犹太儿童，胸口清晰可辨的手术疤痕似乎也提示了某种黑暗的经历。肮脏的犹太人和日本人生出的混血儿……在男子和那对夫妇的安排下，孩子手腕上的数字和黑暗的过去都随着一把火消失了。从此，他再也不需要知道自己生在哪里,父亲是谁,谁给了他与生俱来的绘画天赋,不需要知道自己体内埋藏了什么,身上一半的日本血统又意味着什么——现在,他可以在远离故乡一万公里的异国他乡,平平淡淡地长大了。

"哦,他长这么大了啊。"玛尔塔·里维瞥了一眼青木的照片说。

前天夜里,被关在地下室的玛尔塔·里维交代完罪状,淡定地要了一支香烟,自顾自吞云吐雾起来。她现在仍在那儿,明天将被押往柏林——她阔别四十多年的故土。

自索菲·克莱默的手稿起始,对阿道夫·希特勒之子和玛尔塔·里维这两头重磅猎物的追捕计划,一旦过完今天,也将迎来终幕了。

窗外的天空泛起鱼肚白,雨势转弱,柏林漫长的冬天也将宣告结束。今天,整座城市将沐浴在和煦的春光中,像是在祝福这座从战争废墟中涅槃重生的城市,又像是为他们终于抓到这两只猎物而欢呼——

霍尔斯特·贡塔尔皱纹密布的指尖,烟已经烧得所剩无几;前天晚上,玛尔塔·里维或许也在烟气氤氲中告别了冒名顶替的岁月,回归真正的自己。德国烟的褐色香气勾起贡塔尔的陈年回忆,他动动手指,将烟灰抖进烟缸,决定不再想那些。

电话铃响起,迈克·卡尔森流利的德语隔着听筒传入耳中。

"他成功找到了答案。我正在他的酒店房间给您打电话——别担心,他听不懂德语。不过,前天晚上他听您说了'Sohn'这个词,短时间怀疑过您可能是他的父亲。嗯,不过,后来那家古董店老板说出莱茵河那幅画的作者名字时,他就全明白了。我们的计划见效得比想象中更快,您大可放心。他现在还有一些困惑，但主要是出于抗拒心理，精神上非常冷静。"

在迈克用德语打他听不懂的电话时，青木一直在凝视桌上那张他画的人脸。只要擦去最显眼的小胡子，再把眉毛、鼻子、两颊稍微缩小一点，就是他自己的模样了。

通过那本《我的奋斗》，他也很容易想象作者的性格——他傲慢自负、贪得无厌，有强烈的控制欲，固执又狂妄，只接受自己认可的那一套，只亲近崇拜自己的人；对于那些不认可自己，或者哪怕表现出一丁点儿干涉态度的人，他则毫不留情地疏远他们；他冷酷暴戾，性格极端，相信美与理想，企图用这两者改造世界，是个彻头彻尾的疯子——只要稍加删减，就又成了青木自己的性格。

在这本被纳粹德国奉为"圣经"的书里，青木头一回知道希特勒曾放弃画家梦想，立志报考维也纳大学建筑系、当建筑师的经历。事实上，他的人格确实像一座看似线条坚毅稳固、细看却从里到外全都不合常理的怪异建筑——只要改变几处线条，呈现出的不就是青木的人格吗？

《我的奋斗》始于希特勒少年时代的回忆。"我一向敢于反抗，绝不屈服于他人的观念。""学校里只会教些荒谬可笑的东西，只要有空，我宁可在街上闲逛。""凡下定决心之事，我从不改变主意。""有一天，我忽然明确意识到自己应当成为画家，我的确有绘画天赋。""除将来当画家所需之物以外，其他事情我一概不上心。""我是一个倔强、好斗、叛逆、滑头的少年。"……书里这些段落，跟上个月在奈良回答桂子关于小时候的疑问时说的那些话又有什么区别？

这么多年来，他一直不敢面对真正的自我，为逃避现实而装出另一种性格，自我洗脑得自己都快信了。最终选择放弃桂子,也是因为他已经看清,桂子永远不可能专属于他一个人——这背后隐藏的,正是他潜意识里企图独占他人整个生命的可怕控制欲。分手后,他坐在回东京的车上,认清了自己的冷酷无情;与此同时,心中却突然燃起一股对爱尔莎的激情——那甚至称不上爱,更像是把她当成别人的财产疯狂占有的激情。还有对迈克·卡尔森不合情理的强烈嫉妒与仇恨、走出卢浮宫时对纳粹一瞬间的共情、对绘画与美的病态执着——如果说这些自己也无法解释的人格竟都是被那本书唤起的、奔流在血液中的真实本我……那么,不敢面对现实,为自己套上一层理想的伪装,不也正是希特勒最大的特征吗?那个男人不仅伪装了自己,还痴心妄想,企图把世界历史改造成他想要的模样——

至少,青木和希特勒一样,对同一种类型的女人念念不忘。让希特勒疯狂执着一辈子的那位外甥女格莉·劳巴尔,在生命最后一刻才正式成为希特勒妻子的爱娃·布劳恩。爱尔莎和她们俩一样,都是有一头耀眼金发的美女。希特勒的年纪足够当格莉的父亲,青木也差不多,桂子和爱尔莎的年龄也差不多能当他女儿了。

对爱尔莎一头秀发的异常执念,对迈克的莫名嫉妒,四十多年来隐藏在体内、自己都解释不了的激情……如果这一切的原因都指向自己继承自那个男人的血脉——不光是这些。青木忽然想起他为了发泄对爱尔莎的渴望,在圣但尼的廉价屋里买过两次春的那个妓女。当时他就觉得她那张脸有些面熟,现在终于明白到底像谁了。在拉丁区买的那本关于第三帝国的书中,有爱娃·布劳恩的照片——他不正是被那头金发,乃至神似爱娃的脸吸引,才鬼使神差地买了她两次吗?

他想起到达巴黎的第一晚，深夜还专程驱车去旧城区寻花问柳的事。当时他看到书中犹太人尸体堆积如山的照片，几乎立刻合上书本，仿佛要逃离那副可怕景象一样，出了酒店就打车直奔圣但尼。古怪的是，他并没有因那残忍的景象感到恐惧，反而从恶心的画面中嗅到一丝死亡的甘美，心中升起莫名的快感，这才是最让他恐惧不安的，于是落荒而逃。

而卢浮宫那幅波提切利的圣母画像又是另一个证据。

圣母的脸也很面熟，既像希特勒亲手绘制的那个日本女人，也像爱尔莎——希特勒除爱娃·布劳恩外的另一个爱人长得和爱尔莎也很像。所以每当想起自己对爱尔莎的激情，青木就似乎隐约能理解，希特勒为何会爱上那个和爱尔莎略有些神似的日本女子。

——不，事情不该是这样，迈克还在试图欺骗我。我继承了希特勒的血脉？怎么可能！我怎么能相信这种谎言，什么事情都往这个方向想？我信了吗？这番拙劣的、根本不可能发生的野史秘闻，我是不是已经开始觉得，它有可能是真事了？我无法相信自己就是那个男孩，也不想信。可是……可是……有一点确实叫我难以拒绝，与其认为自己的父亲不过是千千万万犹太遇难者中默默无闻的一个，一辈子都无法在历史里留下名字……那个人，那个尽管最终灭亡、却也曾在历史中短暂成为人间之神——至少也是一时之枭雄的男人，似乎更适合……不，与前者相比，那个人才更配做我的父亲不是吗？

青木意识到自己已经陷入和那个男人一模一样的傲慢逻辑。

——这一切绝不可能是真的，我体内同时流着那个男人的血和肮脏的、日本人的血……等等，肮脏的日本人？我为什么会这么想？不，不仅现在。因为褐发碧眼的缘故，我从小就摆脱不了他人好奇和蔑视的目光；反过来，我也瞧不起他们的黑头发、黑眼睛、黄皮肤，我一直认为那是对他人侮蔑态度的一种反击。可……事实真的是那样吗？如果那个视金发、碧眼、纯血统为人类理想的男人果真是我父亲，这又何尝不是他的执念留在我体内的永恒呐喊？

青木脑子里一片混乱，几乎连自己是谁都看不见了。身旁，迈克挂断电话，青木立刻通过西冈对他抛出一连串问题。

"你们抓玛尔塔·里维就算了，为什么要抓希特勒的儿子？我又不是他，又不是纳粹战犯。我犯了什么罪？难道因为血缘关系，就要我为他在半个世纪前犯下的罪行买单？我和玛尔塔·里维又不一样，你们无权审判我。你们找到我，到底有什么目的？"

迈克的脸上绽开微笑。

"您终于承认自己是他的儿子了。"

青木的情绪十分激动。

"我没有，只是方便表达而已。你们到底有什么目的——"

"我们的目的并不是第二个安妮·弗兰克，关于这一点，前天晚上已经向您道过歉了。不过，还记得我两次提到'第二个希特勒'吗？您绝不是什么第二个安妮·弗兰克，而是第二个希特勒。"

"这两件事又有什么关系？你们想除掉所谓'第二个希特勒'？是害怕那个孩子干出和他父亲一样的事吗？"

青木反感地别开脸，迈克却丝毫不在意，反而像玩弄小白鼠一样笑得十分愉悦。

"您刚才说，上次和贡塔尔先生分开时，听见他小声说了'Sohn'这个词。没错，那正是我们专门留给您，帮助您找到真相的核心线索。他甚至抱着您,特意说了两次呢。您要是当时就听清,找个懂德语的人问一下意思,恐怕在看见那幅画之前就已经全明白了。我来告诉您,他当时说了什么吧——'Meines Führers Sohn'①。"

没错,的确是这样一句话。

"那是什么意思?"青木问西冈。

"我的元首之子。"西冈语气冷淡地答道,"贡塔尔先生就是这个意思,我当然不可能当场翻译给您听。"

"'我的元首'?为什么?他……你们不是都反纳粹吗?"

青木哽住了,不禁喃喃地追问一句为什么。他的声音在发抖。迈克不急不慌地点点头,在沙发上坐下,掏出香烟,又掏出一个火柴盒,打开却是空的。西冈不失时机地递上打火机,迈克就着火点燃香烟,优哉游哉地吐出一口烟圈,露出得意的微笑。

"我们还需要再向您道歉一次,这也是个弥天大谎。在那封伪装成索菲遗书的信里,我们写尤里安·埃默里希——也就是贡塔尔先生——是一位致力于援救犹太人的纳粹党员,这完全是假话。他是个纯粹的纳粹信徒,从'二战'前到战后四十多年一直都是,当然现在也一样。战后,他抛弃过去的姓名、经历和家人,在东德建立了政治地位,但即便在禁止一切法西斯思想的东德,他私下里仍怀有复兴纳粹的梦想。三年前,他主动找到我们。他抛弃家庭,也是因为夫人和孩子都敌视纳粹,无法接受他在战后仍然称呼阿道夫·希特勒为'我的元首',他的夫人甚至觉得他被鬼上身了。"

---

①原文的语法不对,以正确的德语语法表达应该是"der Sohn meines Führer"。

"但是,"青木不同意,"我昨晚在老夫人的卧室见到一枚纳粹十字勋章,她似乎非常重视……"

"是吗,那多半只是丈夫离开后留作纪念的吧。我听说贡塔尔先生在战争期间因为揭发大批犹太人而受过褒奖,可能就是那枚勋章的来历了。"

难怪,青木想起自己提到救助犹太人的事情时,老夫人眼中流露出的憎恨。

"贡塔尔先生要是知道这件事,一定会很高兴的。他经常说夫人是个蠢女人,既不理解他的思想,也不爱他。不过这么看来,夫人对他还是有感情的,才会一直珍藏着勋章吧。您知道吗,没有比纳粹十字更适合用来概括霍尔斯特·贡塔尔一生的东西了。时至今日,铁十字、万字旗、阿道夫·希特勒仍然活在他心中,甚至比几十年前更加鲜活。现在您明白了吧?我们为什么会和他接触,他又为什么会逃到西方。因为他曾是纳粹的经历,以及至今还在筹划复兴第三帝国的事差点败露,愚蠢的东德政府认为他思想有问题,已经把他严密监视起来了。再不走,他随时都可能丧命。"

迈克似乎沉醉在自己的话语中,再次满意地点点头,只有手指头不安分地动个不停。大概是没有火柴棍,让他不太习惯的缘故。

"你之前说……有纳粹的亡灵伙同新纳粹团体在柏林暗中搞事,企图扶持'第二个希特勒'登台……都是在说你们自己?"

西冈点点头,把他的话翻译成德语,迈克也跟着点头。

"东德政界也的确有些人和我们持同样观点。这些人组成了地下极密组织,与贡塔尔先生有些往来,我们也是在大约三年前才和他们建立起联系。但我们去东边、他们到西边来都是极其危险和困难的,所以我们一直在物色一个与双方都没有关联的中间人,然后恰巧遇见了爱尔莎这个天选之女。"

迈克突然打住,抬手看了看表。

"哦,对了,还有一件事要告诉您。从里昂到巴黎,再到柏林,一路上一直有个小伙子在暗中跟踪您,不过他只是个受人之托的门外汉,什么也不懂。真正的问题在于那个指使他的人。那人是纽约一个反纳粹组织的人,那个组织不过是某个犹太富豪的业余爱好罢了,本身不足为惧;但在我们和您接触的过程中,只有那一个人发现了蛛丝马迹——不过还好,这会儿他应该也快完蛋了。我可以保证,他那个组织对详细情况还一无所知,这一点我们大可放心,也不会有人跟踪我们。"

"可是,你们在卢浮宫那么大费周章地和我接头,后来去里昂,你也总担心有人在跟踪的样子。"

"那也是我们故意设计的,为的是让您亲自揭开谜底。我们不希望您轻易相信我们,必须让您觉得其中有谎言,还有未知的危险,营造一种被卷入什么离奇大事件的氛围,这样您才能自己摸到匪夷所思的真相。您说我们在卢浮宫大费周章,不错,那正是我们的目的所在,尽管我们都非常清楚,根本不会有人跟踪。谁知半途还真的冒出来一个,还派那个小伙子跟踪您,发现了我们和您打交道的事。尽管只是个小角色,但毕竟是反纳粹组织的人,还是让我吃了一惊。"

迈克把烟头按进烟灰缸,一声叹息随着最后一口烟吐了出来。

"但现在也不成问题了。他当然还不知道您的身份,在他发现之前……"迈克又看了眼表,没再说下去。

上午八点零三分。埃迪看了看表，确定时间。透过出租车前挡风玻璃，泰格尔机场的高大建筑扑面而来。天上还飘着一点细雨，清晨的阳光也已经穿透云层洒落下来，在窗玻璃上组成美丽的二重奏。埃迪掏出钱包准备付钱，他完全没意识到，这将是他在人世间的最后一个早晨了。

他也不是一点都没感受到危险。前天晚上，布鲁诺打来电话，刚说看见卡尔森带着两个日本人进了一家餐厅，就突然断了线。昨天一整天，他疯狂地试图联络布鲁诺却始终找不到人，便决定搭乘今早第一班飞机离开柏林。布鲁诺很可能已经暴露，卡尔森从他口中问出埃迪就在柏林的情报也只是时间问题。埃迪知道自己必须抓紧时间离开，但飞机再有一个小时就将起飞，而且他们也未必会追到机场来，他觉得不必过于紧张。倒是自己太过轻信那个年轻人，还让他帮忙跟踪，这让埃迪十分懊悔，加上那个神秘日本人的真实身份，这几件事在他脑子里转个不停。他们跟那个日本人究竟是什么关系？一回纽约，他就会让组织出面查一查那人的底细。他已经知道那人的名字，在里昂也偷偷拍下了照片。

一分钟后他下了出租车，朝候机大厅走去，满脑子都是那个神秘日本人的面孔。总觉得在哪里见过——不，应该说，那人的长相很面熟。究竟像谁呢……应该是个他非常熟悉的人。他的手搭上候机厅玻璃门的把手。忽然，有人从背后撞了他一下，下一瞬间，他听见一个声音在他耳边说了句对不起，又立即离开了。他下意识地想回答没关系，却发不出声音。他不明白发生了什么，没有枪声，没有疼痛，只是感觉体内有一根弦断掉了。身上多了个洞，血液汩汩往外直流。皮包从左手滑落，身体无力地靠在玻璃门上。门的另一边，旅客们来来去去，候机大厅里一片朝气蓬勃。多么和平的早上啊……没有人注意到他的死,也没有人意识到他们即将面临些什么。

一名衣着艳丽的中年女性停下脚步,用惊异的眼神看向他。几秒后,恐惧爬上她的脸,一声惨叫把祥和的气氛撕得粉碎。他也好想大叫……危险,要小心……亡灵就要来了!纳粹的亡灵……纳粹?他终于想起那个日本人到底长得像谁了,他想起高中时在中心西站候车室看过的照片,想起那藏在坚毅表情下的怯懦双眼,和自己一模一样的双眼。他痛恨照片里那个人,恨到不惜改变自己的人生道路。那一瞬间,他如此清晰地感觉到自己身体中流淌的犹太血液,几百万同胞被屠杀的痛与他同在。啊……他为什么要在那座车站,看见那个人的照片呢?如果没有那张照片,他就不会加入组织,更不会就这样突然地,在一个陌生城市的机场角落白白丧命吧……就连柏林,也将永远只是一座和他毫无关系的城市,不是吗……

"我们的真正目的,是实现东西德的统一。"迈克终于从手表上移开目光,脸上再度浮现微笑。

"我们的目标是推倒柏林墙,让柏林合二为一,让被两大国强行拆分成东西边的德国重新统一。这是全体德国人民的心愿,但为什么一直没能实现?很简单,因为没有出现合格的领袖。就像半个世纪前那位高举万字旗的人间之神一样,人们期盼救世主再次降临,拯救这个被一分为二的病态德国。不,不仅是德国,他还将拯救整个朝不保夕、只能维持表面和平苟延残喘的世界!只有武力才能实现这一伟大使命,而这本书也必须重见天日,成为记录世界真正面貌的新圣经!"

迈克从桌上抓起那本书,亢奋地晃了两下。

"现在您应该明白,我们为什么要找您和玛尔塔·里维了。我们当然不会把她交给国际警察,我们需要她过去的功绩和力量。要知道,她在"二战"期间为您父亲做出了巨大贡献。"

"我还没有承认他是我父亲!"

青木大声怒吼,迈克依然笑得安稳,压根不理会他的愤怒。

"不管怎么说,我们得到了有资格当第二个希特勒的男人,又得到了'铁钉玛尔塔'。这下西柏林、东柏林的众多爱国人士都会欣然与我们联手了。啊,不光是柏林,全德国还有很多至今不忘初心、真正热爱这个国家的人,他们都会加入我们中来!玛尔塔·里维正在巴黎的一间地下室,被我们的人保护起来了。她已经知道了真相,并承诺跟我们合作。她也很想见您,明天就会来西柏林。好了,现在您什么都知道了,我们再次请求您——与我们合作。"

青木笑了,这一刻他只想笑。

"你要我当这帮纳粹亡灵的头儿?就像他一样?"

青木讽刺地望向画中那张脸。

"我没这么说。我们不需要您的头脑或能力,您只用待着就可以了,所有事情我们来操持,我们只需要您这个人。世上出现了继承元首血脉的人,并且还在我们手里,这本身就是一项足以傲视一切新纳粹及其他势力集团的资本。您的存在本身就有巨大的价值,流淌在您身上的血液正是元首留下的最宝贵遗产。

"您也不必现在就答复我们。今晚七点,去一趟东柏林爱尔莎的家吧。您可以再听一听爱尔莎的话,之后慢慢考虑。您可以不相信我的话,但爱尔莎说的,您应该会理解。"

"我能见到爱尔莎了?"青木脑子里一片混乱,只有这个名字像从窗口射进来的朝阳一样闪闪发光。

"我们一直在等您找到真相之后才能安排。前天说她很思念您,这句话并非虚言。不过,您现在看起来非常疲惫,最好先躺上一会儿。"

青木没搭理他,站起身走到窗边。他并不想看风景,只是不想看到迈克那张脸罢了。他什么都不想思考,什么都不想说,转身离开是他能给这个美国青年和他那个疯狂组织的唯一答案。他像个最平凡的日本人一样长大,他们却把他像小白鼠一样丢进迷宫中,试图逼他从一个想都不敢想的出口爬出去。可那又哪是什么出口,分明是一条毫无生路的死胡同。雨停了,阳光像不输给昨夜大雨的洪水一样从天空倾泻而下,将柏林洗刷得焕然一新;一窗之隔的房间里,人们却在谈论着世界毁灭。青木背对他们,在心中不断呼唤着爱尔莎的名字,他只想忘记这一切。

"您已经一无所知地活了四十多年,我理解您需要一些时间才能消化这个事实。没关系,您可以慢慢考虑,到这个月二十号之前给我答复就可以了。二十号那天,我们计划和规模最大的新纳粹团体会面商谈。四月二十日——元首的生日,我们希望它成为新时代的第一天。"

"为什么?"无视了迈克的话,青木终于转过身来,"你为什么不从一开始就说你们是纳粹?甚至'新'字都不用加,你们根本就是过去的那个纳粹。"

"有什么办法?我们的理念不符合当代世界价值观。尽管人们实际上渴望纳粹的力量,他们却又对那场战争的悲剧耿耿于怀。如果所谓战争悲剧真的存在——那只能是第三帝国被迫中途放弃的梦想。结果又怎么样呢?世界因此分裂成两半,又何尝不是新的悲剧!都说那座冰冷坚固的柏林墙象征着当代人享有的和平，可依我看，那都不能称之为和平——不幸的是，您从小就被灌输了错误的观念，这么多年来，甚至不知道自己继承了谁的血统。因此，我们才选择更加巧妙的表达方式，而不是一开始就抛出'纳粹'这个词来吓唬您。"

"还有那次——你在横滨说的，小时候看到的那张奥斯维辛的照片改变了未来人生的话呢？"

迈克并不说话，只是默默地微笑，手指还在神经质地动弹，掰着不存在的火柴棍。

"上次就说过，我一开始就知道你们在撒谎。但我始终相信你那天说的话和真诚的眼神，所以才同意来欧洲。"

"那些话是真的。我是对您说过很多假话，但那些话是真的。"

"可是你……你说看到那张照片后，决心要拯救犹太人，因此加入了保护犹太人的组织。"

青木皱起眉头，惊讶得连愤怒都忘了。迈克的回答让他感到十分怪异。

"没错，我是决心拯救犹太人，这才加入组织。从看到照片的那天起，我每天晚上便不再向上帝祈祷，而是念诵我的誓言。"

"你知不知道自己在说什么？你刚才还在赞美纳粹，这不是自相矛盾吗？"

迈克的表情看起来比青木还要吃惊。

"有什么矛盾？我比任何人，比犹太人自己都更渴望看到他们彻底得救。我简直等不及了，现在就想送他们全部去见上帝。"

西冈翻译了他的话，青木不由得脸色大变。迈克看到青木的反应，表情更惊讶了。

"您看不出来吗？要从尸山中解救他们，只能由我们亲手再次建起一座尸山。您难道不明白，为什么索菲·克莱默只有选择死亡才能逃离那个恐怖时代？——不光是索菲。犹太民族早已没了祖国，奥斯维辛的恐怖深深扎根在每个漂泊于世的犹太人心底，甚至包括后来出生的那些。他们时刻恐惧奥斯维辛的惨剧再现，这种恐惧与生俱来，像血液一样，和生命密不可分。自古以来犹太人便是流浪的民族，可如今，奥斯维辛这个名字就像一把悬在每个人头上的"达摩克利斯之剑"，不知何时就会将他们永远吞噬。

"小时候，就是看到照片那一晚，我病得非常厉害。我做了噩梦，一遍遍嘶吼'必须杀了他们，必须杀了他们'。我知道的，那些死里逃生的幸存者……只要活着，他们就得担心自己随时可能再变成尸山里的一员，一辈子都不可能从恐惧中彻底解脱，远比我痛苦得多——所以，我极度痛恨犯下这番滔天罪行的纳粹，但同时我也意识到，只有纳粹才知道拯救他们的唯一方法……为摆脱那张照片带给我的恐惧，我同样别无选择……没过多久，有一天我在院子里发现一只小鸟，它嘴角流血，一看就快要死了。它看起来真的很痛苦，咽喉和浑身的羽毛都在颤抖……但我比它更痛苦，抖得比它还厉害，我想做点什么，好把它彻底拯救出来……后来，我发现它已经被我掐死了，神奇的是，我的痛苦也消失了……"

青木的脸色越发难看，迈克·卡尔森坦然地看向他，笑容里甚至掺着一丝不解。

"你这个疯子！"悲愤的呐喊几乎脱口而出，青木却发不出声，嗓子眼儿似乎被什么东西堵得死死的，让他透不过气；他仿佛成了那只小鸟，少年迈克的手死死掐住他的咽喉。迈克疯了，同样一脸诧异地站在一边的西冈也疯了，还有那个亲切拥抱他、叫他"我的元首之子"的霍尔斯特·贡塔尔，以及他们组织里所有他见都没见过的人……通通都是疯子！青木试图移开目光，根本不想看到迈克那张脸和神经质地动个不停的手，但他做不到。迈克·卡尔森还在掰着不存在的火柴棍。年轻白人这双健康的大手究竟掰断过多少根火柴棍了？怕是数不过来了吧！在青木眼里，那些早已不是什么火柴棍，而是无数小鸟的脖子……甚至是……

这个青年的脸和手与阿道夫·希特勒的极度相似，比自己像得多……青木说不出话，浑身动弹不得，只得死死地、死死地盯着他。

一小时后，回到自己房间的迈克·卡尔森在沙发上坐下，第一件事就是从桌上的火柴盒里倒出火柴，再一根根地掰断。掰完一整盒，他总算注意到对面沙发上的年轻人正一脸狐疑地盯着他看。被监禁在这里两天，年轻人的脸上冒出了胡楂，看上去脸色有些发青，一头金发也失去了光泽。迈克倏地停下手。

"我知道你想问什么。"他的语气有些不耐烦，"无非想问什么时候能见到爱尔莎。不用担心，今晚我就会送你去见她。命运的时刻终于到了——"

这一晚，夜幕刚刚降临，柏林城就被另一层帷幕笼罩。起初，雾还很淡，像是午后明媚的阳光留下的最后叹息；等青木离开酒店时，夜色已经加深，雾也变得厚重起来，除了路灯和霓虹看板，周遭的一切都隐入了浓雾中。柏林的夜一如既往带着盈盈的蓝，雾气和街灯的光芒呈现出冷冷的青白，不知道是不是这个原因，街上的冷色调霓虹灯格外耀眼，映在日本人青木眼中，依然显得那么遥远和疏离。

雾气悄悄打湿了他的头发和肩头，在他周身染上雨的气息。也许那正是下午短暂的阳光没能完全带走的连绵细雨，到了夜里，便在陡降的气温下凝成了结晶。

除雨之外，这座城市特有的气息也环绕着他。那是巴黎、东京，甚至纽约与伦敦都没有的，专属于柏林的独特气息。四月下这么大的雾，也不知道算不算罕见天气。如果山崎也在，他大概能说上几句，可惜青木现在形单影只，那些人明确要求他必须一个人来。

雾气缓缓流动，穿过一盏盏街灯，两旁的楼房也似乎跟着动了起来，像一艘艘航行在大海上的巨轮。这里的氛围和历史书上那些"二战"老照片很像，柏林沉浸在浓雾中，模糊了过去、现在与未来的界限，流淌的雾气仿佛将这座城市带回了遥远的过去，回到"二战"时期的某个夜晚。事实上，他感到自己正走在很久很久以前，久到早就褪了色的柏林街头。

通过查理检查站进入东边之后，这种氛围变得更加强烈了。国界线、高墙、比西边暗淡不少的街灯，钢铁般冰冷的寂静伴着雾气将他重重包围，空气散发出随时可能响起枪声和警报声的紧张气氛。恍惚间，他真的觉得自己闯进了战争时代。回头望去，一辆电车沿着柏林墙驶过高架桥，车窗里流动的灯光让他梦回四十多年前的那个夜晚——事实上，只要这堵墙还在，这座城市的战争就还没有结束。迈克·卡尔森是疯了，小时候看过的那张照片不仅改变了他的人生，也彻底扭曲了他的脑子；但夜幕与浓雾中隐隐传来的枪声、爆炸声与惨叫的回响，却未尝不是他今早那句"东西两德必须统一"的佐证。

至少这一点他说得对，疯了的不是他，而是放任这座城市被切成两半，对那堵高墙习以为常的世界——

但事情远不可能那么简单。早上迈克他们离开后，他立刻瘫倒在床上，陷入了沉睡。迈克说得没错，他确实筋疲力尽了，开始于新年第一天零点的这趟充满谜团的漫长旅途榨干了他的心力。今天，谜底终于揭开，但那匪夷所思的事实只是令他更加困惑。当他从迈克·卡尔森的脸上看到和阿道夫·希特勒一样的疯狂时，这份困惑达到了极点。突然，他的大脑和身体一片空白，像马拉松选手突破终点后瞬间虚脱了一样，什么也想不了，一寸也动不了，就这么一头栽倒在床上，睡了过去。

再醒过来时，太阳已经快下山了。落日的余晖和充足的睡眠使他清醒过来，美国佬早晨的疯狂发言此刻想来就像一场可笑的噩梦，越想越蠢。他必须立刻离开柏林，远离那些疯子的魔掌——但随着日光急速退去，黑夜与雾气重新回来，那荒谬的故事忽然又变得真实了起来。

至少，那两幅莱茵河与塞纳河的画之间远超巧合的惊人关联得到了解释。至少，他的诞生需要一个女人和一个男人，那个女人被称为七月，那个男人被称为神，能有什么问题？至少，出生于集中营的荒谬故事揭开了他胸口那个神秘手术疤的谜团。人间之神在他体内埋下一枚戒指的说法虽然离奇，但至少解答了 X 光片上那团奇怪阴影的成因。而一个婴儿生于集中营，却没有像其他婴儿一样被杀，反而奇迹般活下来的故事，至少意味着这孩子是与众不同的。一手养育他长大的姨妈夫妇对他的身世避而不谈，至少证明他幼年的经历并不平凡。以及，他手腕上的火烧痕迹，至少表示出他们对他确实有所隐瞒——既然如此，那认为自己就是阿道夫·希特勒的儿子，又有什么不可以？

经过白天漫长的睡眠，他的身体充盈着熠熠生辉的阳光，当夜色和雾气深深笼罩他时，一丝微弱的光芒从他的身体深处散发出来。那是戒指的光芒，仿佛要将整个下午吸收的春日暖阳还给黑夜似的——不，分明是将四十多年来吸收的光芒，全部还给他的生身父亲……一方面，他觉得这一切像是一个突然闯进他人生的异物，但另一方面他绝望地发现，自己竟然从中感受到了一种美——不，不，他还没有相信自己竟然是希特勒的儿子这种鬼话。

如今他走在东柏林难言的寂静中也纯粹是为了见爱尔莎，他无意与她讨论这些事。一别几天，他只想拥抱她，用身体感受她的热度，哪怕一个小时也好，他只想彻底放空自己。这是他只身来到这里的唯一原因。

"过了查理检查站，一路直走就能到菩提树下大街，街如其名，路两旁种满了椴树。准确来说，从检查站出来，走到第十一个路口就是；如果只看主干道，那就是第二条大街。在十字路口左拐，她的大学就在路左侧不远处。沿大学围墙往前走，注意马路对面，会看到一家小饭馆。继续往前，到第三个路口右拐，再左拐……"

他按照上午西冈离开前反复比画叮嘱的路线往前走。路灯暗淡的白光在雾中摇曳，椴树的枝条若隐若现。这个时节的椴树可能已经发出了新芽，但或许是雾的缘故，它们看起来还是光秃秃的，仿佛被遗忘在了冷清的冬日。透过雾的薄纱，宽阔的道路对面隐约有一道灰扑扑的围墙，应该就是大学了。他走过餐馆，透过起雾的窗玻璃，店里暖黄的灯光洒向道路。偶尔有行人和他擦肩而过，每个人都行色匆匆，头也不抬地赶路，没有人多看他一眼。

按地图拐过两个弯，他走进一条堪堪只够一辆汽车通行的小巷子，两边全是仓库一样的水泥建筑，雾气积在狭小的空间，更浓了。

"左手边第三栋楼房。楼房左边没有入口，直接从石头楼梯走上去。"

他仔细打量，果然看见这样一截直通马路的楼梯。

"上到二楼。途中如果遇到当地住户，请务必挡住脸。"

这倒是不必担心。虽然隐约能听到屋里有走动说话的声音，但他一路上并没有碰见任何人。雾气爬上楼梯，将二楼走廊也包裹在朦胧的薄纱中。往前走，离他最近的那扇门的木头把手上系着约好的标记——一个红色蝴蝶结。

"脚步尽量放轻，也不用敲门。我们已经吩咐爱尔莎不要上锁了。"

他握住门把手轻轻转动，慢慢推开了门。

最先映入眼帘的是一盏陶瓷台灯，它就放在床头，灯光透过白色蕾丝灯罩，柔和的光洒在床上。这也是屋里唯一的照明。黄色花纹的墙纸，色调过于寒冷的水蓝色窗帘。屋里一个人也没有——可是不对，踏入房间的一瞬间，他分明感觉到了另一个人的气息。通向里屋的门半开着，那头好像是厨房。爱尔莎会在那里吗？不，不对，那气息非常近，就在他旁边。刚意识到这一点，无声无息地，后脑突然受到一记重击。有人藏在门后用钝器偷袭了他，会是爱尔莎吗？这是他最后的意识，在感到疼痛之前，他的身体已经歪倒在地，坠入了黑暗的深渊。

七点零六分。卡尔森低头看表，布鲁诺·豪森抬头看向墙上的钟。钟旁边挂着一幅很大的画，画中小丑是美国人最喜欢的那种夸张装扮，穿着大红波点戏服，鼻子上顶着红球，一脸怪相。整整两天时间，他不得不和墙上的小丑、监视他的人关在一起大眼瞪小眼，腻味透了。

"该出发了。"

卡尔森站起身，转身看向身后站着的两个男人。其中一个身材瘦削，这两天一直是他在监视布鲁诺，现在那人已经打扮成了司机模样；另一个是大胖子，半小时前刚到，穿着带一圈大毛领的豪华大衣，十足的土豪范儿，也不知道是真有钱还是装的。布鲁诺就是要跟这两个人的车进入东柏林。卡尔森故弄玄虚地说什么第三个柏林，其实还是老把戏，躲在土豪的汽车后座混过检查站罢了。

"但我能绝对保证你的安全，你可以见到爱尔莎，而且平安回来。"

这话卡尔森说过好几次了。目送布鲁诺到门口，卡尔森又强调了一遍。

"别担心，一定能平安回来。"

房门在布鲁诺身后关上了。一分钟后，三人下到地下停车场，停车场里弥漫着雾气，一辆蓝色沃尔沃停在那里。司机打扮的男人卸下后座，看起来确实很安全，和卡尔森保证的一样。后座沙发下面塞满了备件，乍一看连个小孩都钻不进去，其实是个活板门，挪开后，就露出一个勉强够一个人蜷缩在里头的空间。司机用眼神命令布鲁诺躺进去，布鲁诺抱着双腿侧身躺好，活板门关上，布鲁诺便与外界隔绝，被困在了这个黑暗逼仄的空间。他什么也看不见，什么也听不见，汽油味从四面八方涌进来。很快，黑暗空间摇晃起来，他知道，车子启动了……

迈克给霍尔斯特·贡塔尔的房间打了个电话。接电话的是赫尔卡，淡淡地说贡塔尔正在沐浴。

"我已经安排人送布鲁诺·豪森去第三个柏林了。太完美了，今晚的雾简直就是神赐良机——神自然是指我们的元首，你说是吧？"迈克一边讲电话，一边习惯性地用手指头掰着火柴棍。

真是个蠢货啊，他在心里说，那小子居然真信了还能活着回来的话，他这趟分明就是有去无回。

那个美国佬真的以为我还能回去？布鲁诺在晃动的黑暗中出神——他以为我真的只是去看看爱尔莎，和她聊聊天？布鲁诺的手抚上藏在外套口袋里的手枪。这支手枪在去年年底帮霍尔斯特·贡塔尔逃亡时用过，后来他一直片刻不离地带在身边，连满大街找爱尔莎的时候也将它揣在兜里。但卡尔森不知道啊，卡尔森甚至没想过搜他的身。十足的美国蠢驴，简直跟墙上那个小丑有得一拼——

"对，他带着手枪去了。"迈克还在讲电话，"等到了第三个柏林，在爱尔莎的房间里，他自然用得到它，一切都将如我们所料。"

二十分钟后，一辆汽车毫不费力地通过勃兰登堡门，消失在另一个柏林的浓雾中。

白色的国界线长得看不到尽头。本质上，它不过是画在柏油马路上的一条白线，几米开外就融进了浓雾，但他就是觉得它将一直通向天边。即便这样，他仍然要走下去。前路的尽头到底有什么？他不知道，但他会永远地走下去，直到倒下。

渐渐地，前方隐约出现一个人影，耳边传来一串铃铛般的声音。走近些听，原来是婴儿的哭声。在好像路灯的亮光下面，乳白色的雾气将一切模糊成缥缈的影子。波提切利的圣母怀抱圣婴，周身写满哀愁，像那幅画一样低垂着双目……不，那不是圣母，而是老埃默里希夫人卧室里那张照片上的女人，被称为七月的日本女人和波提切利的圣母一样忧郁，怀中抱着另一位神的孩子。再走近些，那张脸近在眼前，却像包裹在纯白的茧里一样看不清晰；婴儿的哭声震耳欲聋，却也一样包裹在茧里。他用力挥手驱散雾气，茧却越来越厚，湮没了眼前人的面孔。他只能继续与雾气搏斗，绝望地大叫出声。就在这时，茧忽然裂开一条缝隙，里面露出一张脸。既不是圣母玛利亚，也不是朱莉，而是爱尔莎的脸——

"你没事吧？"

青木睁开双眼，听见爱尔莎担忧的声音。明明算不上多熟悉的嗓音，距离上一次听到也不过才一星期，他却感到无比怀念，好像分别了几十年一样。不知道为什么，青木衣冠整齐地躺在床上，爱尔莎正坐在一边关切地看着他。她紧紧握住他的手，似乎已经握了很久。他浑身冰冷，她的手给了他仅有的温暖。

"到底发生了什么？"

青木试图坐起身，后脑猛地传来一阵剧痛。他伸手摸了摸，还好，没有出血。

"我也不清楚。雾太大，我只能慢些开车，回来得晚了些。一进门……就看见你倒在地上，于是赶紧把你扶到床上来，费了老大的劲。可我又不能叫医生过来，真对不起。"

"我没事的。"青木说，只要躺着不动就没什么痛感，"现在几点了？"

"八点左右。"

爱尔莎看了看床头桌上的木质座钟。现在是八点零六分，距离青木进门已经差不多一小时了。桌上的台灯也散发着柏林的气息，映得爱尔莎比在日本时更加美丽了。灯光为爱尔莎的脸庞打上一层柔纱，一时间青木几乎以为自己还在做梦。意识渐渐清明，这不是梦，而是现实，自来到柏林后就被高墙严密隔绝的爱尔莎，此刻竟然就在他眼前。爱尔莎似乎也一样，不敢相信眼前的人真的是青木。

"我还以为再也见不到你了。"过了一会儿，爱尔莎终于把脸埋在青木胸口，"迈克应该已经告诉你了。我之前骗了你，其实也是想让你自己寻找真相。"

金色的发丝轻轻掠过青木的下巴。只要能将这头金发拥抱入怀，这点小事他根本不在乎。不，他本来就是为了忘记那些事才会到这里来。青木的手指抚弄着爱尔莎的头发，爱尔莎的手抚过青木的胸膛。

突然，青木被拉回了现实。他停下手上的动作，急忙摸索起大衣口袋。

"怎么了？"爱尔莎坐起上半身。

"护照不见了。"

他微微撑起身子，将全身上下每个口袋都翻了一遍，钱包和其他东西都在，唯独护照不见了。哦，还少了一样东西——昨天傍晚在贝尔克街古董店买的木雕蝴蝶也不翼而飞了，明明买完就直接塞进了衣兜来着。

"木雕蝴蝶？"

"对，是个胸针……准备送给桂子的。"

听青木这么一说，爱尔莎的脸色顿时黯了一层。

终于从狭窄的黑暗中解放出来，布鲁诺下了车。小巷笼罩在白茫茫的浓雾里，但就在他下车的地方，旁边隐约透出几束灯光，原来他就站在爱尔莎家的楼梯前。

"两个小时后，我来接你。"司机说。

对布鲁诺来说，世界上再没有比这个更没意义的话了。目送红色的尾灯消失在充满白色大雾的黑暗中，布鲁诺踏上楼梯的第一级台阶。终于，再走上几十步，这个害他苦苦追寻了一年的女人就要被他逼上绝路了。踏上第二级台阶。他把藏在胸口的手枪换到外面的口袋，紧紧地握在掌心。

地板上既没有护照，也没有木雕蝴蝶。

"我们有麻烦了。"爱尔莎低声说。

东柏林一向对入侵者高度警戒，连青木都知道丢失护照——甚至丢失在爱尔莎的家里，会造成多么严重的后果。准确来说，护照并不是丢失，而是被偷袭他的人拿走了。青木不知道自己为什么会遭到袭击，更不知道对方为什么要拿走护照，但最叫人纳闷的还是那枚蝴蝶胸针，对方要这个做什么？

"没办法，只能马上去日本大使馆了。"爱尔莎脱口而出，随即立刻摇摇头，否决了自己的提议。青木绝对不能去大使馆，也不能把今晚的事说出去，爱尔莎害怕别人知道她和青木的关系。

她脸上的困惑神情证明了这一点，她艰难地看了看钟，八点十分。

布鲁诺的脚踩上最后一级台阶。透过朦胧的雾气，那扇门就在眼前。再走近些，他看见了把手上的蝴蝶结。为什么会有这个？疑惑在他的脑海一闪而过。静寂震耳欲聋，他清晰地听见心脏狂奔的鼓点，仿佛来自别人的胸膛。但他的脑子却冷静到出奇。他在门前站定，伸手敲门前，他深深地吸了一口气。

爱尔莎艰涩的神情让青木起了疑心。爱尔莎是个热情的女孩，但这份热情只会在青木抱她的时候显露出来，平时都掩盖在她雪白的肌肤下面，就连微笑时，那种天然的冷都不曾从她脸上消失。莫非她还在演戏？仔细一想，知道他今天会来的，就只有他们组织的人。痛击他后脑、拿走他护照的，很可能就是爱尔莎自己。但青木没时间再想下去了，外面忽然传来敲门声，敲了一次，然后又是一次。

没反应。布鲁诺也不敲了，他伸手握住把手，门没锁。

一个男人从打开的门缝溜了进来。青木第一次正面看清楚那张脸，但他立刻就知道对方是谁了。那人身穿一件式样时髦的外套，乘火车从里昂回巴黎时、乘飞机来柏林时，他穿的都是这件。难道他今晚也一直在跟踪自己？青木很快意识到事情并非如此。年轻人瞥了青木一眼，没有理会他，而是看向了爱尔莎。他的眼神似乎蕴含着一些特别的东西，冰冷与炽热奇妙地交织在一起。

房间还是一年前的模样，一点都没变。黄色花纹壁纸，比灯光更衬夜色的白色灯罩，浅蓝色窗帘，靠窗摆的床。唯一改变的是床上坐着的女人。爱尔莎站起来看着布鲁诺，她的脸上没有惊讶，卡尔森一定早就通知过她了。

这片刻时光，是布鲁诺靠出卖那个犹太人才换来的奖赏。过去的一年里，他每天都在想象两人重逢时爱尔莎脸上会是什么表情，但出现在他脑子里的永远是同一个模样——一张无动于衷的脸，像在看陌生人。现在，爱尔莎正用他想象中的眼神注视着他，恍惚间，布鲁诺不禁怀疑自己是不是还在做梦，眼前的她全是幻想。彻骨的疲惫湮没了他，他几乎站不住，只想快点结束这一切，离开，去警察局，然后躺下，直接睡死过去。

一旁，有个东西动了一下，不是爱尔莎。哦，对了，房间里还有一个人，是那个可疑的日本人？推开门的瞬间，他是瞥见床上躺着一个人，下一秒就彻底忘了。他没空关心那个日本人，哪怕他就是爱尔莎的新欢。他的眼里现在只有爱尔莎。

爱尔莎嘴唇动了动，似乎有话要说。布鲁诺猛地从口袋里掏出枪，手指已经按在扳机上。他什么都不想听，爱尔莎竟然还想说，这太奇怪了。她还能说什么？借口，还是谎言？这两种都不适合爱尔莎。一切都变了，按说爱尔莎对他也不再有一丝爱情，可她却仍然和一年前一样美丽。她似乎打算笑一笑，不是冲着他，而是冲着他手中漆黑的枪口，仿佛想让他承认这只是个拙劣的玩笑。爱尔莎飞快地说了句话，他一个字也没听懂，大概不是德语。然后他清楚地听见她说："布鲁诺，等一等，我需要和你谈谈。"

他自认早已无话可讲，除了一颗上了膛的子弹。可是——他犹豫了一下。

青木迅速将手伸进枕头底下。爱尔莎背对着他，刚刚用日语说"那下面有把手枪"，他立刻反应过来，这话是故意说给他听的。灯光将她的影子打在枕头上，青木得以在枕头底下摸索，但又不能被年轻人发现。还好，对方确实没有注意到他的小动作。

年轻人的目光死死钉在爱尔莎脸上。在他掏枪前，青木就知道他对爱尔莎起了杀心。他眼中的冰与火，早已是射向爱尔莎的子弹了。青木不知道他们俩是什么关系，也许他就是爱尔莎提过的第一任男友，但也没时间求证了。

枕头下的手碰上冰冷的金属。青木觉得悲哀，原本为绘画、为抚摸恋人秀发而生的这只手，如今却不得不拿起这样一个东西。他不会用枪，甚至不知道里面有没有子弹；但为了保护爱尔莎，他义无反顾。

下不了手，我没有勇气对你开枪。爱尔莎的嘴唇又动了一下，她想说什么？是不是想说我爱你？布鲁诺很明白，只有这句话才能阻止他的决心，他比爱尔莎更清楚这句话的分量。来吧，再说一次你爱我，即便知道是谎言，我仍然愿意被你再骗一次——

布鲁诺扣下扳机，爆裂声划破寂静，下一刻发生的事情让布鲁诺简直不敢相信自己的眼睛。枪声的回响中，爱尔莎的笑容依旧完美，反倒是他的身子渐渐地、渐渐地歪倒下来。他感到射向爱尔莎的那颗子弹轻轻掠过他自己的身体，打在了右臂上。鲜血从袖口流出来，流到握着枪的手指上。爱尔莎的微笑和一年前在菩提树下大街分别时一模一样，还是那么美丽，布鲁诺知道她想说什么。

——永别了（Auf Wiedersehen）。啊，当初没有说的话，现在终于要从她口中飞出来了。他忍着剧痛，再次叩响扳机。第二颗子弹仍然没有打中爱尔莎，布鲁诺的身子往后飞出一米远，倒在地上，不动了。

青木还打算用颤抖的手指再开上一枪,爱尔莎伸手阻止了他。她的动作十分沉着,一瞬间,青木还以为这也是演给他看的戏。下一秒他开始怀疑今晚的一切都是圈套,连带着爱尔莎也还在骗他,而他竟然开了两枪!再下一个瞬间,他仿佛自己也中了弹一样,大脑忽然一片空白——

他侧身倒下,脸颊贴在地板上,布鲁诺·豪森什么都不知道了。他不明白,明明他才是那个带来死亡的人,为什么死的人会是他自己,而他又希望死在哪里呢……几秒过后,这些问题都不再有意义,他只知道体内的血液正不住地喷涌、流逝。菩提树下大街上,爱尔莎的背影越来越远,枯萎的椴树枝开出无数白花,将他湮没。他用手中的枪为自己翻开了人生最后一页,从此再没有爱尔莎的背影,没有椴树的花海,留给他的只有永远的黑暗。

青木回过神,爱尔莎正试图从他手中拿走手枪。刚刚的震撼让青木的手指僵硬得像石头,已经没法自主松开枪了。爱尔莎使出全身力气,一根一根掰开他的手指,这才把枪取了下来。

布鲁诺的尸体上,盖着一条棕色毛毯。

显然,当青木还半坐在床上发呆时,爱尔莎已经简单处理了现场。到了这个时候,她脸上的表情仍然没什么变化。

"他就是我第一任男友。自从我选择了迈克,他就一直很恨我。再多细节,你就不要追问了吧。事已至此,继续深究也太残忍了。"

她语气冷漠地说完,冷冷地瞥了尸体一眼。

身体止不住地颤抖,他到现在仍然不敢相信自己居然真的开枪杀了一个人。难道我真的天性如此，可以毫不犹豫地杀人……就像那个男人一样？

手臂稍稍恢复一些知觉，青木伸手环住爱尔莎的身体，想要亲吻她的脖子。爱尔莎拒绝了，轻轻摇了摇头。刚才的热情不见了，她似乎全身都在拒绝青木的触碰。青木试图将之归因为自己的双手还在麻痹，产生了错觉。

"老师，你不要自责，你只是想救我而已。"爱尔莎用和刚刚看尸体同样的眼神望向青木，"在日语里，这种情况该怎么说来着……"

"正当防卫——"

"对，就是这个。只是处理起来比较麻烦。"

青木叹了口气。即便发生在自由世界，这事也棘手得很，更别说东柏林了。

"怎么办——"

"只能想办法瞒过去，假装事情没发生过。"

"可是——"

回过神来，青木注意到一件奇怪的事。按说整栋楼的人都能听见枪声才对，可外面竟然没有一点反应，走廊里静悄悄的。

"这座楼很快就要拆迁了，眼下只剩三户人家还没搬走。这层住了一对老夫妻，耳背听不清的；另一户住在一楼，应该只能听见微弱的声响。"爱尔莎解释道。

"但尸体也不能就这样放着吧。"

爱尔莎看了看桌上的钟。

"再过一个小时，迈克他们就会过来。只能听他们的指示了。"

青木慢慢地下了床，来到尸体旁边。也许是刚才的冲击太大，后脑已经感觉不到疼了，取而代之的是从右肩蔓延到手臂、冻伤一样僵硬的痛感。他用左手微微掀开遮盖尸体的毛毯，一只血淋淋的右手出现在他眼前，手里还握着枪。青木注意不让自己的手沾上血，小心翼翼地从死人手里抽出手枪，卸下弹夹。还剩两颗子弹。

"你在做什么？"爱尔莎问道。她的声音略微有些慌乱，不像刚才那样冷静。青木握着枪回到床边，挨着爱尔莎坐下。

"你最好什么也不要做，等迈克他们来就好……他们会有办法的。"

爱尔莎的话戛然而止，青木的枪口正指着她。

"这是个圈套，对吧？"青木沉声问。

爱尔莎没有回答，只默默地回望他。她还是那副表情，但青木没有忽略她湛蓝双眼深处闪过的一丝亮光，让他想起跨年夜，她第一次出现在他眼前的模样。

"你还在骗我。"

"什么意思？"

"他枪里装的是空包弹，根本打不死人。而你早就知道，所以面对枪口也不慌张。"

"是，我骗了你。"

"只要找找房间里有没有他射出的子弹就知道了。甚至不用那么麻烦，我现在扣下扳机，一切都会水落石出。"

青木的手指按在扳机上。枪口距离她的脸不过几厘米，她神情自若，碧蓝的双眼坚定地看着他。其实青木对自己的判断也没有那么笃定，如果现在扣下扳机，也许这张美丽的脸庞瞬间就会血肉模糊，给两人之间的这出戏一个拙劣的落幕。

"你开枪吧。"

爱尔莎依旧坦然注视着青木的眼睛。青木的手指用了用力。

"最后一个问题。你说你爱我,也是在骗我吗?"

爱尔莎双唇紧闭,眼底的光芒似乎在恳求他自己读出真正的答案。那究竟是谎言?抑或是真实?他读不懂。他又重复了一遍问题。

"对……那也是骗你的!"

爱尔莎一字一句地说,眼神不知何时写满了不屑。

"你爱的是那个美国佬?"

"对,我只爱迈克一个人。"

"他就是个疯子。即便责任不在他,但一张照片就能让他疯成这样……比起我来,你居然更爱他?"

"对,我就是爱他!你不也一样?明知我一次又一次地欺骗你,你却还对我这个坏女人心怀幻想。"

"从那一天……在东京那晚起,到刚才把脸贴在我胸口那一刻,这一切都是假的吗?在你眼中……我跟这个死去的年轻人一样毫无价值吗?"

"是的,我们之间的一切都是假的。"她斩钉截铁地说。

但下一刻,她的眼中忽然溢出液体,顺着脸颊流了下来。她的神情依旧平静冷漠,青木一开始甚至没意识到那是泪水。下一秒,她的眼中又干涸了,他只好认为自己刚才是见了鬼。她的泪水转瞬即逝,和她的眼睛一样,带着忧郁的蓝。

"空包弹——嗯,又学会一个新的日语词。是的,你说得没错,确实是空包弹。"

她从他手中拿走手枪,从容地塞回尸体手上,盖好毛毯,然后走到窗边,拉开窗帘。外面只看得见雾,她却一直盯着雾瞧。

"你说得没错,这是我们为你设下的最后一个圈套。"

"为什么要这样做？！"

"想一想这件事的结果吧，你就会明白我们的用意了。现在你已经无法离开这间屋子，更无法离开柏林了。等迈克来了，他会对你说：'您在东柏林惹了个大麻烦。虽然不是您的责任，但您也该知道后果会有多严重。总之，您只能暂且躲在这里，和这具尸体待在一起，等我们想办法安排您逃亡到西边去。检查站那边有您的入境记录，却不见回去，恐怕今晚就会展开搜捕了。不过，只要不离开这间屋子就没事，爱尔莎会保护您周全，只是要辛苦您忍受一下尸体了。'然后等四月二十日那天早晨，他们会再次出现，说一切安排妥当，可以带你回西柏林去了。你已经知道我们四月二十日计划要做什么了吧？你知道自己的父亲是谁，也见识到了组织的真实目的，所以我们担心你会拒绝合作，马上逃走——你一定会那么做的。"

"所以你们布下这个局，只是为了把我困在这里直到四月二十日？！你一开始就在枕头下藏了枪，故意陷害我，让我杀死那个年轻人——"

"是的，但这几天算不了什么，我们想要永远控制你。四月二十日之后，你将永远以另一个身份在柏林生活下去。"

"另一个身份？"

"对，那一天除了和其他组织会面，我们还会放一把火，烧掉西柏林一个和平运动组织的总部大楼，以此拉开新时代的序幕。"

烽火——这个词忽地浮现在青木的脑海。

"日本画家青木将在火灾中不幸遇难，重生为另一个人，在柏林度过余生。就像玛尔塔·里维曾经做过的那样。为避免成为杀人案的凶手，你别无选择，只能加入我们。"

"那场火灾会死多少人?"

"还不清楚。但无论如何,与我们今后准备杀的人数相比,只是个微不足道的小数字。"

爱尔莎语气逐渐激昂起来,简直像换了个人似的,让青木想起迈克今天早晨那癫狂的声音。没错……这确实不是真正的她啊。青木坐在床边,一动不动地盯着地板,爱尔莎则盯着窗外的虚空,口中说着那些她自己都不信的鬼话。自从在东京那晚两人结合以来,青木还是头一次只能对着爱尔莎的背影,听她说话。现在,听着她的声音,他发觉自己直到今天才第一次真正深入爱尔莎的内心。这些她自己都不信的话,才是她说过的最大谎言——

"如果我说,我选择成为这起案件的凶手,你会怎么做?"

"你没有选择。你已经无法从我们手中逃脱,也无处可去了。"

青木看了看表,八点三十三分。

"还有时间。我可以趁迈克他们来之前离开这里,去大使馆或警察局,坦白我的罪行。"

"那我就在这里开枪打死你。我收到的命令是,如果有必要,我可以这么做。"

"就像杀他一样?你们会这么简单地杀死世界上唯一继承'你们元首'血脉的人?"

青木自嘲地大笑出声,抬头望向爱尔莎。爱尔莎摇摇头,依旧盯着外面。

"那你就错了。你并不是唯一,在你不知道的地方其实还有一个。"

青木皱起眉头。正因为他是唯一一个继承者,迈克他们才会费那么大劲,甚至跑到东亚小岛国把他找出来,难道不是这样?爱尔莎转脸瞥了他一眼,又很快挪开视线。

"你不觉得奇怪吗?如此重大的任务,为什么他们会派一个像我这样的年轻女孩,不远万里把我送到日本去执行?是,因为我会日语,我也足够漂亮,可以吸引你。但最最重要的原因是,我年轻。我不爱你,却任由你占有我,完全是为了迈克总挂在嘴边上的'生意',那桩生意的意义远比你想象的要深远。我去日本,并不仅仅是为了勾引你——"不等青木回答,她保持着同样的姿势说,"我怀了你的孩子。"

她的声音听起来像是自言自语。

"真的?"

"我不想再骗你了,谎话已经够多了。"爱尔莎叹了口气,"不,我还是说了一个谎。但我肚子里的孩子是真的,三个月大了,检测过是男孩。组织当然希望你自愿成为第二个希特勒,计划的三分之一确实是为了你,但更多是为了我肚子里的这个孩子。他比你更适合成为希特勒的继承者,毕竟你的观念已经成型,而这孩子可以从一出生就接受我们希望的教育。"

"但这需要……至少二十多年才能见效吧。"

"纳粹后人已经等了四十多年了,霍尔斯特·贡塔尔也是。只要昔日的帝国能够复活,他们不介意继续等待,直到死亡。像迈克这样梦想纳粹复活的年轻人也有不少,他们都想建立新时代。为了完美的新时代,牺牲二十多年不算什么。"

爱尔莎停住话头,望向身后的青木,两人静静地无言对视了几秒。

"所以,如果你想离开房间一步,我就会开枪。"

"你做不到的。"青木摇摇头。

"我可以。"

青木拿起刚刚扔在床上的那把手枪，起身走到爱尔莎跟前，把它塞到她手中。

"里面应该还有子弹吧。你最好现在就动手，否则我会离开这里。"

青木其实并没有真的要走，他早已下定决心和她一起离开，如果她坚持不走，他也会留下来。他只是非常确信，她绝对不会扣下扳机。刚才对着爱尔莎的背影，第一次看清她的本心时，他意识到自己是真的爱上了她——不是金发、白皙的肌肤、娇柔的身体这些肤浅的东西，而是爱她这个完整的人。爱尔莎不知所措地握着枪，望着他一句话也说不出来的样子，忽然让青木想起，她也不过是个年纪够当自己女儿的小姑娘。

"你不是那样的人，你刚才的所有话都是假的。你和纳粹没有一丁点共鸣，也后悔害死了那个年轻人，同样也杀不了我。你只是一个爱着迈克·卡尔森的普通女孩，当你说'我们'的时候，你指的只是你和迈克，什么组织、什么阿道夫·希特勒都与你无关。你不可能成为玛尔塔·里维，你自己最清楚这一点。你肚子里的孩子是否继承了那个人的血脉也并不重要，你只是想生下这个孩子。我知道，起初你并不爱我，但现在，你已经爱上腹中孩子的父亲了。"

爱尔莎专注地凝视着青木的眼睛，仿佛要找出言语之外的真相。

"还是说，我和那个年轻人一样，都自作多情了呢？"

她的眼睛安宁、平静，但青木仿佛又看见了刚才那滴带着蓝色荫翳的泪花。唉，莫非这也是自作多情？青木伸出手想拥抱她，爱尔莎微不可见地摇头拒绝了。

"总之先出去吧，趁他们还没到。去日本领事馆或哪里，把一切都说出来。"

青木看了看表，八点四十分。

"没时间了，你要立刻做出决定。你真的愿意把肚子里的孩子交给纳粹？"

爱尔莎又摇了摇头，脑袋无力地靠在窗户玻璃上。

"等我一分钟。"她小声地说。青木还想再说些什么，她又重复了一遍。

"等我一分钟……给我一分钟选择的时间。"

爱尔莎轻轻闭上双眼，像睡着了一样。雾气像墙壁一样裹住窗户，什么都看不见。爱尔莎的脸庞也像方才的梦一样，仿佛包裹在雾气中。梦里的爱尔莎怀抱着婴儿，那是青木的孩子。青木忽然觉得这个梦并不是偶然，而是一个神秘的启示，仿佛回溯到遥远的文艺复兴时代，一位画家以爱尔莎和她腹中的孩子为模特创作了那幅圣母子像。青木也想亲手绘制一幅更加伟大的圣母子像。爱尔莎双目微闭的模样，像极了画中的圣母，一分钟在她平静的脸上缓缓流逝，似乎度过了永恒。

"需要做决定的是你。"她大梦初醒般睁开眼睛，目光灼灼地望向青木，"你愿意等我二十年吗？二十年见不到我，你能保证对我的爱不会消散吗？"

"二十年，是指要等待孩子长大？"

"不，也可能是十年，或者三十年，我不知道。但我和孩子想安全脱离组织，只有一个地方可去。你不知道组织真正的可怕之处，索菲·克莱默也是迈克杀的，因为他们知道了玛尔塔的下落，她已经没用了……即便逃到天涯海角，我们都会被抓回去，世界上没有一个安全的角落，除了那里。"

"到底是哪里！"

"监狱。刚才那一分钟,我在想你的母亲朱莉,我将复制她的命运,生下你的孩子。我会因此成为囚徒,生活在牢房里。只有在那里,我才能平安地生下他。"

"你要蹲二十年监狱?人是我杀的!你——"

"不是的,迈克会处理好尸体,销毁一切证据。我说的不是这件事。"

"那是为什么?"

"我决定了,我选择你和我们的孩子。我要离开这里,到墙那边去。"

"翻过柏林墙?"

"是的,我们俩一起——"

"那不可能。警备那么严格,我们该怎样才能……"

"别担心,过境简单得很。"爱尔莎从衣柜里拿出一本护照,递给青木,"刚才打你的就是组织里的人。"

"这些事我都不在乎了。"

确实,护照拿回来了,青木随时可以返回西柏林。可爱尔莎想走就没那么容易了。

"那你呢……"

"放心吧,从东到西难,从西到东容易得很。然后,我在进入东边的一瞬间就会被捕入狱。"

青木完全听不懂她话里的意思。

"你在说什么……我们现在不就在东柏林吗?"青木不假思索地说。话刚一出口,他忽地没了信心,脸色也慌张起来。

"等等……这里不是东柏林?"

"发现怀上你的孩子时,我就抛弃了祖国。我去了西德驻东京大使馆寻求帮助,回来时直接飞到了西柏林而不是东柏林。

但我并没有抛弃真正的祖国，只是离开了一个，又回到另一个的怀抱而已。"

"为什么——"

"西柏林也是我的祖国。尽管去日本之前我从没来过西边，但在我心里，墙那边的西柏林始终是我祖国的延续。是的，我只有一个祖国，既不是东方也不是西方，她的名字就叫德国。当初，为了今天的计划，迈克说要在西柏林找一个房间，和我在东柏林的家布置得一模一样时，我就非常赞同。迈克管这个同时存在于东西两边的房间叫'第三个柏林'，但在我心里，它们就是我在唯一的祖国拥有的唯一的家。"

"我奇怪的不是这个。我明明进了东柏林境内，为什么会还在西柏林？"

真相早已呼之欲出。青木刚进入爱尔莎的房间就被打昏了，那些人不知用什么方法把昏迷的他运回了西柏林，带到这个一模一样的房间来。他想起，发现那只准备送给桂子的木雕蝴蝶和护照一起不翼而飞时，爱尔莎吃惊的模样。肯定是他们把他搬进搬出时不小心弄丢的，在这里自然找不到。这也说明，这里确实不是青木最初进入的那个房间。

"组织提前派人开车去了东柏林。在你失去意识期间，他们把你塞进车里，然后正常通过检查站带回来。"

"把我藏在车里面？"

"对，我们有两辆座位下带密室的车。"

"为什么要费尽心思干这种事，让我以为这里是东柏林？"

"刚刚告诉过你了。如果这里是东柏林，管控那样严格的地方，你就不得不听从迈克的命令，把自己关在房间里直到四月二十日了。毕竟人的确是你杀的。"爱尔莎的视线落在地上的死尸身上,"他也一样,到死都还以为这里是东柏林。他被藏在另一辆车的后座下面,以为自己偷渡到了东边,实际上他没有经过任何检查站,也没过墙。为了今天能让他用枪指着我,我们耍了很多手段,让他坚信遭到了我的双重背叛——没时间一一解释细节了,但大方向没有错,我确实背叛了他两次,不过不会有下一次了。我并不后悔让他死,但你是对的。杀他也好,把你骗过来软禁也好,当迈克对我提出这些计划时,我出于对他的爱,就一口答应了下来。但我现在后悔了,你说得对,我只是个平凡的女人,所做的一切都是因为害怕失去他的爱,我很后悔没有早日看清这个事实。"

爱尔莎的目光从尸体转到座钟上。

"我们的时间不多了,你得立刻决定。现在,没有什么比西柏林的自由对你来说更危险了。迈克他们比你更自由,能把你想关就关,想杀就杀,你想逃他们也有得是办法追,你唯一能去的地方只有东柏林。不要犹豫,选吧。是选择二十年后的我,还是纳粹?"

青木一秒钟都没有犹豫。他没有说话,只是紧紧握住了爱尔莎的手。

"我有车。"爱尔莎简要地说。

八点五十分,巴黎北站的大钟明晃晃显示着当前时间。在四个男子的护卫下,她登上停在站台准备出发的列车。五个人走进一个包间,水牛一样的肥硕身躯在靠窗的座位一屁股坐下。这三天来,她一次都没有违抗过这几个人,不断地点头说遵命,只是在他们说要飞回柏林时才第一次出言拒绝。

"我想坐火车。对,就坐火车。"为了回归暌违四十多年的祖国，也为了彻底找回身为玛尔塔·里维的感觉，她觉得很有必要在火车上慢慢摇晃一天一夜。车窗外掠过的荒野、农田、森林、山脉、星星点点的城市，将把她这四十多年毫无意义的人生通通推向过去，明天她又会回到原本真正的自己。站台上挤满了乘客和送行的人，情侣们隔着车窗拥抱吻别。她对每个人微笑，与自己在巴黎度过的四十多年时光告别。再过不久列车就要开动，带她回到柏林，回到她曾经死去的那一天，送她去实现第三帝国未竟的梦想。早晚有一天，她最爱的军旗会像漫天乌云一样重新降临，插满巴黎、欧洲，乃至全世界；军靴会踏着比瓦格纳更加庄严的步伐，踏遍全人类的大地；那个人也终将如闪电般归来，她将再次和他站在一起，把历史拨回到那个波澜壮阔的时代……

车窗外，五彩斑斓的霓虹灯光在雾气中穿梭变幻，他们的车的确是行驶在西柏林的马路上。八点五十七分。迈克等人很可能已经到达那间公寓，并发现他们逃走了。

"他们知道我们只有东边可去，一定会在检查站安排人手。我们必须赶在他们前头。"爱尔莎发动车子后说道，之后她全程一言不发。

车灯穿不透雾气，浓雾像白色的风暴，以飞快的速度撞到汽车前挡风玻璃上。她开得太快了，好几次险些撞上其他车辆，她也没有一点减速的意思。其他缓缓前进的车一辆接一辆被她甩在后面，车灯的光亮渐渐消失在浓雾中。

"直接去西柏林警察局自首不行吗？"

爱尔莎短暂地转过脸来，摇摇头。

"不行，警察里也有组织的人。"

——现在,没有什么比西柏林的自由对你来说更危险了。看着浓雾在窗玻璃上疯狂打卷,爱尔莎这番话中隐藏的危险变得越发清晰起来。除了东柏林,他无处可去,但到达那里的一瞬间,他就不得不和爱尔莎分开了。

他有些后悔刚才握住爱尔莎的手了。摆在他面前的选项并不是二十年后的爱尔莎和纳粹,而是二十年后的爱尔莎和当下的爱尔莎。只要愿意把自己交给那个纳粹疯子摆布,他至少可以把当下的爱尔莎据为己有。同理,他亦是要从自己的人生和爱尔莎之中二选一。只要肯接受阿道夫·希特勒之子这个身份,至少他现在就能将爱尔莎拥抱入怀。青木将手搭在爱尔莎的大腿上。爱尔莎仍然凝视着前方,但透过裙子的布料,她整个人都在依恋着青木的手。这叫他怎么能忍受二十年?他现在就爱她爱得发狂。自己的生活有那么重要吗?索性现在就干脆放弃,去过所谓阿道夫·希特勒之子的荒谬人生——

"到了。"

爱尔莎忽然停下车。浓雾之中,柏林墙沉默地矗立在两人面前,几乎与黑夜融为一体。检查站和监视塔的灯闪着冷冽的光,仿佛冬日从未远去。九点零七分。爱尔莎回头飞快地看了一眼,身后的雾仍旧宁静。

"听好,你一个人过去。"爱尔莎突兀地说。

她的脸就在青木眼前,却被层层阴影笼罩。黑夜挡不住那对蓝色眼瞳的光辉,碧蓝的火焰在她眼底熊熊燃烧。青木想说些什么,爱尔莎出声制止了他。

"什么都别说了,时间不等人,听我的就好。现在立刻下车,过境。进入东柏林以后,去找东德政府或者日本大使馆寻求庇护。如果遇到麻烦,就联系这张名片上的人,弗朗茨·利特。他在东德政坛地位不低,打从我记事起,他就非常疼爱我。事到如今,我也没法再去找我父亲了,因为我的叛逃,他现在的处境一定很难。唉,我背叛了父亲,现在又背叛了那个比父亲更重要的美国人。等见到弗朗茨·利特,你可以告诉他关于我的一切,之后交给他安排就好。接下来,忘记我和我肚子里的孩子吧。刚才开车的时候,我想了一路——我还是不能和你一起走。"

"为什么?"

爱尔莎摇头不语,又一次看了眼身后。

"听我的,下车。"她突然大吼一声,"走啊!"

青木第一次听见她这么激动的声音,混乱的思绪为之平静了下来。他应了一声,爱尔莎把手伸向副驾车门,一把推开。雾气一下子涌了进来,爱尔莎第三次看向后方。

"快走!"她命令道。

青木下意识跟着她的声音动了起来,身体的某处却还在犹豫不决。

"为什么,为什么你不跟我一起走?"

"我即便现在跟你去,结果也是一样的。无论怎么选,我都得和你分开。"

"我想知道原因,你为什么要留在西边?"

"只要我爽快地把孩子交给他们,他们就会放过你。否则,他们很可能一路追到日本去。"

青木想要反驳,爱尔莎忽然激动起来。

"赶紧走吧!"

"最后一件事——"

青木的嘴巴不自觉地动了,他听见自己说——

"最后再骗我一次吧。告诉我,说我是阿道夫·希特勒的儿子都是假的。"

"好吧。你只是个普通人青木优二,和希特勒一点关系也没有。不用再想真相了,人活着不是为了什么真相,你安心做自己就好,这样我就心满意足了。"

"还有——"

青木的嘴唇在颤抖。

"说你爱我,可以吗?"

爱尔莎用力摇头。

"是谎话也没关系,反正你一直在骗我。我只想你最后再骗我一次,然后我就听你的,下车。"

爱尔莎又摇了摇头。

"没必要再说谎了。"说着,爱尔莎将双唇覆在青木的唇上。一瞬间,青木感受到的既不是热情,也不是甜蜜,只有钻心的痛。爱尔莎的唇很快离开了。

"我没有骗你。刚才,就在房间里,我已经认清了自己真正爱的是谁。自那一刻起,我自己,以及肚子里的孩子都不再重要了。你的人生——这就是我在那一分钟里做出的选择。你应该继续做青木优二,一个普通的日本人。忘记这三个月的经历吧,回到桂子身边去。桂子对你的爱远超你的想象,你也一样,比自己以为的更加爱她。为了你,更为了我自己,我希望你们幸福。去吧,那前面就是国界线,只要跨过去,幸福的人生就在等着你了。去吧!"

爱尔莎推了青木一把,紧张地望向后窗。远处传来汽车轮胎摩擦地面的声音,两道光划破后方的雾气,飞速朝他们逼近。做不到,青木做不到就这样离开。

"走!"她又喊了一声。青木终于下了车,车门砰地关上。玻璃后面,笼罩在雾气中的女子比了一个口型,无声地催促他离开。下一瞬间,后方的车逼近眼前,车灯照亮了爱尔莎金色的头发和碧蓝的双眼。两人最后对视了一眼,蓝色在彼此的眼中跳动。后方的车离他们只有几米了。

桂子——不知道为什么,脑海中忽然闪过不在场的她的名字。青木不再多想,面向东方迈开步伐,朝着柏林墙,朝着国界线,朝着东柏林一步步迈去。身后传来急促的刹车声,他没有回头。他不知道自己是在跑还是在走。西柏林一侧边境前有一个哨所,他什么也看不清,只是笔直地朝着灯光走去。探照灯将雾照得雪白,灯光里隐约显出几个哨兵的影子。背后有人猛地拉开车门,杂乱的脚步声在黑夜中回响,他们果然追上来了。三步,两步,最后一步——他跨过了国界线。和梦里一样,白色的国界线被浓雾吞没,只留下眼前短短的一截。桂子——这个名字再一次涌上他的心头。只要再往前一步,与桂子重逢的崭新生活就会如爱尔莎所说,在未来等着他吧?青木回头看了一眼。浓雾几乎让他什么都看不清,只看见几条人影围绕在爱尔莎的车周围,有人用德语粗鲁地叫骂着。听不见爱尔莎的声音。爱尔莎——她的名字和桂子的一起,在青木的心中激荡。

曾几何时,他的体内也有一条同样的白线,将他的身体劈成两半,他看不见尽头。而现在,他终于要跨过去了。

他坚定地迈出了那一步,浓雾深深笼罩住他的腿。柏林时间,晚上九点十二分。

同一刻,里约热内卢。夏日骄阳在火红的黄昏中缓缓下坠。迎来结束的不仅仅是这一天,还有里约的夏。夕阳即将沉入海平线，带走了属于夏季的、充斥着绚烂色彩的回忆。与瓜纳巴拉湾遥遥相望的山坡上，一排排十字架迎着大海，像一棵棵树苗。夕阳鲜红的余光，这个夏天最后的色彩，洒在角落里一座特别小的十字架上。那是个用树枝搭建的临时十字架，前面蹲着一个小女孩，手里抱着一个大大的洋娃娃。无名的墓碑上装点着几朵小白花，是小女孩过来途中在野地里摘的，和整个夏天她带来的花朵残骸们放在了一起。今天她也是来找沉睡在土地里的女人聊天的，却不知道该说些什么。她只是默默地等待，等待丽塔会像以前一样笑着招呼她。小女孩只知道丽塔在今年初夏为了一个男人死掉了；可为什么死去的丽塔再也不会对她说话了，那个男人又是谁，小女孩就不知道了。小女孩对这一切故事一无所知。

夕阳渐渐消失在厚厚的灰紫色云层后面，就要沉入山的那一边了；再过不久，里约也终将迎来黑夜。

TASOGARE NO BERLIN by Mikihiko Renjo
Copyright © 1988 Yoko Nagata
Chinese translation rights in simplified characters arranged with TOKYO SOGENSHA CO., LTD. through Japan UNI Agency, Inc., Tokyo
Simplified Chinese edition copyright: 2024 New Star Press Co., Ltd.
All rights reserved.

图书在版编目（CIP）数据

柏林黄昏 /（日）连城三纪彦著；任虹雁译. -- 北京：新星出版社，2024.8
ISBN 978-7-5133-5671-8

Ⅰ.①柏… Ⅱ.①连… ②任… Ⅲ.①推理小说 - 日本 - 现代 Ⅳ.① I313.45

中国国家版本馆 CIP 数据核字 (2024) 第 103034 号

午夜文库
谢刚 主持

柏林黄昏

[日] 连城三纪彦 著；任虹雁 译

责任编辑	王 萌
责任校对	刘 义
责任印制	李珊珊
装帧设计	人马艺术设计 · 储平

出 版 人	马汝军
出版发行	新星出版社
	（北京市西城区车公庄大街丙 3 号楼 8001　100044）
网　　址	www.newstarpress.com
法律顾问	北京市岳成律师事务所
印　　刷	北京美图印务有限公司
开　　本	910mm × 1230mm　1/32
印　　张	9.375
字　　数	144 千字
版　　次	2024 年 8 月第 1 版　2024 年 8 月第 1 次印刷
书　　号	ISBN 978-7-5133-5671-8
定　　价	52.00 元

版权专有，侵权必究。如有印装错误，请与出版社联系。
总机：010-88310888　　传真：010-65270449　　销售中心：010-88310811